姐妹

时代出版传媒股份有限公司
安徽文艺出版社

吴克敬 ◎ 著

吴克敬，陕西扶风人，毕业于西北大学中文系，获硕士学位。现任陕西省作家协会副主席，西安市作家协会主席；中国书画院副院长、陕西书画院院长；西北大学驻校作家，长安大学、石油大学、西安外国语大学等院校客座教授。曾获庄重文文学奖、冰心散文奖、柳青文学奖、《小说选刊》年度大奖等奖项。2010年，中篇小说《手铐上的蓝花花》获第五届鲁迅文学奖；2012年，《你说我是谁》获第十四届中国人口文化奖（文学类），长篇小说《初婚》获中国城市出版社文学奖一等奖。《羞涩》《大丑》《拉手手》《马背上的电影》等五部作品被改编拍摄成电影，其中《羞涩》获美国雪城国际电影节最佳摄影奖；由长篇小说《初婚》改编的电视剧热播全国。

姐妹

吴克敬 ◎ 著

时代出版传媒股份有限公司
安徽文艺出版社

图书在版编目（CIP）数据

姐妹/吴克敬著．—合肥：安徽文艺出版社，2023.5
ISBN 978-7-5396-7104-8

Ⅰ．①姐… Ⅱ．①吴… Ⅲ．①长篇小说－中国－当代 Ⅳ．①I247.5

中国版本图书馆CIP数据核字(2020)第249740号

出 版 人：姚 巍
责任编辑：张妍妍　　宋晓津　　　　装帧设计：张诚鑫

出版发行：安徽文艺出版社　　www.awpub.com
地　　址：合肥市翡翠路1118号　　邮政编码：230071
营 销 部：(0551)63533889
印　　制：安徽新华印刷股份有限公司 (0551)65859551

开本：700×1000　1/16　印张：15.5　字数：220千字
版次：2023年5月第1版
印次：2023年5月第1次印刷
定价：68.00元

（如发现印装质量问题，影响阅读，请与出版社联系调换）
版权所有，侵权必究

目 录

卷一　岁岁喜鹊　　　　　　　　001

卷二　先生姐　　　　　　　　　071

卷三　斧伐的眼睛　　　　　　　127

卷四　易婚记　　　　　　　　　183

在家一起读(后记)　　　　　　243

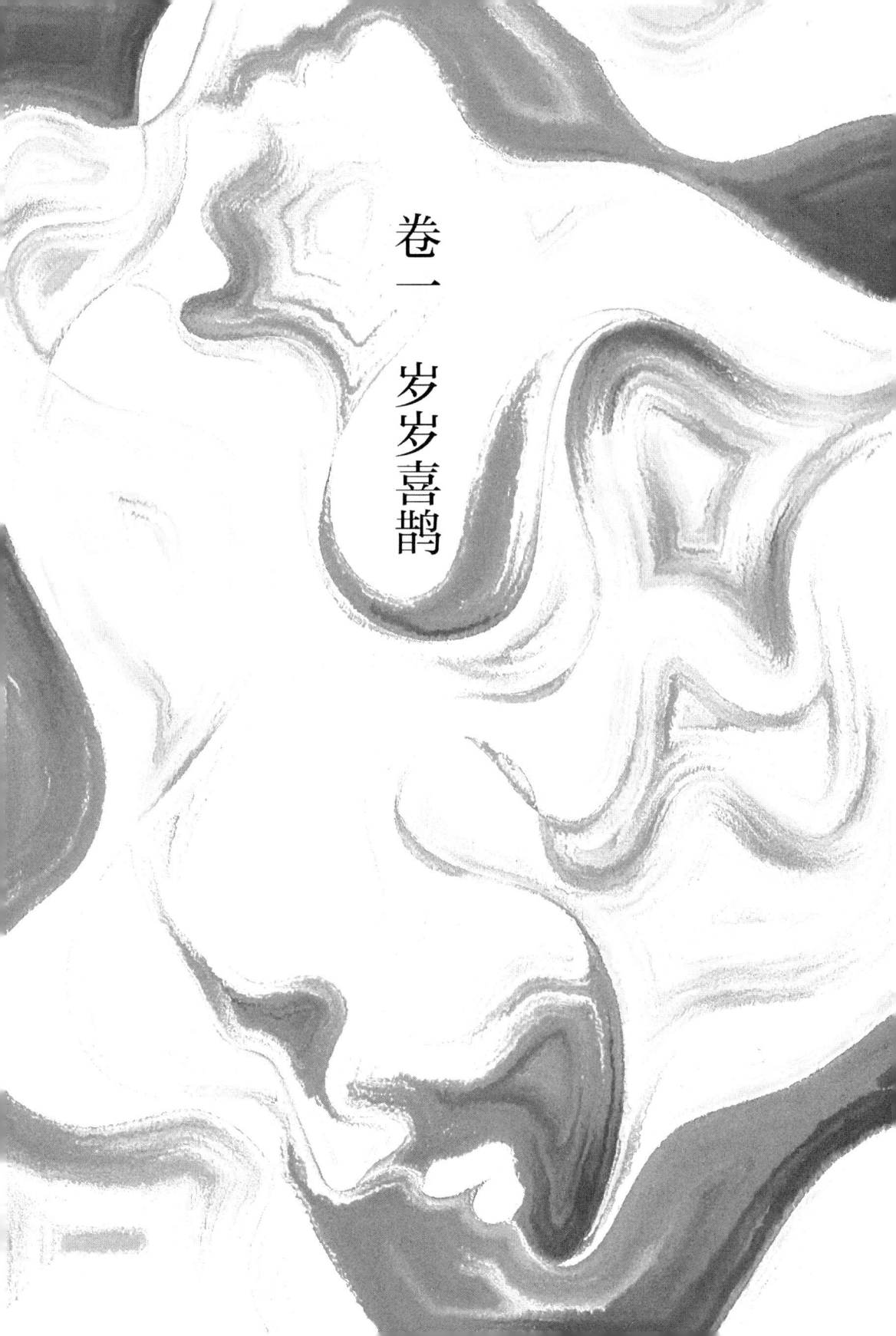

卷一 岁岁喜鹊

一

女人知道,她的身体不说谎。新娘子曹喜鹊在她的婚礼现场,心惊肉跳,慌乱不堪,她在身不由己地倒向一个人时,突然有了这样一个体会。

红袄红裤的曹喜鹊,是被现役军人冯甲亮娶回凤栖镇西街村来的。冯甲亮扯旗放炮地宴请亲戚邻里,忙得满头大汗,抬起头来,正要摘去帽子凉快凉快,却想起帽檐上的红五星,便把手往下压了压,又去捉住脖领上的风纪扣,差不多都要解开了,又赶紧扣了起来。冯甲亮想得到,他帽檐上的红五星和脖领上的红领章,在太阳的照耀下,于他大喜的日子里,该是非常灿烂、十分耀眼的呢!没有了灿灿的红五星,没有了旗帜一样的红领章,花骨朵似的曹喜鹊会是他的新娘子吗?冯甲亮偷偷乐了一下,把他口袋里装着的双喜牌香烟掏出来,有点羞怯,还有点畏惧地给他身边的亲友散着。冯岁岁就在这个时候,高喉咙大嗓门地喊着冯甲亮,拉住他散烟的手,把他拉到挂着一张毛主席像的布棚前,教他和新娘子曹喜鹊拜天地了。

仪程是冯岁岁拟订的,他是凤栖镇西街村的大会计,公认的文化人呢!

这样的大事情,冯岁岁出面张罗,是冯甲亮一家人的体面!冯岁岁拟订的婚礼仪程,首先是新婚夫妻互戴红花。冯甲亮在冯岁岁的恐吓下,依礼羞涩畏惧地给曹喜鹊戴花,戴了好一阵子,才把一朵写有"新娘"字样的大红花别在曹喜鹊的胸膛上。他在给新娘子戴花的时候,一直低着头,连看一眼曹喜鹊的勇气都没有,而新娘子曹喜鹊也把她一张好看的脸别到一边,没给冯甲亮看。冯甲亮没敢看曹喜鹊,不知他看到了什么,但是曹喜鹊没看冯甲亮,却看见了冯岁岁。主持婚礼的冯岁岁,心有灵犀似的,这时也正看着曹喜鹊,他俩的目光在喧嚷的婚礼现场,刚一相撞,就碰撞得他们的心咯噔了一下,接着呢,他们就又觉得耳朵有那么一阵子失聪,任凭喧嚷的人声把搭起的布棚子都能掀翻,可他俩什么都听不见,呆呆的,你看着我,我看着你……该曹喜鹊给新郎官冯甲亮戴红花了,他俩却四目相对,而且相对的时间也长了点,这就被周围的人看在眼里,不自禁地起了哄,抛开新郎冯甲亮,把手里拿着"新郎"字样红花的曹喜鹊,猛地推进了冯岁岁的怀里,使他俩猝不及防地抱在了一起。

这一抱是潦草的,是仓促的,但在曹喜鹊的感受里,知道她这一生,是躲不过冯岁岁的怀抱了。

这一幕,是我回乡插队在凤栖镇西街村亲眼见到的,而我与颜秋红、乌采芹,也恰是把曹喜鹊推进冯岁岁怀里的人中的三个。也就是那不算过火的一次相拥,却在曹喜鹊和冯岁岁的心里,被实实在在地当了真。

抬头不见低头见,冯岁岁和曹喜鹊在凤栖镇西街村的举动,在以后的日子里,被大家真切地看在了眼里:作为本姓哥哥的冯岁岁,迎面碰上了曹喜鹊,是一定要脸红的,而且会低下头来,能躲着走就一定躲开了走,不能躲开走,就低下头匆匆地擦肩而过;身为弟媳的曹喜鹊则不然,她是大方的,迎面碰上冯岁岁了,她不会脸红,更不会躲着走,她像初进凤栖镇西街村做新娘子时一样,脸上会有那么点儿兴奋、那么点儿冲动,迎着冯岁岁迎面而来。

曹喜鹊是要迎面走到冯岁岁跟前,还要大大方方地问候冯岁岁的:"岁岁哥,好些天都没见你了。"

冯岁岁听得见曹喜鹊的问候,也爱听曹喜鹊的问候,但他听到了,回答得却十分模糊,嘴巴上唔唔哝哝的,听不懂他在应什么。这就惹得曹喜鹊还要问候他了。

曹喜鹊如同口吐兰气:"岁岁哥,你看把你忙得!"

冯岁岁的确忙,他是凤栖镇西街村的会计呢。村会计不仅要管理好村里千人百姓的账本,花好每一分钱,还要做好村里的文书工作,譬如书写村里的黑板报啦,譬如组织村里的青年学习啦……曹喜鹊就爱看冯岁岁书写的黑板报,也爱参加冯岁岁组织的学习。常常是,曹喜鹊站在凤栖镇西街村的黑板报前,从头一个字读起,读到最后一个字,然后折回头来,又从头一个字读起,再读到最后一个字。曹喜鹊参加冯岁岁组织的学习,别人可以喧嚷,她是绝对不会的。她睁着如花一样的眼睛,静静地盯着冯岁岁的脸,听他一个字一个字地辅导。有听不明白或是听不清楚的地方,她当时不问,到冯岁岁辅导学习告一段落,她就靠近他,向他作进一步的询问。

曹喜鹊询问过:"岁岁哥,你刚才说杂交玉米能够高产,杂交是个啥意思呢?"

冯岁岁没顾得上回答曹喜鹊,参加学习的青年们轰地就笑翻了天,七嘴八舌的,你这么解释一句"杂交"的问题,他那么解释一句"杂交"的问题,越是解释,越是晦涩,越是带着一种撩拨,带着一种挑逗。然而曹喜鹊不听大家的,她还要再问冯岁岁。

曹喜鹊向冯岁岁坚持着她的询问:"岁岁哥,你说呀,玉米可怎么杂交?"

上衣口袋里插着两支钢笔的冯岁岁,才是曹喜鹊的崇拜,才是曹喜鹊的信任。渐渐地,凤栖镇西街村还生出了他们二人的谣言,这些我也都看到听到了。

我看到听到了后,用一把锋利的小刀子,在村子里的那棵合欢树上刻了一颗心,这颗心被一支箭射穿了,射穿的箭头箭尾上,一边刻上"岁岁"两字,一边刻上"喜鹊"两字。当时看不出什么,到了来年,又是一度春风暖,合欢树花红叶绿一派葳蕤景象时,我在树身上刻画的字形便慢慢地凹显出来了。

真是醒目呢:岁岁喜鹊。

但我要说,我绝无恶意,只是一个青年人的恶作剧。

作为姐妹的颜秋红、乌采芹,与我的心态是不一样的。她们不担心冯岁岁,是担心上曹喜鹊了呢。为此,她们还各自找时间和机会,提醒曹喜鹊。

颜秋红跟曹喜鹊说:"人言可畏哩!"

乌采芹跟曹喜鹊说:"你是要小心了呢!"

二

曹喜鹊好像把姐妹们的提醒没怎么往心里放,她不仅没怎么放,还没来由地关注起了那棵长在西街村当街上的合欢树了。

合欢树上欢叫着的,还有一窝喜鹊。

没人知道这窝喜鹊是什么时候把巢垒在合欢树上的。但是大家知道,喜鹊之所以选择到凤栖镇西街村来,选择在合欢树上垒窝,一定是因为凤栖镇西街村美好的自然环境了。镇子西头有一条大沟,沟底有一条小河,名字极好听——凤栖河。传说上古时候,有帅哥萧史吹箫引来凤凰,"其翼若干,其声若箫。不啄生虫,不折生草。不群居,不侣行。非梧桐不栖,非竹实不食,非醴泉不饮"。偏就是,这条小河的沟坡上,郁郁葱葱生满了竹子,逆水而上,走不出三里,就是莽莽苍苍的岐山,箫声引来的凤凰,在此既有栖息的嘉树,还有可食的竹实,又有能够解渴的泉水,很自然地,这条小河就有了个"凤栖河"的美名。对于这样一个美得让人陶醉的传说,凤栖镇上人,当然包括西街村了,大家都热衷地传说着。而我回乡插队回村里来,不断地要听人们传说,我自己,在以后的日子里,也为这美好的传说而骄傲,依然不断地要向人们传说了。

这个传说能够证明什么呢?可以证明的是,凤凰来舞,不仅是因为萧史吹奏的箫声优美,更在于这里的自然风貌美好。改革开放后,属凤栖镇管辖的坡头村里,人称为"半截人"的冯来财,在沟里养了一群羊,县上挂职的科技副县长来村里调研,取了凤栖河里的水样,取了凤栖河坡上的草样,拿到陈仓城里分析化验,结论是,凤栖河里的水富含多种矿物质,是典型的矿泉水,河坡上的草有不少都是中草药。消息一出,冯来财的羊大受欢迎,羊贩子一来再来,不断抬高羊价,让冯来财狠狠地赚了一笔。到了最后,科技副县长的一个发小,在陈仓城开起一家羊汤店,榜书四个大字——来财羊汤。专营冯来财养在凤栖河坡上的羊,这里的羊吃的是中草药,喝的是矿泉水。

如此佳妙的环境,有喜鹊飞来,垒巢栖居在合欢树上,就没有什么奇怪的了。

总而言之,花红叶绿的合欢树,以及在村里死而复生的那棵大皂树、挺拔笔直的梧桐树、虬曲苍劲的苦楝树,合成为凤栖镇西街村的一大景观,任何时候看在眼里都叫一个舒坦。自然还有栖居在合欢树上的喜鹊,飞来了,飞去了,喳喳叫几声,喳喳喳喳再叫几声,好一派乡村风光。

可是,合欢树上怎么就生出了那么一个利箭穿心的图样?而且相依相偎地又生出"岁岁"和"喜鹊"四个字。

岁岁是谁?

喜鹊是谁?

这是不需多问的,岁岁自然是冯岁岁,喜鹊自然是曹喜鹊。

凤栖镇西街村没人知道那四个字是我刻在合欢树的树身上的,还以为是合欢树自己生出来的呢。春暖花开的日子,那个我刻在合欢树上的图样和文字一点点凹显出来,让凤栖镇西街村的庄户人好生奇怪。大家都没有乱猜,也没有乱想,都只是好奇地观看着,好奇地传播着,传播进了冯岁岁和曹喜鹊的耳朵里,他们俩也到合欢树下来看了,看得他俩也是满眼的好奇。纯朴的乡村人啊,哪里知道这样的小把戏!我之所以恶作剧了一把,是因为我原来生活的陈仓城,这样的恶作剧是普遍的,我就读的中学校园,一排一排,生着许多棵穿天的白杨树,每一棵白杨树上都有调皮的学生用削铅笔、裁纸的小刀,刻画出这样一个搞怪的故事,那样一个搞怪的故事。大家不论刻画的故事真实与否,之所以刻画,其实只是为了开心。

我在凤栖镇的西街村,认真地接受着贫下中农再教育,白天扛着锄头,下到大田里劳作,晚上回到屋里来,吃了晚饭睡觉。我紧闭着我的嘴巴,没有把我在合欢树上刻画"岁岁喜鹊"的事说出去。我不说,却不等于故事不发生变化。

变化最大的两个人,自然是被我在合欢树上刻画名字的曹喜鹊与冯岁岁了。

凤栖镇西街村上的人,谁都可以相信那样的图形是合欢树自然生出来的。但是冯岁岁不会,他是村子里独一无二的高中生呢!作为高中生的他,绝对堪称凤栖镇西街村的大文化人,他心里明镜似的,那是有人把他的名字和曹喜鹊的名字刻上合欢树的。是谁刻上去的?聪明的冯岁岁,一想就想到了我。有一次,我到他跟前记工分,他拿着我的工分本,半天不给我的工分本记数字。他翻看着我写在工分本封面上的名字,问我了。

冯岁岁说:"项治邦,你的钢笔字不错呢!"

我自鸣得意地笑了笑。

冯岁岁接着说:"你用钢笔写字就好了,不要随便拿刀子刻了。"

我的脸红了。我不敢看冯岁岁,抬头往远处看着。我看见了村巷里开着一树红花的合欢树,那红得仿佛流血一样的树冠挡住了我的视线,但并不妨碍我的眼睛,我还看见了从合欢树下走来的曹喜鹊……她之所以起名喜鹊,以前我不知原因,现在倒是有些明白,她不就像合欢树上高高栖居的喜鹊吗?在她走过合欢树时,合欢树上那对夫妻般好看的花喜鹊就都活跃在树枝上,舞蹈着、啼鸣着,对曹喜鹊表示着它们的亲热。当然了,曹喜鹊也不会立即从合欢树下走过,她是也要被喜鹊们所吸引的,停下来呼应着合欢树上的喜鹊,张一张手,动一动嘴,与喜鹊做些亲切的交流。

曹喜鹊与合欢树上的喜鹊每次相遇,都是要亲切交流的,这几乎成了凤栖镇西街村的一种风景。因为她,还引起凤栖镇西街村一些年轻人,东施效颦似的,在走过合欢树时也要与喜鹊们亲切交流,但效果一般都很差,自己巴心巴肝地要与树上的喜鹊亲切交流,而人家喜鹊们却不理解巴心巴肝之人的风情，更不理解他的亲切，以及他的交流。与曹喜鹊姐妹一样的颜秋红、乌采芹，肯定与合欢树上的喜鹊也交流过了。她们交流的效果怎么样呢？肯定也会如他人一样，未能获得合欢树上喜鹊的青睐。

我有几次也热脸上去，却贴不着喜鹊的冷屁股。

在我的视线里，曹喜鹊十分开心地与合欢树上的喜鹊亲热着、交流着，要我说，我难道对她就没有一点妒忌？对此，我自己都要怀疑自己，怀疑自己的品性。

冯岁岁把我的工分数，唰唰两笔记在了我的工分本上。他往我的手里塞着我的工分本，而我因为合欢树下的曹喜鹊，暂时忘记了冯岁岁，这就惹得他催我了。

冯岁岁说："项治邦，你的工分本。"

冯岁岁提醒我接住了我的工分本，他就不再问我在合欢树上刻画的事了。我想他一定也看见了从合欢树下走来，又站在合欢树下与合欢树上的喜鹊热情交流的曹喜鹊。大活人一个的曹喜鹊，在冯岁岁的眼睛里，突然就如一只美丽的大花猫，而他一个大活人，突然也就如一只偷食的小老鼠，要躲着曹喜鹊了。

这就是曹喜鹊和冯岁岁的变化。一个变得自然而放松，一个变得畏惧而小心。

手拿着工分本的我，拿眼睛追着逃也似的冯岁岁，很想张嘴冲他大喊一声，承认合欢树上刻画的图形和文字确实是我的创作，但我张了张嘴，就是没有喊出来。

我注意到，不仅我在拿眼睛追着冯岁岁，驻足在合欢树下看着合欢树上喳喳啼鸣的喜鹊们的曹喜鹊，这个时候也把她的眼光抛过来，追着冯岁岁去了……曹喜鹊用眼光把冯岁岁追了一程，追得快要从她的视线里消失的时候，曹喜鹊笑了。

曹喜鹊笑得有点没心没肺，但又丰富多彩，让我看了觉得她有种不可捉摸的神秘。

突然地,冯甲亮从他当兵的西藏写信回来,传递了一个让凤栖镇西街村人莫名兴奋的消息:经过他的申请,又经过部队首长的批准,曹喜鹊可以去西藏探亲半个月。啊呀呀!不是劳累的地头,就是忙乱的灶头,凤栖镇西街村的女人,祖祖辈辈都是这么过来的,大家只是在村子里抬头不见低头见。进门来的新娘子曹喜鹊,一年不到的时间,村里人大概都只记下了她的名字,她就有走出村子,走上千万里的路程,到西藏去探亲的好事,这让凤栖镇西街村的人可是要眼红心跳了。

谁还能有这么美好的际遇呢?凤栖镇西街村除了曹喜鹊,就还是曹喜鹊。她是军人家属,那个时候,只有军人家属才可享有这样的福利呢!

邻家有喜事,自己沾不上边,跑过去看看热闹,说几句开心的话,是凤栖镇西街村人传之久远的一种习惯。那些天,就在曹喜鹊做着探亲准备的日子,村里人一拨一拨地往她家里拥,分享她该有的兴奋、她该有的喜悦。

邻里们都是抱着这样一份心情去的,但是大家感受到的情况是,曹喜鹊的脸是热的,心却一点都不热,好像那么令人兴奋、喜悦的事,于她可是兴奋不起来,也喜悦不起来呢。

她是在装吗?

在凤栖镇西街村人的这一种猜测、那一种怀疑中,曹喜鹊熬到了上路的日子。那天她一身新鲜地从家里走出来,在村巷里走着,她抄近路,本可以从村巷的另一头走去的,却小小地绕了一段路。她这么做不是为了炫耀,而是为了在合欢树下走一走……从春到夏,合欢树总是花开不败,红艳艳,像云又像雾,渲染了凤栖镇西街村的半边天。要出远门的曹喜鹊走在合欢树下,她停了停,抬起头来,认真地看了几眼合欢树,顺带还瞟了一眼我刻在树身上的图形和文字。

曹喜鹊的举动没有躲过我的眼睛,同时我还看见,稍远一点儿的队委会办公室里,有一双眼睛,透过了玻璃窗,也在向合欢树下的曹喜鹊张望。

那是冯岁岁吗?

我能肯定,一定是他了。

三

保安的声音是粗暴的:"搞破坏吗?啊!"

冯岁岁说:"你想错了,我不搞破坏,我只想让树活下来,活旺实了。"

保安的声音仍然粗暴着:"操你自己的心去,滚滚滚!我们老板栽的树,要你瞎操心?"

冯岁岁说:"什么你老板的树?他的名字刻在树身上了吗?"

保安说:"你的名字刻上去了吗?"

冯岁岁说:"我的名字还真刻在树身上了哩。"

陈仓开发区广场西南角的合欢酒店门外,一阵高腔一阵低声的吵闹,透过宽大敞亮的落地窗,传到二楼的总经理办公室来了。吵闹声刚开始的时候,我并不知道是凤栖镇西街村的冯岁岁,但是吵闹一步步地升级,我就听出是冯岁岁来了,而且想起我在凤栖镇西街村插队时,恶作剧般把冯岁岁和曹喜鹊的名字刻在合欢树上的事。

作为返城知青的我,读了几年夜大,自己又爱好舞文弄墨,在《陈仓晚报》上发了几篇豆腐块儿的小散文,赶上报社扩编向社会公开招聘记者,我顺风顺水地成了报社的一名在编记者。我热爱这项工作,夜以继日,探听到好的新闻线索,我就风雨不避,赶到现场去采访。我今日到合欢酒店来,也不是白来的,更不是来和酒店老板交朋友的。我从市防疫站获得信息,合欢酒店的卫生状况存在着很大的问题,一家人昨日在酒店给他们年逾八十岁的老爷子做寿,热热闹闹地吃了一顿,到了晚上,参加寿宴的宾朋亲人,近一半人腹泻不止,只好住院治疗。

我以新闻记者的身份,到酒店经理的办公室来,就是来和经理核实这件事的。

白白胖胖的经理,和我乍一见面,就很礼貌地给了我一张名片。我把

卷一 岁岁喜鹊　011

名片扫了一眼,只一扫我就惊诧莫名,我叫项治邦,他叫项治国。我低头看着,不由得笑了一下。白白胖胖的项治国,是个心眼活泛的家伙,他从我的那一笑里,揣摩出了一丝隐秘。于是,他伸出手来,向我要名片。这很自然,跑新闻的记者身上都有一沓自己的名片,有关系没关系的人,都想发给人家一张,好叫人家碰着了新闻事件,打电话给我爆料。我把我的名片给了白胖的项治国经理,他看了一眼,像我一样,也笑了起来。他笑得有些过,显得很夸张,这是我记者生涯中常见的一种表情,采访对象出于自身的需要,或是要讨好我、巴结我,都会逮住一线可能,表现他对我的热情和友谊。白胖的项治国,又岂能不抓住我俩姓名上的巧合来表达他的亲善呢?

项治国笑着哎呀了几声,扑上来抱住我,在我的脊背上热辣辣地拍打了几下,说:"咱这要说是前世的兄弟就远了。"

项治国说:"干脆就是今生的兄弟哩!"

我是不置可否的,在他的拥抱中挣扎了几下。他放开我,却不停嘴地依然按照他的意愿,热切地说着。

项治国说:"你治邦,我治国,到头来咱能治个啥呢?"

项治国说:"哈哈哈,我的治邦兄弟,你说。"

我当然要说了。顺着他的话,我说:"真的,我治邦是治不了什么的。"

我还说:"就只想听你说说昨日寿宴那点事。"

项治国依然牵连着我俩的名字不松口,他说:"认真了不是?"

必须承认,项治国是太能说了呢。他接下来说得我干脆插不上嘴,就只听他说什么。世界上怕就怕"认真"二字,这可是一位大人物的至理名言哩。但是吃认真的亏。就说咱爹咱妈,认认真真给咱起名治邦、治国,咱有治邦、治国的机会吗?咱没有,咱就只有你拿一支笔,我掂一把勺,你吃笔尖上的饭,我喝炒勺里的汤。

滔滔不绝的项治国,的确能说。而且我还得承认,他说得不无道理。

所以他还很得意地按照他的思路继续往下说哩,却发现我转过身,往他办公室的窗口走过去了。

项治国口若悬河地说教,虽然有他的道理,可与此同时,我又被他窗外的吵闹声吸引住。在我蓦然听出冯岁岁的声音时,很能扯淡的项治国,就被我迅速地撂在一边,凭他油嘴滑舌,我也没心听他瞎扯了。而且,我在来他这里核实寿宴的事之前,已经去过了市防疫站,问过了他们的意见,也去过了寿宴中腹泻者住院的医院,知道所有的人经过紧急治疗都已没了大事,一个一个不是这事忙,就是那事忙,都急着办出院了。

项治国对出在他酒店的这档事,配合得十分积极,也十分得体。这样的新闻,我有经验,报道了没有多少积极意义,不报道反而皆大欢喜。我之所以还要来核实,实在是对项治国这些餐饮业经营者,不重视饮食卫生安全,把人们的健康不往心里放满怀着一股义愤。

是冯岁岁呢!

伴随在冯岁岁身边的,还有曹喜鹊。

我撇开项治国,走到他办公室的玻璃窗前,往下看了一眼,立即认出了他们俩。虽然我从插队的凤栖镇西街村返回陈仓城有二十多年了,很少再见他俩,他俩也像我一样,也都不再年轻,白发杂乱地爬上了他俩的头,皱纹杂乱地爬上了他俩的脸,但我相信我的眼睛,那就是被我用刀子,深深把名字刻在合欢树上的冯岁岁和曹喜鹊。

项治国冲了一杯茶,端了来,和我并肩站在玻璃窗前,把热气腾腾的茶水往我手里送。

项治国说:"暖一暖手。"

我听从了项治国的建议,把茶水从他的手里接过来,双手捧着,依然不错眼珠地朝着玻璃窗下的冯岁岁、曹喜鹊和保安们看。他们的吵闹吸引了不少人,里三层外三层,围得水泄不通,而且还有听到吵闹的人,从酒店的大门,或是川流不息的街市上,神秘兴奋地向前聚拢着。

冯岁岁拿出自己的身份证给保安看。

冯岁岁还让曹喜鹊拿出她的身份证,送到保安的眼皮子底下让他看。冯岁岁一边让保安看他俩的身份证,一边抬起手来,指着合欢树上刻着的图形和字样,让保安跟他俩身份证上的名字相比对。

冯岁岁大声地念着身份证上和合欢树上他俩的名字:"岁岁。"

冯岁岁大声地念:"喜鹊。"

保安跟着冯岁岁也念出了声。不过,保安没有念出两个名字之间的句号,他念得连在了一起:"岁岁喜鹊。"

在保安核对着身份证和合欢树上的名字,并念出声来后,冯岁岁的声音更大了。

冯岁岁说:"我没说错吧?这树是我们俩的。"

站在冯岁岁身边的曹喜鹊,不失时机地也来帮腔了:"是我俩的呢!"

曹喜鹊说:"千真万确,不会错。"

保安仿佛知道他们的老板项治国就在二楼的总经理办公室里,本能地抬起头来,向二楼的总经理办公室看了一眼,然后把视线放下来,又一次面对着冯岁岁和曹喜鹊。他苦苦地笑了一下,正是这一笑,泄露了他的心机,他承认了冯岁岁和曹喜鹊的说法。不过他的职责迫使他,在把身份证还给冯岁岁和曹喜鹊后,依然犟着脖颈,照着他的理由说了。

保安说:"是你俩的又怎么样?"

保安说:"我们老板花了钱,买回来就是我们老板的,我就要对我们老板负责,就不能看着你俩搞破坏。"

白白胖胖的项治国是聪明的,他从我的举动中看出了端倪,试探着问我了:"他们……你……认识?"

我能说什么呢?我说:"走,咱们下去看看。"

项治国吃吃喝喝的,在他们合欢酒店员工的配合下,拉着我,突破围观的人群,站在了冯岁岁和曹喜鹊的面前。

与保安吵闹得面红耳赤的冯岁岁,就如凤栖镇西街村里斗架的公鸡,依旧不屈不挠地抗辩着。

冯岁岁高腔大调地指斥保安:"你这娃娃,啊?你讲理吗?"

保安是不会示弱的,他说:"是我不讲理,还是你不讲理?"

冯岁岁说了:"别以为你穿上一身老虎皮皮,我就看不透你了。告诉你,我把你看得透透的,你信不信,你也是从农村进城打工的。"

冯岁岁说:"你要知道,人挪活,树挪死,这么大的一棵合欢树,从乡下挪窝到你家酒店门前,你老板是花钱了。"

冯岁岁说:"老板花了钱又能怎么样?花钱买得来一棵树身子,买得来一棵树的老命吗?"

保安被冯岁岁这一通数落,脸上虽然还保持着一种在他职责范围内的凛然,但嘴上已不十分横蛮了。就在这时,保安看见挤进人群里的项治国和我,他当下很受委屈地跟老板诉起苦来了。

保安说:"老板,你来了。"

保安说:"你看这……"

保安还想再说什么的,被项治国扬了扬手制止了。他一脸的春风,把保安往旁边一拨,站在了冯岁岁和曹喜鹊的面前,很温暖地叫了冯岁岁一声大伯,接着又温暖地叫了曹喜鹊一声大妈。

项治国说了:"大伯大妈,您二老有话慢慢说,今日这天气,可是够冷的呢!"

项治国说得没错,天已入冬,阴森森的,刮着西北风,在西北风里,还夹杂着星星点点的雪粒儿。

来了个说理的,而且听保安说是他们的老板,冯岁岁争辩的劲头越发大了起来。不过,他不像对待保安那么大声地嚷了,他放缓了调门,对项治国说:"我是个农民,一个老农民。我栽过树,栽过很多树。我知道树挪窝的不容易,要想挪窝活下来,多带一点娘家的土,树就好活一些。"

冯岁岁说了那么一堆话,还强调了一句:"我这话你懂吗?"

项治国点着头,似懂非懂地说:"什么娘家土?"

冯岁岁正要说,曹喜鹊插话进来了,说:"就像女人出嫁一样,娘家陪嫁得多，这个女人就活得有面子。"

项治国依然点着头，说："这个我懂。"

曹喜鹊说："你还没懂。你听我说，树从原来的地方要挪身子，就从树生长的老地方，多带一点土来，树就好活。"

项治国不点头了，他肯定地说："懂了，我懂了。"

冯岁岁趁机插话进来，说："老板懂了就好。我和我老伴没有别的意思，我俩就只想叫树挪了窝，还能活下来。"

冯岁岁说："我和老伴辛辛苦苦，给合欢树背来了两袋子娘家土，想培在树根上，让合欢树活下来，活得扎实，活得繁茂。"

我看见冯岁岁和曹喜鹊脚前放着的两袋土。那是他俩从凤栖镇西街村背到合欢酒店门前的娘家土呢！两袋子土，像两头土猪一般，静静地卧在冯岁岁和曹喜鹊的脚跟前，赶在这个时候，便显得特别突出和光彩。

围过来的人，听了冯岁岁和曹喜鹊的话，不自觉地为他俩鼓起了掌。

在围观者的掌声里，项治国不知是真感动，还是装感动，他低下头来，看着那两袋土猪似的娘家土，搓着手连说了几声"谢谢"。

项治国说了几声"谢谢"后，还在大家的掌声里说了："大伯大妈呀，你们是有心人。"

被项治国的几句软话一说，冯岁岁和曹喜鹊的眼软了，扑簌簌涌满了泪水。合欢树上，两只带领冯岁岁、曹喜鹊找到合欢树的喜鹊，乘兴站在树枝上，喳喳喳喳不失时机地叫了起来。

叫喳喳的一对喜鹊吸引了我，我举起照相机，把那一对漂亮的倩影，收入了我的取景框里。

四

清蒸鳜鱼端上来了！

油焖大虾端上来了！

还上来了肘子肉和小米辽参,以及几样时令菜蔬,热气腾腾,花红叶绿地都端上来了,堆了一大桌子。这可都是冯岁岁和曹喜鹊听没听过、吃没吃过的名菜呢!项治国的合欢酒店,在陈仓城里之所以吃香,凭的就是这么几道拿手菜。他没有吝啬,满盘子满碗的,都给冯岁岁和曹喜鹊端上餐桌了。

项治国小心地转着餐桌上的玻璃转盘,把那色香味俱佳的菜肴一一介绍给冯岁岁和曹喜鹊,招呼他俩下筷子。

项治国说:"甭客气,都是自己灶头上的。"

虽然项治国是这么说的,但冯岁岁和曹喜鹊还是迟疑着不捉筷子,他俩睁着慌张的眼睛,都在看我的脸色。

我说了:"咱不是白吃项老板的,那么重两袋子娘家土啊!"

我说:"你俩几百里路上背了来,培在合欢树下,你们该吃他项老板一桌好菜的。"

有了我的这两句话,冯岁岁和曹喜鹊就不客气了,便你在清蒸鳜鱼的身子上搛一筷头,他在肘子肉上搛一筷头地吃了起来。

项治国附和着我的话,还指派酒店的服务员,拿来了一瓶六年西凤,卸除了烦琐的外包装,拧开酒瓶的盖子,给餐桌上的我们,每人斟了一大杯,他因此豪气地吆喝着大家:"干一个。"

多年的农村干部当下来,冯岁岁喝酒的本事是有的。

冯岁岁听项治国吆喝着干一个,他端起来,也不客气,吱溜一声,就把一大杯辣酒灌进了喉咙里。冯岁岁也许是灌得急了,在喉咙上一呛,把他呛得大咳起来,刚才因为受冷,还因为与保安的吵闹而显得黑红的脸,又上了一层色,一下子变得青紫青紫。一旁小口吃菜的曹喜鹊不忍心,抬起手来,在冯岁岁的脊背上轻轻地拍着,嘴里埋怨着他。

曹喜鹊的埋怨是关心的、爱惜的:"急啥嘛急?有治邦在哩。"

曹喜鹊说:"你慢点用。"

我点头应和着,说:"咱慢慢喝,我陪着你。"

我还说:"今日不喝痛快不罢休。"

在我的劝说中,冯岁岁果然喝得痛快,一杯接一杯,惹得一旁的曹喜鹊不断拿眼白他。曹喜鹊的白眼,每翻一下,冯岁岁都看见了,看见了朝她笑一笑,依然很痛快地喝着。酒店老板项治国敬他酒他喝,我敬他酒他也喝。喝了我俩的敬酒,反过头来,他还挨个儿敬我俩酒。这使曹喜鹊有点忍无可忍,小声地说他了。

曹喜鹊说:"没喝过酒吗?"

曹喜鹊说:"八辈子欠着你了。"

冯岁岁对曹喜鹊的埋怨不以为"恼",反而非常受用的样子。

冯岁岁说:"让你说着了。"

冯岁岁说:"咱过去也喝酒,但那能叫酒吗?随便提着罐罐,打上一斤两斤,没提回家,就把酒气散没了。"

冯岁岁说:"城里的酒不一样,你不看都是瓶装的?你看那包装,是太诱人了。"

曹喜鹊还要阻挡冯岁岁的,说:"都不摸一摸自己的脸,看是啥年纪?"

冯岁岁却不吃劝,说:"项治邦在这里,有他陪着,你甭挡我,让我喝。"

冯岁岁说着,就又端起一满杯酒,和我碰上了。

我得承认,曹喜鹊说得没错,冯岁岁的脸面,就如凤栖镇西街村所在的渭北高原一样,在岁月的侵蚀下,早已沟沟壑壑,显出了十足的老态。他决然不像我回乡插队时的样子了。那时的他,是多么青春,多么清爽,多么让人心跳啊!这让我再次想起曹喜鹊新婚之日的拜堂现场,耍闹的村里人把曹喜鹊往他的怀里一推,他当时的样子,我记得清清楚楚,可是又红又白,心里是多么热火闹腾啊!其时,曹喜鹊内心认定她自己和这个口袋里插着两支钢笔的村会计,将有一场躲不过的感情纠葛,可是太有道理了。

曹喜鹊这时对冯岁岁的关心也感染了我,我也来劝说冯岁岁了。

我跟冯岁岁说:"城里的酒只是包装好看,可好看的包装里边,有时候装的却是假酒呢。"

冯岁岁不吃我的劝,他甚至狡黠地冲我一乐,说:"你是谁呢?大记者呀!酒店老板能给你上假酒?"

上了年岁的冯岁岁和他年轻时太不一样了,那时的他虽然阳刚健壮,却还带着些姑娘家的羞怯和绵软,现在不了,倒有了一种不管不顾的豪爽。曹喜鹊也是,性格上的发展,与冯岁岁又截然相反,年轻时所有的那点泼辣野性,老了老了,又似乎荡然无存,总是小小心心的样子,说话也是低声下气,慢言细语。她劝冯岁岁劝不住,就很无奈地埋头不说话了,小心地在这样菜里揿一小口,那样菜里揿一小口,送到嘴里,细细地嚼,慢慢地咽。

偶尔,曹喜鹊也会伸了手去,拿起玻璃酒杯,送到嘴唇上,轻轻地呡上一口。

冯岁岁抓住了曹喜鹊轻呡一口酒的把柄,他便来了大兴致,嚷嚷着也要和曹喜鹊碰杯了。

曹喜鹊不理冯岁岁,冯岁岁就还耍起了赖,端着酒杯,攥到曹喜鹊的身边,赖着她,说什么都要碰杯……这是什么呢?这是夫妻才可能有的赖皮和耍闹呢!

我蓦然想起,那会儿在合欢树下吵闹时,冯岁岁说过的一句话。他给保安说曹喜鹊是他老伴儿。

他俩是有情人终成眷属了吗?

我心里想着,就问冯岁岁和曹喜鹊:"两位啥时候办的事呀?"

"办事?办什么事?"冯岁岁听我这一说,他不烂缠曹喜鹊了。他分明听懂了我的话,却又瞪着眼睛看我,一副被我说糊涂了的样子。

我不想遮掩什么,说:"还能是什么事?"

我说:"一个被窝的事呀!"

冯岁岁的脸红了起来,不是喝了酒上脸的那种红,而是从他心里泛上来的红,红得鲜净,红得亮堂。他端着没能和曹喜鹊相碰的那杯酒,悄悄地坐回了他的座位,偷着用眼睛去瞟曹喜鹊,而曹喜鹊也像他一样,有一抹鲜艳的红色,正愈来愈浓地爬上她的脸面。自然了,这也不是喝了酒上脸的那种红,而是从她心里泛上来的红,红得羞赧,红得坦然。

他俩的红脸儿,在今天的社会上,是很难见到了。那是付出了真情,饱含着真意的红脸儿哩!

酒店外的合欢树上,那对漂亮的喜鹊不失时机地喳喳喳喳又叫了起来。

过分放纵的冯岁岁,把自己喝高了。

喝高了的他埋怨起城市来了,好像现代化的城市简直是一头欲壑难填的恶虎,吃着农村种植的粮食蔬菜,吃着农村喂养的猪羊鸡鸭,吃着……吃就吃吧,这没什么,都是应该的。但是吃着吃着呢,胃口大了,来吃农村的土地了,来吃农村土地上数十年数百年生长着的古树奇木……城市可知道?人老成精,树老成神,你把那么多神请进城里来,你倒是神气成林了,可是农村呢?农村就该被活剥了?生吞了?

不该呀!不该呀!

冯岁岁滔滔不绝,说得泪流满面,眼睛红肿如两只青铜铃铛。曹喜鹊劝他少喝酒少说话,他听不进去,耸着脖颈,又还一口烧酒一串子话地说。他说着问了我一个问题。

冯岁岁问了:"项治邦,你记得的,咱凤栖镇西街村人是咋说农村和城市的?"

我一愣,想了想,没有想起来。

冯岁岁没容我多想,他说:"咱凤栖镇西街村把农村叫小堡子,把城市叫大堡子。"

冯岁岁说:"小又如何?大又如何?除了人多,没啥不一样,都是堡子。"

冯岁岁这么一提,我便想了起来,当年回乡插队在凤栖镇西街村时,村里人说我是从大堡子来的,还说大堡子的人只会享乐,只会奢华,遇到了问题,遭到了困难,揭不开锅了,就会往小堡子逃。小堡子落后,不见荣华,但小堡的人有担当,国有大难,民遭大祸,小堡子勒一勒裤带,就都扛过去了。

这是酒话吗?

我吃惊地望着冯岁岁,感觉他与凤栖镇西街村当年的会计太不一样了。那时的他,不太爱说话,也不太爱出风头,而今天的他,简直可称得上一位有思想、有见识的乡村哲人。

我很想和冯岁岁碰一杯酒的,但我看他一副醉酒的样子,便收住我端杯的手,只是自己美美地灌了一杯。

冯岁岁说顺了嘴,就继续着充满哲思的阔论。正论说着,话题一转,又问我了。

冯岁岁说:"你给我老实说,项治邦,合欢树上我冯岁岁和曹喜鹊的名字,可是你刻上去的?"

事隔这么多年,我不想隐瞒了,说:"对不起,是我刻上去的。"

冯岁岁笑了,他伸出手来拉住了曹喜鹊,说:"你没啥对不起我们。实话实说,我冯岁岁和曹喜鹊要感激你哩。"

曹喜鹊任凭冯岁岁拉着她,脸色红润,看着我,轻轻地点了点头。

五

岁岁喜鹊。

我用小刀刻在合欢树上的心形图样和文字,经过几个年份的生长,越来越清晰了。上衣口袋里插着两支钢笔的冯岁岁,在队委办公室熬了个小半夜,他把村里一个时期的收支账目,彻底地结清了一下。账款是平衡的,他满意这个应该有的结果,小心地合上账簿,锁进抽屉里,站起来,揉了揉犯困的眼睛,举臂伸了一下懒腰,拉灭电灯,走出办公室,锁上门窗,转回头来向家的方向走去。

冯岁岁的家在凤栖镇西街村的村边上,打村委办公室来去,是一定要走过合欢树的。过去的日子,他千万次地从合欢树下走过,没有别的感觉,现在不一样了,树身上刻下了他和曹喜鹊的名字,他再从树下走过,不自禁地会耳热,会心跳,不是一点的耳热,不是一点的心跳,他体会得到,耳热像是着了火一样,心跳像是擂鼓一样……尽管夜深人静,不闻鸡鸣,也不闻狗吠,冯岁岁从村委办公室里走出来,往他家的方向走,走到合欢树下,脸还是热得厉害,心还是跳得厉害。月光如洗,白天开得灿烂如霞的满树红花,都自觉地收缩起来。还有合欢树的叶子,白天的时候,也是极尽张扬地伸展着,到了晚上,也会如收缩起来的花儿,安静地合缩起来。这就是合欢树的妙处了,白昼是一个样子,黑夜又一个样子。凤栖镇西街村的人,无人不爱这棵古老又不失美艳的树,大家习惯称其为"绒仙花树"。冯岁岁从小生长在凤栖镇西街村,他熟悉村里人对这棵树的感情,大家称呼其为绒仙花树,他也习惯地称其为绒仙花树。后来,他读高中,在植物学的课本上又发现了一个名称:凤凰花树。

绒仙花、凤凰花,不论哪个名称,都有那么点儿神秘,还有那么点儿诗意,总之,都是美丽的。

因为村里人习惯了绒仙花树的叫法,冯岁岁发现了凤凰花树的新名称,他就想着为这棵树正一正名。这是因为,冯岁岁喜欢"凤凰花"这三个字,太鲜活,太有诗意了。但他知道村里人的习惯,是保守的,不喜欢改变,他也就把他的心事埋在他的心里,没有表露过,依然与大家一样,把这棵俩人合围的大树称为绒仙花树。曹喜鹊嫁到凤栖镇西街村来了,她的到来,为这棵古老而美艳的大树带来了一个新的名称,她称这棵树为合欢树。

合欢树!合欢树!

这是曹喜鹊嫁进凤栖镇西街村来的头一年春天,看见满树红花时,站在树下,情不自禁地说出来的。村里人初听她这么叫,都愣了愣神,并没有往心里去。但是冯岁岁听到了就很不一样,他还专门查阅词典,做了进一步考证,以为这个名称真是太好了,好得盖过了绒仙花树和凤凰花树的名称。冯岁岁因此而改口,把他跟着村里人叫习惯了的绒仙花树,叫成了合欢树。

借着皎洁的月光,冯岁岁抬头在合欢树上,拿眼去找刻在树身上的他和曹喜鹊的名字。不用太费神,他一眼就找到了。眼瞅着他和曹喜鹊被刻在合欢树上的名字,冯岁岁开心地笑了。他知道,他的笑容该像合欢树上嫣红的合欢花一样呢!

一个身影,像飘动着的一件彩衣,从合欢树的背后,突然飘了出来,飘进了冯岁岁的怀里,拥住了他,热辣辣地叫他了。

飘进冯岁岁怀里的人,可不就是曹喜鹊吗?

曹喜鹊呢呢喃喃地叫着他:"岁岁哥!"

本能使冯岁岁把叫着他的曹喜鹊轻轻地拥住了。

这是非理性的一拥呢!冯岁岁知道,从乡村伦理,从社会风气,从……从任何角度来看,曹喜鹊都不该飘进他的怀抱,而他也不该拥住曹喜鹊。曹喜鹊结婚了,他也结婚了,都是结了婚的人,咋还敢相拥相抱呢?严重的问题还在于,曹喜鹊的婚姻,可是军婚呢!胆敢突破军婚这一红线,等待冯岁岁的,就是一根粗不拉拉的麻绳了,绑他起来。麻绳如有毒的蛇一般,缠绕在他的身背上,杀进他的肉里去。

冯岁岁梦吒似的应了一声:"嗯。"

冯岁岁的嗯声未落,他就浑身一个激灵,把他拥着曹喜鹊的手松下来,又忙着去解曹喜鹊缠在他腰上的手了。

曹喜鹊的手是不好解的。她说:"我明日就要动身了。"

冯岁岁说:"好事!我知道。"

曹喜鹊说:"那你抱着我,把我抱紧!"

冯岁岁说:"我不敢,我不能。"

曹喜鹊说:"是不敢,还是不能?"

冯岁岁说:"都是。"

曹喜鹊说:"你骗人。"

冯岁岁说:"我不骗人。"

曹喜鹊说:"不骗人你哆哆嗦嗦什么?"

冯岁岁说:"我哆嗦了吗?"

……

事情过去已经三十多年,不承想,冯岁岁和曹喜鹊与我在陈仓城里偶然相遇,他俩把这些旧话给我翻出来,让我知道我在合欢树上那个恶作剧式的刻画,竟然给他俩带来这么多故事。

我在承认了我的恶作剧后,向他俩道歉了。

我说:"那时候我太年轻了。"

冯岁岁说:"那时候我们也都年轻哩。"

曹喜鹊也说:"可不是嘛,年轻啊!"

就在年轻的曹喜鹊,与同样年轻的冯岁岁,在合欢树下有了一次相拥后,第二天天明,曹喜鹊就大包袱小提包,驴驮马载似的离开了凤栖镇西街村,一路的辗转,一路的颠簸,爬山越岭,去了雪域高原的西藏……不久,我也获得了回城的机会,离开了插队的凤栖镇西街村。

随军去西藏的曹喜鹊,让留守在凤栖镇西街村的冯岁岁好不牵挂。那时候的高中生,别说在相对落后的乡村,便是在自以为发达的城市,也都算是大大的文化人了呢。怀揣高中毕业文凭的冯岁岁,有他非常高的人生理想,但时势所趋,心强志高又能怎么办?冯岁岁睁眼是凤栖镇西街村,闭眼还是凤栖镇西街村,有幸担当起村子里的会计,也是他最大的安慰了。可他好像并不安心,有时间了,手捧一本砖头似的大书,在村委办公室里读,这就使凤栖镇西街村的年轻人很羡慕和向往了。我就是其中的一个,因为我也是个好读书的人。回乡插队在凤栖镇西街村,穿穿戴戴的日用物件我带了些,但其重量不及我所带图书的一小半。冯岁岁是接我来凤栖镇西街村的人,把我安排在我家的祖屋里住了下来,冯岁岁帮助我收拾着家当,他发现了我随身带来的图书,眼睛立马睁得溜圆,扑扑闪闪,似有火光在燃烧……以后的日子,冯岁岁没少来我的屋里,死缠硬磨,借阅我的图书。

我和冯岁岁,因此走得非常近。

曹喜鹊要随军去西藏,冯岁岁与她在合欢树下,发生了那么一次偷偷摸摸的相拥。我要返回陈仓城,冯岁岁不用偷偷摸摸,他大张旗鼓地赶了一趟集,割了一吊子猪肉,称回几样子菜蔬,在他的家里,让他婆娘焖臊子炒菜,请我喝了酒,吃了臊子面,和我很有那么点同志式地相拥了一下。

在这里,我得说明一下,冯岁岁比曹喜鹊结婚早了两年。他和他的婆娘说不上和睦,也谈不上矛盾,凑凑合合地过着……当然,这不是因为曹喜鹊,他们夫妻一开始就是这样。

曹喜鹊嫁来村上迟,走得又很快。冯岁岁想她可能一直就在西藏随军了,但半年没过,曹喜鹊单身一人,又回到凤栖镇西街村了。

曹喜鹊离开凤栖镇西街村时,轰轰烈烈的,娘家人来了不少,家里和村里又跟了不少人,把穿戴得花枝招展的曹喜鹊送了一程又一程……这次回凤栖镇西街村,却回来得凄凄清清、孤孤单单、朴朴素素。然而,一身绿军装的她,回到村子来了,怎么说也是一个新鲜,村里人自然要围上去,围着她的人,都惊讶地发现,曹喜鹊绿军装的左臂上系着一圈黑色的袖章,袖章上缀着一朵十分显眼的布质小白花。

这是怎么了呢?

一纸公文传到了冯岁岁的手上。公文揭开了曹喜鹊袖章上的秘密,她的丈夫冯甲亮在西藏"光荣"了。

丈夫冯甲亮"光荣"了,给了曹喜鹊一个机会,她可以接过丈夫冯甲亮的枪,守卫在祖国边疆的。部队上的首长和曹喜鹊谈话了,把这个信息告诉了她,但她拒绝了。

她没有领受部队首长的这个大人情。

曹喜鹊说:"谢谢首长!"

部队首长听出了曹喜鹊"谢"字里的异样,开导她说:"怎么说,部队都比农村强。"

曹喜鹊说:"我不傻,我知道。"

告别了西藏,告别了安葬在西藏的丈夫冯甲亮,曹喜鹊缝制了一个黑袖章,在黑袖章上缀了一朵白色的布花,毅然决然地回到了凤栖镇西街村。

冯岁岁身为村上的干部,他有义务关心曹喜鹊的生活。光天化日的,冯岁岁手拿一级又一级传到村委会里的红头文件,寻到曹喜鹊的家里来了。

六

来得不是时候呢!曹喜鹊的公公婆婆,还有冯甲亮嫁出门的老姐姐和守在家里的小兄弟,全都一脸黑云,烟笼雾障的,相聚在一起。冯岁岁看得明白,他们团结一致,是在和曹喜鹊分家。冯岁岁进了他们家的门,看到这个情景,心想转身就走,可是他的腿脚不听话。而这又是不好责怪腿脚的,是他的眼睛和曹喜鹊的眼睛碰撞在一起了。

曹喜鹊的眼睛是哀伤的,是无助的。

冯岁岁受了这双眼睛的牵引,他是不能一走了之了。为了新成寡妇的曹喜鹊,他大胆地走进他们一家人的中间,向他们问话了。

冯岁岁说:"你们这是弄啥呢?"

曹喜鹊的小叔子接话了,说:"驴槽里伸出个马嘴!我们弄啥你看不出来,要你多舌?"

曹喜鹊的公公挡住了小儿子的话,说:"吃了枪药吗你?啊,咋给你岁岁哥说话哩?他是村会计呢,他该问咱弄啥的。"

冯甲亮嫁出门的老姐姐迅速地把黑着的脸变换了回来,有了那么点儿的笑意,说:"家门不幸哩!我大弟甲亮……我们还能咋样?分家过吧。"

冯岁岁把从部队转到他手上的红头文件亮了亮,放开声音,念了其中几条,都是对烈士配偶优待的措施。他念完了,说:"我还有事,你们忙你们的。"说过了,收起红头文件,就要抽身而去,却被曹喜鹊的公公拦住了。

曹喜鹊的公公说:"你是村干部哩。让你碰上了,你就不忙走。"

冯岁岁好像等的就是这句话。

曹喜鹊的公公挡下了冯岁岁,说:"我儿媳妇成烈属了,那么,我和我儿他妈呢?我们是不是?"

政策上的事情,冯岁岁不能马虎,他当即点头,说:"谁说不是了?当然是。"

曹喜鹊的公公说:"那就好,你在家里做个见证,我们不会亏着谁的。"

一切都在冯岁岁的眼皮子下,由曹喜鹊的公公用斗量了家里的粮食,按人头分了开来。接下来,数着家里的房子,还有家里的农具和锅灶上的物件,也都做了适当的分割。冯岁岁看着,没有看出分割得不公,但看出,分割出来的曹喜鹊,要想顶门立户,还有许多的欠缺。

这有什么办法呢?一个完整的家分割开来,少这缺那是必然的。

回到村委会,冯岁岁也不请示村支书,自己做主,按照军烈属的有关优惠政策,把曹喜鹊分家缺少的东西,列出个清单,到镇子上去,一件一件买下来,叮当乱响着,背进了曹喜鹊的家。

谣言因此而生,像生着牙齿的恶狗,撕咬着冯岁岁和曹喜鹊。

别说凤栖镇西街村的人,满凤栖镇上的人都说他俩有一腿。

同情曹喜鹊的颜秋红、乌采芹,不敢给冯岁岁带话。她们背过人,给曹喜鹊传了话,要她可是必须小心哩。别不当事惹出个啥麻哒(方言:麻烦)来。

好姐妹的带话,能起什么作用呢?谣言像生出腿来似的,一路走着就传到曹喜鹊的娘家,她娘家爸和娘家的兄弟,拉来了几辆架子车,到凤栖镇西街村来,不由分说,就把曹喜鹊的口粮装上架子车,还有曹喜鹊的柜子、箱子,和床上铺的盖的、灶上用的使的,一股脑儿搬出家门,装上架子车,然后爬上曹喜鹊的房顶,要溜房上的瓦。曹喜鹊闻讯赶回来了……要知道,曹喜鹊是个很要脸面的人,自然也就是个很要强的人,她成了烈属,她有资格享受优待,大田里的活儿不说了,就说她的自留地里要下种,要收割,要灌水,要追肥,她给村委会放个话,村委会没有理由不帮助她。但是,曹喜鹊不给村委会放话,一切的一切,她都自己干了。娘家爹和娘家兄弟,到凤栖镇西街村来,装她的粮食,抬她的箱箱柜柜,搬她的家儿家什,她是不知道的,她正在大田地里和村里的一帮妇女春锄麦田里的杂草。

　　脚手不闲的曹喜鹊,在她悲戚地变成一个烈属后,似乎比之前更加勤奋了。家里地里,她像一头不知疲倦的牛,没黑没明地干着,就不晓得歇一歇。

　　春天真是好啊!在大田里春锄的曹喜鹊,看得见桃树上盛开的红花,看得见李树上怒放的白花……她的心里,虽然有谣言的噬咬,但她是不把那些个谣言当回事的。她的心情,在和煦的春风吹拂下,感到少有的惬意……突然地,就有消息传到大田里来,有人告诉她,说她娘家爹来了,来接她回娘家哩。

　　曹喜鹊没听明白,说:"我娘家爹……接我回娘家?"

　　来人说:"你回去看看吧,看看你就知道了。"

　　曹喜鹊没敢迟疑,她把春锄的锄头往肩上一扛,大步流星地就往家里回了。

　　传话的人说得没错,曹喜鹊看见了,娘家爹和娘家的兄弟们把她的全部家当都装上了几辆架子车,而且已爬上她的房顶,要溜她房顶上的瓦片了。看到这个情景,曹喜鹊是想大喊一声的,但她没有喊出来,只觉得心口上一阵剧痛,眼睛一黑,往前一扑爬,就重重地跌在娘家爹的面前。

娘家爹失了慌,把曹喜鹊揽进怀里,大拇指指甲就掐在了曹喜鹊的人中上,旁边的兄弟们也都围上来,一声比一声急地呼叫着曹喜鹊,是兄长的就喊妹妹,是小弟的就喊姐姐,好一阵手忙脚乱,曹喜鹊从昏黑的世界醒了过来。

娘家爹喜出望外地说:"你醒来了!"

曹喜鹊却还一脸的茫然。

娘家爸就又说:"爹来,是接你回家的。"

曹喜鹊摇头了。她说:"爹你不知道,我身上有了。"

娘家爹说:"有什么有?爹接你回家,给你再找一户好人家。"

曹喜鹊依然摇着头,说:"爹你听不懂我的话?"

娘家爹说:"什么听懂听不懂?"

曹喜鹊说:"我说我身上有了冯家的骨血了!"

凤栖镇西街村一会儿的时间,围来了许多人,大家把曹喜鹊以及她娘家爹和兄弟们围得水泄不通。曹喜鹊说的话,她的娘家爹和兄弟们听见了,围来的村里人也听见了。大家在听见的同时,也都听懂了,知道曹喜鹊不会跟着她娘家爹和兄弟离开凤栖镇西街村的呢。于是,一哄而上,把抬出门装在架子车上的粮食,还有箱柜以及一应家具,都从架子车上卸下来,又都抬回了曹喜鹊的门里,安放在原来的地方。

在大家做这一切时,曹喜鹊的脸上挂着满意的笑。

曹喜鹊正满意地笑着,胸腔里突然一阵翻江倒海,她想忍没忍住,哇地吐了出来,红中杂着白,吐了她娘家爹一胳膊。

曹喜鹊没跟娘家爹回娘家,她坚决地留在了凤栖镇西街村。冯岁岁把那一切都看在了眼里,他不晓得他当时是一种什么心性,自作主张地请来了公社电影放映队,在凤栖镇西街村放了一晚上的电影。

看电影时,冯岁岁和曹喜鹊在合欢树下擦身而过,两人说了这样几句话。

是冯岁岁先说的:"从部队上,你就不该回来。"

曹喜鹊说:"该不该,我都回来了。"

冯岁岁就又说:"娘家爹接你走,你该走的。"

曹喜鹊还说:"该不该,我不是没有走吗?"

说了这样两句淡而无味的话,冯岁岁和曹喜鹊就都匆忙地走开了。这样的态度,成了他俩以后碰面的基本姿态,开口你说一句,她说一句,脚不停,嘴不停,各走各的。

呼呼啦啦的,原来的生产队散了伙,地分到了户,牲口也分到户,曹喜鹊生了一个大胖小子,见风就长,虎头虎脑,开口能叫妈妈,开口也能叫爷爷、奶奶、叔叔、伯伯了。小家伙叫得最顺嘴的,好像就是岁岁伯伯。原因非常简单,他家地里的麦子要收了,总是冯岁岁帮着他家先收割到场上,再去自己的地里割;下种也是一样,冯岁岁总是吆着牛犁,先帮曹喜鹊把地种下后,才去自己的地里……会叫人的小家伙,尾巴似的跟在冯岁岁的身后,一会儿叫他一声伯伯,一会儿叫他一声伯伯。

小家伙叫伯伯的声音非常甜,冯岁岁知道,这一定是曹喜鹊教给小家伙的。

曹喜鹊教给小家伙的本领多了去了,冯岁岁帮他家收割下种,曹喜鹊是要做些好吃好喝的给冯岁岁的,煮两只鸡蛋,烫两块油饼,小家伙拿在手上,依偎进冯岁岁的怀里,非要他张开嘴,很认真地喂到他嘴里不可。在这个时候,曹喜鹊往往要喜眯得笑出声来呢!

小家伙有个很好听的名字,冯宝儿。

冯宝儿和冯岁岁混得熟,很自然地,与冯岁岁的女儿冯杏儿也混得熟了。他俩同一年生,冯宝儿大冯杏儿三个月,他俩一块儿上的初小,一块儿上的初中,到他俩一块儿再上高中时,青梅竹马的一对子,突然地生分起来了。

这太自然了,冯宝儿和冯杏儿俩大了,长了心眼,看见了合欢树上"岁岁、喜鹊"的字样,他俩就什么都明白了。

冯宝儿夜半偷偷地爬上合欢树,把刻在树身上的字样用刀刮了去。

不是冯宝儿刮得浅,而是我当年刻得深,冯宝儿刮掉表面的一层,到来年,从刻痕的根子上,又会重新生出来。

冯宝儿刮了好几回,最后总是让他非常失望,不知怎么就刮不干净。

冯宝儿刮不干净合欢树上的图形字样,他就想着要躲自己的眼睛看见的,不去碰触合欢树和合欢树上的图形字样,这个机会让他等来了,那就是他高中毕业没考上大学的时候,母亲曹喜鹊还想让他复习再考的,而他却义无反顾地南下广州打工去了。

七

相同的是,冯杏儿高考也未能如愿,对那棵合欢树以及合欢树上的图形文字,眼不见为净,她选择了与冯宝儿一样的方式,南下广州打工。

可是冯宝儿、冯杏儿他们人在广州,眼睛和心却还留在了凤栖镇西街村似的,总能想起,以至看得见合欢树上刻画着关于他们父母辈的图形字样,或是在梦里,或是在现实中……特别是冯宝儿,他不敢看见大一点的树,是不是合欢树都不重要,他走在那些大树下面,都会不由自主地仰起头来,在树身上寻找刻在他心上,以及眼睛里的那些图形字样。

岁岁喜鹊……岁岁喜鹊……

这可是太折磨人了。冯宝儿闲暇时间在网络上游逛,像是被什么东西附了体,他神差鬼使地敲了"合欢树"三个字,呼啦啦涌出来好多这方面的条目,他一条一条地阅读下来,正阅读着,有一条信息钻进了他的眼睛里了。

这是一条求购合欢树的信息。

冯宝儿看得仔细,发现求购合欢树的是一家叫合欢酒店的企业,这家酒店的所在地,不远不近,就在距离凤栖镇二百公里不到的陈仓城。这可是太好了,冯宝儿二话不说,就在这条求购合欢树的信息后边,跟了一条信息过去。

不论南方北方,现在的城市,都如一头贪婪的巨兽,它们的胃口真是好极了,几个日头不留意,就会把自己吃肥一圈子,虚虚胖胖,让人看了,总有一种眩晕的不舒服感。南下广州打工的冯宝儿,客居在这座城市里,就是这么看来着。这成了他的一种习惯,坐在了电脑前,总要对散布在中华版图上的城市进行一番搜索。他很厌恶自己这么做,这太浪费时间了,但他对自己一点办法都没有,闲暇时间,总会不自觉地把自己挂在互联网上,在那一座一座城市里游玩。如此游玩不息,却也意想不到地带给了自己一个机会,他所在的企业录用销售人员,他积极报名,参加了一场又一场的考试和面试,笔如泄湖,口若悬河,结合本企业的产品特点,和他掌握的各地城市概况,一、二、三、四,条分缕析,说得头头是道。他被千里挑一地录取了,从忙得顾不上放屁的生产线上下来,带着他们企业的产品样本,穿梭在全国各地的城市之间,三四年的工夫,他便成为一个优秀的企业营销人员。

市场经济的好处就在这里,谁的市场业绩大,谁的个人收入就多,谁获得的奖励就高,冯宝儿现在有几家银行的金卡、钻石卡,叠加起来,已有接近七位数的收入了!他把一小部分寄回给凤栖镇西街村的孤寡母亲曹喜鹊,留下绝大部分,计划在他生活的广州城,先交预付款,买下一套住宅,把母亲曹喜鹊从凤栖镇西街村接出来,跟他住在一起。他有这个条件,能让受了半生孤苦的母亲享几天清福了。

冯宝儿心里清楚,把母亲接出凤栖镇西街村,让母亲跟他在城市享福,很大程度上只是一种借口。他最本质的想法,就是要他的母亲曹喜鹊躲开村里的那棵合欢树。

瞌睡遇着了枕头,冯宝儿还没实施他的这一步计划,却有求购合欢树的信息撞进了他的眼睛。他把自己有棵合欢树的信息给求购方传过去,没多大一会儿,就有信息反馈回来,他们有购买意向,让冯宝儿报价,并让发来合欢树的照片,以便他们选定。报价对冯宝儿是小菜一碟,长年累月地做推销,他有太多这方面的经验,他会给出一个双方可以讨论的价目。

现在的城市扩张得太快了,在绿化方面,都嫌栽植小树不过瘾,很想一夜之间,就使水泥钢筋结构的新区,绿树婆娑,浓荫匝地。这有什么好办法呢?没有别的,只有移栽大树了。

大树进城!不约而同地,冯宝儿发现他穿梭而过的城市,像开展一项大的运动,争先恐后地把农村中的大树挖出来,移栽进城市里来。

其中就有一些特殊需求,譬如求购合欢树的那家叫合欢酒店的企业。在此之前,冯宝儿每每看见拉着大树进城的汽车,风驰电掣地从乡村公路往城市里跑,然后用吊车吊起来,再往一个一个的植树坑里移栽时,他的心里一点都不高兴,甚至有种莫大的悲哀。他在心里不止一次地埋怨过,你城市好,能把农村的大树都栽进城市里来,你就把农村的人、农村的牛羊猪鸡都移进城市里来!

冯宝儿看到求购合欢树的信息了,他的心里尽管还有埋怨,但他不像原来那么激烈了。他也将成为一个大树进城的帮凶了。

怀揣着这样一种矛盾的心情,冯宝儿顺道回了一趟凤栖镇西街村,给合欢树四面八方照了相,洗出来,拿到陈仓城的合欢酒店,和他们商量销售了。冯宝儿见着了白白胖胖的项治国,两个人没太费心机,几个回合下来,就谈成了交易合同。原因是很简单的,一则是项治国把合欢树的照片看过后,非常中意要买;一则是冯宝儿回到凤栖镇西街村,再见刻画在合欢树上的字样,感觉更加刺眼,一心要卖。

可是他们两人谈定的合同,在凤栖镇西街村里却卡了壳。

卡壳的根源不在村里的干部。见钱眼开了的村干部,架不住冯宝儿几年销售跑出来的嘴巴,很快交了底,同意冯宝儿和项治国的合同。大型的挖掘机、吊车,都轰轰隆隆地开进凤栖镇西街村,开到了合欢树下,搅扰得合欢树上的喜鹊嘎嘎叫着乱飞,这就引得冯宝儿的母亲曹喜鹊颠儿颠儿地跑来了,跑来了的她,啥话先不说,一屁股坐在了合欢树的根子上,怒目圆睁地看着她的儿子冯宝儿。

曹喜鹊瞪了儿子好一阵子,她说:"狗东西本事大了呀!"

曹喜鹊说:"本事大得要挖合欢树,那你就先把老娘的根刨了!"

冯宝儿南下广州打工,极少回凤栖镇西街村,即便回来,也是匆匆地天擦黑进门,天不明又出门。这一次回来,很有耐心地陪了母亲曹喜鹊几天,特别是他举着电光闪闪的照相机,给合欢树前后左右、四面八方照相的时候,在自家门口远远地看着儿子,曹喜鹊心里甭提多舒坦了。

儿子大了呢!知道母亲的心了咧!

狗东西……母亲曹喜鹊高兴了这样骂儿子冯宝儿,不高兴了还这样骂儿子冯宝儿,是亲切,是憎恶,在语气上有分寸。冯宝儿知道回来陪她说话,陪她高兴,她骂冯宝儿狗东西,是心疼冯宝儿没让她白养。现在,她一屁股坐在合欢树下的根儿上,再骂冯宝儿狗东西,就只有憎恶了。这时候的曹喜鹊,心里一下子明白过来,儿子冯宝儿喜眉笑脸地回村来,串通村上的干部,可不是卖合欢树那么简单,他是向娘的心上戳刀子呢!

狗东西啊!厌嫌娘了哩!

轰鸣中的挖掘机,向合欢树伸来了钢铁的利爪;轰鸣中的起重机,向合欢树伸来了钢铁的抓手……那威风凛凛的利爪和抓手,就高悬在曹喜鹊的头顶上,她岿然不动,怒目盯着儿子冯宝儿,她看见儿子的脸红了,红了一阵儿又白了……恰在这时,早已不当村里会计,之后又在村里什么事都不干,一心务劳责任田的冯岁岁,也到合欢树下来了,他强硬地分开围在合欢树下的人群,挤到合欢树下,和坐在合欢树根上的曹喜鹊对视了一眼,就也挨着曹喜鹊,和她肩并肩地坐了下来。

冯岁岁和曹喜鹊不用抬头看,就知道在他们坐着的合欢树上方,是我当年刻画在树上的"心"形图样,以及"岁岁喜鹊"四个字。这四个字虽被冯宝儿用镰刀刮削过,但他总是刮削不掉,一直生长着,很醒目地生长在合欢树上。

围在合欢树前的凤栖镇西街村人,都把眼睛投在肩并肩坐在树下的冯岁岁和曹喜鹊身上,看了一会儿,不知是不好意思,还是别的什么原因,目光悄悄地躲开来,慢慢地抬着,最后又都落在合欢树上他俩的名字上。

作为姐妹的颜秋红、乌采芹,她们那天都因为自己的事情,不在现场。但她们后来听说了,不约而同,都被冯岁岁和曹喜鹊感动了呢!他们是勇敢的,年轻时就很勇敢,一直勇敢了一辈子,他们没什么害怕的了,他们就更勇敢了。

对于他们的行为,冯宝儿瞧着,却只有恼怒了,而且还忍无可忍!冯宝儿把他的牙齿咬得咯吧吧响,并还攥紧了拳头,配合着他紧咬着的牙齿,咯吧吧地也在响着!

冯宝儿能怎么办呢?他除了憋气,是一点办法都没有的。

冯宝儿拧转身,举起咯吧乱响的拳头,在自己的额头上擂了几下,撇开轰轰隆隆地吼叫着的挖掘机和起重机,还抛开他的母亲曹喜鹊、冯岁岁和凤栖镇西街村的乡亲,像头受伤的牛犊子,跑向凤栖镇西街村的村外去了。

八

和冯杏儿联系一下如何?

怀揣一颗受伤的心,冯宝儿离开凤栖镇西街村,却没有立即南下广州,去做他熟悉的营销工作。凤栖镇西街村的合欢树,像个长满了尖刺的怪兽,填塞进他的心里,使他的心总如开花的合欢树,红亮亮的满是血迹。他不信自己一个大活人,对一株老了的合欢树就没办法。落脚在陈仓城,与合欢酒店的项治国经理在酒店的包间里喝着闷酒的冯宝儿,突然想到了冯杏儿,他不能自禁地偷偷乐了一下。

项治国看见冯宝儿那偷偷一乐,说:"乐什么乐?你倒是想辙呀!"

冯宝儿说:"有辙了。"

项治国说:"什么辙?"

冯宝儿说:"冯杏儿。"

项治国说:"什么冯杏儿?"

一五一十地,冯宝儿给项治国细说起冯杏儿来了。青梅竹马的他们,两小无猜的时候,在凤栖镇西街村走得太近了。读书读到中学,朦胧中有了些人间的意识,他们开始疏远了。那种疏远,说透了可能是一种亲近。不过他们发现了合欢树上的秘密,便一下子变得像仇人似的,互不来往,更不搭话,躲不过碰了面,也是怒目相向。女儿家的冯杏儿,为此还问过她的母亲。她母亲人称病秧儿,瘦瘦弱弱的一个人,进了凤栖镇西街村后,几十年了,好像就没离开过中药罐罐,什么时候从她家的门口走,都会有一股呛人的中药味儿,直往人的鼻孔里钻。冯杏儿有一次避开她爸冯岁岁,问她母亲了,母亲也不回避她。

母亲说:"男人嘛,都是野狗一条。"

冯杏儿是不懂的:"野狗?我爹是野狗?"

母亲说:"野狗没什么不好。咱们凤栖镇西街村,街巷里多的是野狗,跑跑跑,逛逛逛,跑累了,逛累了,就都回家了。"

冯杏儿埋怨地说:"妈你说的啥嘛?"

母亲说:"不说了,你还小,长大了你就知道了。"

药罐罐里养着的冯杏儿母亲,在冯杏儿的记忆里,这是和她说得最多的一次话。过后不多日子,她病秧子似的母亲,一口痰卡在喉咙里没吐出来,就把自己憋过去了。当时,冯杏儿在县城的高中读书,她回到家里来,抱着她病秧子似的母亲,把自己都哭昏了过去。

秋末冬初的日子,胳膊还戴着黑纱的冯杏儿该换季了。过去的日子,是她病秧子的母亲给她准备的,母亲走了,谁给她准备呢?瑟缩着稚嫩的小身板,她从县城中学回家换季来了。父亲冯岁岁没让没了母亲的冯杏儿失望,他把一件新崭崭的粉红色的毛衣取出来,让冯杏儿穿了。这是件手工织的毛衣哩,手织的人用了很多心思,织出了非常好看的针脚和图样,冯杏儿穿上身,爱得不得了,用手仔细地抚摸着,还和她爸冯岁岁说了这样一句话。

冯杏儿说:"我妈在的时候,我都没穿上这么合身的毛衣!"

话跟着话,冯岁岁说:"你妈手笨嘛。"

冯岁岁说:"你知道这是谁给你织的吗?"

冯岁岁说:"是你喜鹊姨姨给你织下的哩!"

冯杏儿听他爸这么一说,先是失控地尖叫了一声,继而拧身脱下毛衣,撕出一个线头,不停地撕着就往家门外跑,一边跑一边还拖着毛衣,让拖得长长的毛线头在她的身后拉成一条曲曲弯弯的长线,跟随着冯杏儿,蜿蜒着一直拖到合欢树下。冯杏儿鼓足了力气,把她撕扯得已经没了形状的粉红色毛衣,就往合欢树刻着"岁岁喜鹊"的图样上砸,她砸了一次不够,拾起来还砸,用毛衣砸得不解恨,就还把树下的泥巴和砖块拿起来往"岁岁喜鹊"的图样上砸。

冯杏儿默不作声地砸打着合欢树上的"岁岁喜鹊",砸打得没有一点力气了,这才站在合欢树下哭起来,哭得鼻涕眼泪一大把,冷风吹来,吹动了她身上仅有的一件小汗衫,她不知道啥时下起雪来的,就那么哭泣着站在纷纷扬扬的大雪中,瑟瑟地抖着。

冯杏儿不知道,她爹冯岁岁手足无措地站在她的身边,而在不远处,曹喜鹊也紧张地扶着门框,在看着她。当然了,栖居在合欢树上的喜鹊,喳喳啼叫的喜鹊啊,赶在这个时候,也都安静地趴在窝里,睁着骨碌碌乱转的小圆眼睛,吃惊地看着冯杏儿。

发生过的不愉快,过去了许多年,冯宝儿在给项治国说起冯杏儿时,依然历历在目。

项治国笑了,冯宝儿也笑了。

南下打工,冯宝儿从流水线上成功转型为一个很有成就的企业营销员,冯杏儿也是,与冯宝儿几乎同时也顺利转型为一个优秀的企业营销员。同为营销员的他俩,还因为合欢树上"岁岁喜鹊"的字样,仍然心存芥蒂,但是已没在凤栖镇西街村里时那么明显了。他们时不时地会碰一个面,时间允许,心情允许,他们还会坐在一家茶社里,喝一会儿茶,拉一会儿话。

时间和距离,消弭着两人曾经的不快。

当着项治国的面,冯宝儿拨通了冯杏儿的手机,两人各自调侃了几句,便说到了正题上。冯宝儿把他出卖合欢树给项治国的事,说了个开头,冯杏儿就都明白了。

冯杏儿说:"好啊!"

冯宝儿说:"好是好,但没卖成。"

冯杏儿仿佛先知先觉一般,在电话那头笑了起来。她说了,就你冯宝儿脑子笨,方法有问题。接着又给冯宝贝儿打气,要他不要气馁,在陈仓城好生等着,有酒了喝几杯,没酒了买份报纸,报眼报缝都甭放过,打发你的时间吧,看我怎么办。

冯宝儿还想和冯杏儿仔细说的,冯杏儿却咔地合上了手机盖儿。

冯杏儿说到做到,在接到冯宝儿电话的时候,她还在杭州的西子湖畔,陪伴着客户在那个叫半边楼的酒店尝湖鲜,她向客人说了声对不起,这就给机场的售票柜台拨打电话,预订了一张回陈仓城的机票,然后给客户神神秘秘地编了一个理由,就一连声地说着对不起、对不起,这便埋了单,让客户自己慢用,她则出了酒店,招来一辆的士,直奔机场而去,不待天黑,就已到达陈仓城的合欢酒店。

项治国招待冯杏儿,上的是红西凤,打开来每人斟了一杯,喝进喉咙里,才要再酌第二杯时,冯杏儿说话了。

冯杏儿说:"老板好眼力呢!"

项治国说:"说不上。"

冯杏儿说:"甭客气,你有一个合欢酒店,我们凤栖镇西街村有一棵合欢老树,两个合欢聚到一起,不想合欢都不成!"

项治国说:"借你吉言。"

冯杏儿说:"光有吉言不成,你还得出些水。"

项治国说:"我出过了。"

冯杏儿说:"出过了?那你把我们凤栖镇西街村的合欢树移栽过

来呀!"

项治国不言语了,他给冯杏儿、冯宝儿和自己又都斟了一杯红西凤。

冯杏儿说:"酒咱不忙喝。"

项治国就端着酒杯,很听话地仰着他的胖白脸,看着冯杏儿。

冯宝儿也是一个样,手端一杯红西凤,扬起他向日葵一般的脸儿,对着冯杏儿看。

冯杏儿先是抿嘴一笑,她让项治国再出一点水,不要多,够凤栖镇西街村年龄六十岁以上的人出去游玩三天就行了。

冯宝儿听明白了,他给冯杏儿鼓起掌来,啪啪啪啪地鼓着,项治国站起来,端起他斟好在杯子里的红西凤,直说冯杏儿不简单、有主意,当即答应,村里老人游玩的费用他出,花多少给多少,只要能把那棵老合欢树顺顺当当地移栽到他的合欢酒店门前来,其他无所谓。

冯杏儿和冯宝儿也都站了起来,并且也都端起面前的红西凤。

冯杏儿说:"咱们一言为定。"

冯宝儿和项治国相互看了一眼,都端着红西凤碰向了冯杏儿。

九

空!怎么就这么空呢?

乘坐冯杏儿承租来的豪华大巴,冯岁岁、曹喜鹊等凤栖镇西街村的老人,北上法门寺烧了香,南下楼观台问了卦,东去临潼洗了温泉,顺便在西安的钟楼上撞了钟,下了钟楼去同盛祥吃了羊肉泡馍,去德发长吃了饺子宴……三天的时间,像是做梦一样,一切是那么新鲜,一切是那么亲切,这一切的一切,可不都是老人们梦寐以求的好享受嘛!过去,都只是在心头想那么一想,在嘴头说那么一说,能把那些妙景都看一看,能把那些好吃的都尝一尝就好了呢!

此前只是想,想不到老了老了倒是梦想成真,心跳眼馋地都看了一遍,都吃了一遍。

多亏冯岁岁的好闺女哩!

南下打了几年工,锻炼出来了,长了本事了,心上还挂念着凤栖镇西街村,挂念着凤栖镇西街村的老人。

颜秋红、乌采芹还是因为个人的原因,没能参加那次活动。

颜秋红、乌采芹她们当时已离开了村子,到陈仓城里去了呢。如果把活动安排在陈仓城,给她们带一句话,她们是也能参加的呢,但是像躲陈仓城似的,人家冯岁岁的女儿冯杏儿,把村里的老人都带去了西安……嗨,离开村子就有这些不美气。

颜秋红、乌采芹她们知道后,眼红羡慕是正常的。因为参加了活动的老人们,确实逛得开心,逛得安全。

当然这都要仰赖冯杏儿哩,她没有把车租来就走掉,而是陪着老人们,一步不落地走。一路陪着一路笑,笑面如春,且嘴甜似蜜,到了法门寺,她给老人们讲解法门寺里的讲究和故事,那些故事她熟悉得像是经历过一样,把老人们讲得一惊一诧,长吁短叹……因为是女儿冯杏儿的主意,而且又是冯杏儿筹措的经费,冯杏儿不避麻烦,极其耐心、热情地陪着老人们一起走,这使冯岁岁无比快乐。他快乐,同车来的老人就都快乐,其中自然还有曹喜鹊。曹喜鹊不是个心疼钱的人,冯岁岁的女儿冯杏儿挣下钱了,给村里的老人花去一些,花在该花处,花响了……她还是个不怕麻烦的人,抽出时间陪着老人们一起走,还是一个值呢!在几十个老人的旅游队伍里,冯岁岁倒不怎么张扬,反倒是曹喜鹊,很有一种扬眉吐气的感觉,想她嫁到凤栖镇西街村的日子吧,啥时候这么开心过?一路走来,曹喜鹊为了冯杏儿,更为了冯岁岁,把腰一直挺着,把胸一直挺着,说话的声音也洪亮了许多。

几十个老人的旅行团,不只冯岁岁,还有曹喜鹊,差不多成了大家伙儿的中心。

有人恭维冯岁岁:"你养了一个好女儿哩!"

一人恭维，其他人也跟上附和，说："年轻时苦一点算什么呢？到老有福享，就什么都够了。"

曹喜鹊为冯岁岁高兴啊！她就也说了："可不是吗？大家说得对。"

冯岁岁在凤栖镇西街村的老人旅行团里，因为这些因素，他像大家一样，自然是开心的、高兴的，但他很少说话，便是大家你争我抢地恭维他时，他也是闭着嘴不插话，听大家恭维得过了火，甚至还要躲开一些。正是他的行动牵引着曹喜鹊的目光，时不时地要越过围在她身边的其他老人，去找快活着但又沉默着的冯岁岁。都在一个村子里盛着，冯岁岁和曹喜鹊的事谁不知道呀？大家是心知肚明的，但是碍着相互熟悉的面子，在村子里不好说啥，自然也就不好起哄。现在好了，脱离开了凤栖镇西街村的环境，大家有心起哄了。

要说，这是怪不得大家的，曹喜鹊用眼睛寻找冯岁岁，总是一寻一个准，寻着了呢，她会盯冯岁岁一眼，冯岁岁也会还她一眼。那一人一眼的内容，哪怕是个瞎子，也看得明白。三天过去，老人们游逛得意犹未尽，却到了返程的时间，没了什么好耍的事情，这就在豪华巴士里拿冯岁岁和曹喜鹊开涮了。

呼呼啦啦的，大家抢着上了旅游巴士，把旅游巴士上的座位都占下来，单留下最前头的一排双人座，让最后上来的冯岁岁和曹喜鹊坐。众目睽睽，冯岁岁倒是不好意思，而曹喜鹊不管不顾，先坐上去，然后瞥了冯岁岁一眼，逼着冯岁岁不尴不尬地挨着她坐了下来。

正是他俩相挨着的这一坐，惹得有人开口了，说："你俩呀，年轻没命做夫妻，年老了，做个伴儿倒是蛮般配的。"

话头这么一开，跟着就是一阵风，鸭一嘴，鹅一嘴，如果不是碍着冯岁岁女儿掏钱让大家玩的面子，旅游巴士的一伙老玩货，还不知会对冯岁岁和曹喜鹊玩出什么花样来。

热热闹闹的几日游玩，兴高采烈地回到凤栖镇西街村，让冯岁岁和曹喜鹊最先感到村子的变化是空，太空了！

不仅冯岁岁、曹喜鹊两人感觉村子空,村里一块儿外出旅游的老人们,都感觉到了村子的空。

这种空,让人空得心慌意乱,让人空得不知所措。

什么原因让村子变空了?

那对恩恩爱爱的喜鹊,告诉了大家真相。两个可爱的家伙,过去都是站在合欢树上喳喳喳喳叫着的,这时候没有了它俩站的地方,就凄凉地站在黄土打的墙头上,带有十分的无奈,还有十分的忧伤,喳喳喳、喳喳喳……哭一样地鸣叫着!冯岁岁听见了喜鹊的鸣叫,曹喜鹊也听见了喜鹊的鸣叫,村子里一起外出旅游的老人们,都听见了喜鹊的鸣叫。

循着喜鹊的鸣叫声,大家看见了喜鹊,合欢树在的时候,它俩有枝可依,就都在合欢树的树枝上鸣叫了。现在不见了合欢树,它俩就只有站在墙头上,凄凄凉凉地鸣叫呢!

哦……喜鹊栖息的合欢树不见踪影了!

发现了这个问题,冯岁岁一下子明白过来,他女儿抽出时间,费上银钱,租来旅游巴士,陪同凤栖镇西街村的老人们出外旅游,其用心在这里呢!调虎离山,女儿冯杏儿玩的是这样一套把戏呢!她把当爹的他,还有曹喜鹊等村里的老人以旅游的方式骗离凤栖镇西街村,好让冯宝儿组织挖掘机、起重机来把合欢树卖掉!

女儿冯杏儿,还有冯宝儿,把他们的孝心用得真是地方呀!

冯岁岁的眼睛湿了,曹喜鹊的眼睛红了,他俩的眼里有泪水在旋转。冯岁岁上前一步,堵在了依然春风满面的冯杏儿面前,咬牙切齿地问女儿。

冯岁岁说:"你把合欢树卖了?"

冯杏儿是还想抵赖的,她躲着老爹的目光。

冯岁岁不让她躲,追着继续问:"你女子长本事了,做得出来,就说得出来。"

冯杏儿的嘴张了张,她被她老爹逼迫得快要说出来时,冯宝儿斜刺里插进来,给冯杏儿解了围。

冯宝儿说:"咱村不缺一棵合欢树,咱村缺的是钱!"

曹喜鹊赶过来了,她边往冯宝儿身边赶,边日娘叫老子地骂:"狗日的你,什么缺不缺的,我看你就是缺德!"

冯宝儿躲着他娘曹喜鹊,说:"合欢树卖了二十万,已经全额上交到村民委员会的账上了。"

钱不钱的,冯岁岁不管。他只问合欢树的下落:"女子你说,你把合欢树卖到哪儿去了?"

嬉皮笑脸的冯杏儿,扑闪着她一对好看的大眼睛,什么都不跟她老爹说。

曹喜鹊也是,不管钱不钱的,她像冯岁岁一样,关心的是合欢树被他们的一对儿女卖到哪儿去了。她问她的儿子冯宝儿:"胆子大呀!你娃敢把合欢树卖了,就敢说你卖到了哪儿。"

冯宝儿如冯杏儿一样,也是一脸的嬉笑,不跟老娘说实话。

冯岁岁从女儿冯杏儿的嘴里问不出来合欢树的下落,曹喜鹊从儿子冯宝儿的嘴里也问不出合欢树的下落,两位年逾花甲的老人,一则气愤,一则伤心,为了合欢树,不约而同地都病了一场,吓得冯宝儿和冯杏儿也不敢南下广州,双双守在凤栖镇西街村。冯宝儿给他妈延医治病,冯杏儿给她爹延医治病,冯岁岁在炕上睡了十五天,曹喜鹊在炕上挺了半个月,到两位老人病好了下炕,出门来站在凤栖镇西街村的街巷上,已有尖利的西北风,从凤栖镇西街村北的乔山上扑下来,把村里其他树上的叶子刮落到地上,在两位老人的脚下旋飞,仿佛在向两位诉说它们失去合欢树的凄凉和恓惶。

冯岁岁的家在凤栖镇西街村的东端,曹喜鹊的家在凤栖镇西街村的西端,两位老人,一个拄杖从东往被挖走合欢树的树坑边走,一个拄杖从西往被挖走合欢树的树坑边走……失去合欢树而无枝可依的那一对恩爱喜鹊,一个盘旋在冯岁岁的头顶上,一个盘旋在曹喜鹊的头顶上,也是一东一西地往合欢树被挖去的坑边飞。

到了那个很大的树坑边,冯岁岁蹲下身子,两手掬着树坑里的土,装进了一个土布缝制的袋子,曹喜鹊也蹲下身子,两手掬着树坑里的土,装进了一个土布缝制的袋子……两位老人在土布袋子装好土后,都站起来,动作迟缓地抓起土布袋子,抬起头来,去和盘旋在他俩头顶上的喜鹊说话了。

冯岁岁说了:"喜鹊呀,你知道合欢树移栽到哪儿吧?"

曹喜鹊说:"你知道的,喜鹊呀,你一定知道的!"

盘旋在两位老人头顶上的喜鹊仿佛听懂了他俩的话,扑棱着灰黑的仿佛绸子一样的翅膀,喳喳喳,喳喳喳,应了一个欢实。

十

果然,喜鹊知道合欢树的下落。

这不奇怪,鸟兽学家有过非常认真的研究,发现喜鹊是聪明的,有着其他鸟兽所难以企及的智慧,它甚至可以借助工具来为自己的需要服务。我是想了,冯岁岁和曹喜鹊如我一样,他俩相信,在喜鹊的引领下,他俩一定能够找到卖了的合欢树。

避开儿女们的眼睛,也避开了凤栖镇西街村人的眼睛,冯岁岁和曹喜鹊在那个清晨,各自背着他俩从合欢树原生土坑里挖来的一布袋土,悄悄地跟着那对恩恩爱爱的喜鹊上路了。喜鹊往哪儿飞,他们就往哪儿走。

老辈子传下来的经验里,一棵移栽了的大树,把娘家的土带得越多,成活的可能性就越大。冯岁岁和曹喜鹊没能阻挡儿女们卖掉合欢树,他们的腿长在自己身上,他们能走,他们走着去找合欢树,找到了就把他俩背着的娘家土培在合欢树的根上。

冯岁岁和曹喜鹊现在只有一个心思,盼望找见合欢树。

失去了凤栖镇西街村的合欢树,冯岁岁和曹喜鹊没有别的办法。他俩没办法把合欢树再移栽回凤栖镇西街村来,所以就只有尽一点难了的心,找到合欢树,看着失去故土的合欢树活着,好好地活着。在他俩的内心深处,刻了他俩姓名的合欢树,就是他俩自己。不见了合欢树,就像不见了他俩一样,他俩是心疼着呢!肉也是疼着呀!

喜鹊真是世上少有的灵鸟哩!

跟随着喜鹊,冯岁岁和曹喜鹊开始的时候,在路上走得颇为顺畅,他们从凤栖镇西街村走出来了,又走过了法门镇,走过了岐阳县,一路向西,往陈仓城的方向,昼行夜宿,饿了到路过的村庄里去,向村里人讨一口饭吃,渴了在路边庄稼人修筑的灌溉渠里掬一口水喝……冯岁岁和曹喜鹊是辛苦的,特别辛苦,几天的时间,他俩把自己糟蹋得与乞讨者没了二致。然而,他俩又是开心的,又是愉快的,只要跟随着喜鹊,能够找到他俩牵肠挂肚的合欢树,他俩有什么苦不能受呢?

而且最为关键的是,他俩是一对有情人哩。

有情人终于能够日夜厮守,受上那么点儿苦,又算什么呢?

苦并快乐着的冯岁岁和曹喜鹊,就这么日日夜夜、相依相伴地走在寻找合欢树的路上。他俩自己已经很苦了,都不以自己的苦为苦,眼瞅着那对恩爱的喜鹊,在天空努力地飞翔着,一会儿飞得没了影儿,让冯岁岁和曹喜鹊为了它们,把心提着,都要碎了呢,都不晓得自己该咋办时,飞得不见影子的喜鹊,又会喳喳喳叫着飞临他俩的头顶,引领着他俩继续不避苦厄地往前走……冯岁岁和曹喜鹊猜想,可亲可爱的那对喜鹊,是他俩飞在天上的魂灵呢!

冯岁岁说:"天无绝人之路,咱们有喜鹊做向导,不愁找不到合欢树。"

曹喜鹊说:"比人还通人性的喜鹊呀!"

冯岁岁说:"喜鹊……哦,你不也是一只喜鹊吗?"

曹喜鹊说:"只是你的喜鹊呢。"

冯岁岁说:"就是我的喜鹊哩。"

两位花甲的老人,这么说着,还会羞得自己脸红起来,相互地伸出手来,他拉住她,她拉住他,一步不落地向前走。

曹喜鹊发现飞翔在他俩头顶的喜鹊又飞得没了踪影,她拉了冯岁岁,俩人坐在一块秋收后的田坎上,背靠着一簇风干了的玉米秆,眼望一片绿汪汪出苗不久的麦田,曹喜鹊有话要问冯岁岁了。

曹喜鹊说:"你那女子杏儿,鬼精鬼精的,把咱的合欢树就那么骗着卖了。"

冯岁岁接过曹喜鹊的话说:"你那儿子宝儿也不赖,他和我杏儿串通好骗咱们,一个唱红脸,一个唱白脸。"

两位老人这么说着,却并不以儿女们骗了他们而气愤,相反还有一种欣赏的成分在里边。

曹喜鹊说:"两个崽娃子失算了呢。"

冯岁岁说:"失算了啥?"

曹喜鹊说:"失算他俩卖了合欢树,也就把咱俩老东西卖了。"

冯岁岁说:"对呀对呀,过去,咱俩哪敢这么近、这么亲地在一块儿呀?咱们出来找寻合欢树,倒有机会在一起,日日夜夜不离不弃地在一起。"

冯岁岁这么说,还伸手把坐在他身边的曹喜鹊往怀里拉了拉。曹喜鹊没有扭捏,小鸟依人般,很自然地偎紧了冯岁岁。

偎在冯岁岁身上的曹喜鹊,心里装的问题真不少。她问冯岁岁:"咱俩偷跑出去寻找合欢树,咱们儿女不知道,可他们知道了会怎么想?他们会撵出来找咱俩吗?"她的问题一个接一个,问过一个就还问,说是:"咱们凤栖镇西街村的亲戚邻里,不知咱俩偷跑出来的目的,他们知道了又会怎么猜咱俩呢?"这问那问的,曹喜鹊就又问到为他俩引领道路的那对恩爱喜鹊身上了。

曹喜鹊说:"真是难为了那对喜鹊呢!"

冯岁岁回答着曹喜鹊:"是呀,是真难为了它们。"

曹喜鹊还说:"那对喜鹊一会儿飞得没了踪影,一会儿又飞了来,反反复复,它们倒是累不累呀?"

冯岁岁说:"这我不好说。但我想喜鹊儿怕咱俩老胳膊老腿的,走了冤枉路,就先自己飞到前头去,探清了道路,再回来引领咱俩走。"

曹喜鹊说:"你说得对,一定是这样呢!"

恩爱着的那对喜鹊像是听得见,而且听得懂冯岁岁和曹喜鹊对它们的议论和赞美,此刻如射出的箭一样,从遥遥的远处,又一次飞临到冯岁岁和曹喜鹊的头顶上,喳喳喳喳地欢叫着,引领着冯岁岁和曹喜鹊又一次往前走了。

要说呢,喜鹊引领的道路实在是不好走,有时要翻一条沟,有时要蹚一条河,有时要横穿一段公路,有时又要横跨一段铁路……那样的路况,不只是路途遥远一个困难,但这已经不算困难了,原因是,冯岁岁和曹喜鹊在喜鹊的引领下,都走过来了。

走过去的路,可都是好路哩!

冯岁岁和曹喜鹊两人就这样感叹着给自己壮胆打气。他俩跟着喜鹊,已经走进了陈仓城……陈仓城会是合欢树的落脚地吗?

徒步走进繁花似锦的陈仓城,冯岁岁和曹喜鹊都这么快乐地想着问题,但出人意料地发生了一件大事。

这件大事就出在引领他俩一路走到陈仓城的那对喜鹊身上,寻寻觅觅、辛辛苦苦地引领他俩飞进陈仓城的喜鹊,突然就都飞不起来了,双双落在他俩的脚下,在地上跌跤爬步,痛苦地直打嗝儿。

冯岁岁和曹喜鹊可是吃惊不小,他俩交换着眼色,有一个可怕的想法涌上了他俩的心头。

喜鹊儿中毒了!

对此,曹喜鹊表现得比冯岁岁既镇定又有办法。她从她的口袋里掏出出门时带在身上的小半块儿肥皂,让冯岁岁逮住喜鹊,用手掰开喜鹊的嘴巴,她把肥皂掐成一小粒一小粒,喂进了喜鹊的嘴巴里,然后抱起喜鹊,像是抱着个婴儿一样,在怀里轻轻地摇……摇了一会儿,喜鹊儿呕吐起来了,啊哇啊哇的,好一阵子狂吐,把肚子里的吃食吐了个干净,这便无助而虚弱地依偎在曹喜鹊的怀里,静静地歇着了。

喜鹊歇着了,曹喜鹊却不让冯岁岁歇,她指派他去讨些吃的喝的来。

中过毒的喜鹊要想恢复起来,没点干净的吃食和水可不行。有了教训的冯岁岁,他的口袋里是装了几个钱的,一路走来,他没舍得乱花钱,这是曹喜鹊定下的规矩,把钱都留着,留着找见合欢树,如果合欢树需要花钱,就花给合欢树好了。所以,他俩一路几乎都是讨吃讨喝而来的。为了那对可爱的喜鹊,冯岁岁花钱买了纯净的矿泉水,买了香脆的爆豆儿,拿给曹喜鹊,看她像喂婴儿一样,小心地喂给那对引领他俩来到陈仓城的喜鹊。

把肚腹里含毒的食物吐出来,吃喝进脆甜纯净的食物和水,喜鹊儿慢慢恢复了精神,眼睛睁圆了,翅膀又展开了,又有了欢欣的喳喳的叫声……喜鹊儿倒是要再接再厉,继续它们奋勇向前的引领,引领着冯岁岁和曹喜鹊早日寻到合欢树下去,但是冯岁岁和曹喜鹊是不干的。他俩深知"磨镰不误割麦工"的道理,非得使喜鹊养足了精神,养得比以前的气势还要足,才放它们飞起来引领他们走。

城里不比乡下,乡下落后,但乡下环保纯粹,自然亮堂;城里繁华,但城里环境污染,喧闹拥挤……一对多么有灵性的喜鹊啊!从凤栖镇西街村一路飞来,经过了多少个村庄,遇到了多少条沟河,穿过了多少块田野,都没有问题。可是一进陈仓城,就遇到那么严重的情况,让冯岁岁和曹喜鹊不能不担心,不能不小心。

可亲可爱的喜鹊啊,是冯岁岁和曹喜鹊的恩鸟哩!

冯岁岁和曹喜鹊可是不想再让喜鹊受那样的罪了。

千里之行,剩下最后一程,一点马虎大意都不能有!冯岁岁和曹喜鹊小心地服侍着那对喜鹊,不敢有一点怠慢,不敢有一点差池,他俩唯恐一不小心,使他俩的恩鸟再遭一次劫难。而且是,他俩意识到,繁华到家、奢侈绝顶的陈仓城,对于恩鸟喜鹊,以及他俩自己来说,有着太多难以捉摸的危险,恩鸟喜鹊的食物中毒,敲响的只是一记警钟,谁能料到,接下来还会有什么灾祸。

冯岁岁的心志忑着,他问曹喜鹊:"喜鹊一路引领咱们走来,好好的,啥事情都没有。到了陈仓城,才刚进来,就先中了一场毒,唉!"

曹喜鹊亦忧心忡忡,她回应着冯岁岁:"陈仓城……陈仓城啊!"

冯岁岁不等曹喜鹊感叹完,他又说了:"喜鹊不太适应陈仓城哩。"

曹喜鹊说:"谁说不是呀!"

冯岁岁就又说:"那咱俩的合欢树呢?"

冯岁岁说:"合欢树能适应陈仓城吗?"

曹喜鹊说:"但愿吧。"

曹喜鹊说:"但愿适应得了。"

十一

喜鹊的路带得没有一点差池,冯岁岁和曹喜鹊的合欢树就移栽在了陈仓城。

合欢树被移栽的合欢酒店,距离冯岁岁和曹喜鹊小心将养着喜鹊的地方一点都不远。冯岁岁和曹喜鹊把那对喜鹊精心养护了几日,确信喜鹊已经恢复了原来的精神,这才放飞了喜鹊。在喜鹊的引领下,走了不到半晌的时间,就走到位于开发区的合欢酒店门前,遇到了被移栽在这里的合欢树。

在合欢酒店的大门前,让我见着了寻找合欢树而来的冯岁岁和曹喜鹊。

冯岁岁和曹喜鹊为了合欢树进城来,能够找到树,真是费了心劲了!我在陪他俩吃罢一餐顶级的高档饭菜后,他俩给我絮絮叨叨地说了寻找合欢树的不易,我是真的被他俩感动了。我在被他俩感动的同时,还被那对喜鹊感动着,以为那对喜鹊是智慧的,更是神奇的。因此,我很想为冯岁岁和曹喜鹊帮点忙的。

我能帮他俩什么忙呢？冯岁岁和曹喜鹊最想做的事就是希望移栽来的合欢树能够蓬蓬勃勃、葳葳蕤蕤地活下来。因此，我就想了，借助我的那点儿小小的新闻权，把我调查合欢酒店食品卫生问题的报告，先给项治国老板压下来。我原来就准备压的呢！我之所以要压下来，是有我的图谋的，我是要在合欢酒店拉一个版面的广告的。我拉广告不是白拉，有一定比例的回扣，是我能拿的哩。现在我不要他的广告了，以此为交换，我要项治国老板给寻找合欢树而来的冯岁岁和曹喜鹊，找个安身的事做，让他们在他的酒店里择个菜、洗个碗什么的。我的理由是，他俩有一份工打，糊住他俩的口，也好照顾移栽在酒店门前的合欢树哩。

冯岁岁和曹喜鹊在项治国特设的酒席上，不知道我在吃菜喝酒的时候，拉着项治国碰酒时，已咬耳朵地给项治国提出了这个要求。项治国商人的那点狡黠劲儿，一听就什么都明白了。他不会驳我的面子，所以在冯岁岁和曹喜鹊两人试探着也来提出这个打算时，项治国就没有不答应的理由了。

项治国说："我移栽来合欢树，就是要树活着的。"

项治国说："两个老人也要合欢树活着，我们想到一块儿了。"

冯岁岁跟风应和，说："谁说不是呢！"

冯岁岁说："为合欢树活着，我俩没少受罪。"

正是冯岁岁的两句话，引起了曹喜鹊的想象。她想她和冯岁岁为了合欢树活下来，活好了，从凤栖镇的西街村，一路背着合欢树的娘家土，背进陈仓城来，确实是把罪受了呢！曹喜鹊这么想着，肩膀上被土袋子长长久久地压着，压出来的疼痛感，一时又泛滥了起来。她伸手先揉了揉自己的肩膀，然后手顺顺当当地到了冯岁岁的身上，替他揉起了肩膀。

曹喜鹊给冯岁岁揉着肩膀说："我们背一袋娘家土不容易哩！"

曹喜鹊说："我的肩上勒出了血泡，他的肩膀上也勒出了血泡。"

曹喜鹊说："泡破了，又勒出了茧……千里路上不捎针，硬硬扎扎的娘家土,可是越背越沉哩!"

冯岁岁和曹喜鹊在合欢树下,与保安争论的时候,倒是给保安说清楚了娘家土,但项治国还不大懂得呢。因此,他问了:"什么娘家土?"

我插了一句话:"合欢树原来生根的土,老家人就叫娘家土。"

我这一说,项治国一下子懂了,他招呼着酒店里的保安,扛了冯岁岁和曹喜鹊背进陈仓城的合欢树娘家土,又让两位穿着大红旗袍的酒店服务员搀扶着冯岁岁和曹喜鹊,从酒店门里出来,来给合欢树培植娘家土了。

绕着合欢树的树根,冯岁岁指挥着年轻力壮的保安,挖出一个环形的沟槽,然后把他和曹喜鹊背来的娘家土,均匀地填埋进去,脚跟脚地踩,踩实了,又覆盖上一层就地土。

就在冯岁岁和曹喜鹊他们为合欢树培植娘家土的时候,引领他俩而来的那对喜鹊也没闲着,两只羽毛油光锃亮的花喜鹊,不知从哪儿找到一根近乎二尺长的树棍儿,张开嘴,一只叼着树棍儿的一头,双双用嘴抬着,翩翩然然地凌空而飞,飞到了合欢树的树顶上,又绕着树冠,翩翩然然地飞了几遭,寻寻觅觅地找着一个树杈儿较密的地方,很是合茬地把树棍儿架在了上边。

这太新鲜了!像是起屋架梁一样,喜鹊把在合欢树上垒窝的头一根大梁架起来了。

从酒店里吃饱饭、喝足酒,剔着牙缝走出门的一位食客,最先看见了这一幕,他惊诧莫名地指着天上的喜鹊喊了起来。

食客喊:"快看!快看!"

顺着食客手指的方向,我也看见了横抬着一根树棍儿的喜鹊,我的脖子上是挂着个照相机的,我没敢迟疑,迅速举起来,对着翩翩然然飞来,往合欢树上架着树棍的喜鹊,咔嚓咔嚓就是一阵狂拍。

这是稀罕事哩,在喜鹊自然生存的乡村,可能并不少见,但在飞禽不能自由飞翔的城市,就很难见了。

我把喜鹊筑巢架梁的照片，选择了五幅，以特写的形式发表在《陈仓晚报》上。其所引起轰动，可是太大了，整个陈仓城，上到政府官员，下至平民百姓，几乎无人不在议论，无人不在关心。有博客发烧友，以及微博发烧友，把我发表在《陈仓晚报》上的照片和文字翻拍下来，挂到博客和微博上，使这件不算很大的新闻，像架在了一口热锅上，越炒越热，热得听闻了这件事的市民，有时间没时间，都要到合欢酒店来目睹在合欢树上辛勤筑巢的那对恩爱喜鹊。

来的人多了，合欢酒店的生意就好。

连日来，合欢酒店的门前，人如潮，车如流，让又白又胖的项治国老板脸上像打了蜡一般，发着光亮，笑呵呵地迎进送出，忙得都要脚朝天了。满腹生意经的项治国老板知道这是冯岁岁和曹喜鹊带给他的红运，没有他俩寻找合欢树，就没有这对喜鹊的到来，没有这对喜鹊的到来，能有这样的效果吗？

可爱的喜鹊啊，是项治国合欢酒店不用花钱的形象大使了！

宝贝……大大的宝贝哩！

为了使一对宝贝喜鹊给自己的合欢酒店带来更大的影响，获得更大的利润，项治国把冯岁岁和曹喜鹊也当宝贝待了。他指示公司财务列出一项特殊支出，劝说着冯岁岁和曹喜鹊跟他去了一家名气很大的裁缝铺，让裁缝铺的师傅为冯岁岁和曹喜鹊各自量身定做了一身唐装。

这家裁缝铺不临大街，在一条非常偏僻的小巷里。铺面虽偏，但裁缝铺师傅的手艺非常好。过了几日，冯岁岁和曹喜鹊再一次在项治国的热情带领下，曲里拐弯地去了那家裁缝铺，把定制好的服装换穿在了身上。

冯岁岁和曹喜鹊不穿不知道，这一换穿上，让他俩几乎有种重生的感觉。开始，他俩都只在镜子前傻呆呆地看自己，把自己看得心惊肉跳，躲开镜子，再互相来看时，两人的脸红得像涂了一层油。这是出人意料的，太出人意料了，不仅出乎冯岁岁和曹喜鹊二人的意料，也出乎项治国的意料。黑裤子大红团花的丝绸唐装，往曹喜鹊的身上一换，她一下子像变了一个人,突然变得年轻了、漂亮了,像是一位极有品位的电影明星。冯岁岁也把他的黑底本色团花的丝绸唐装换上身,与曹喜鹊一样,双双对对,很有点儿异曲同工般的美妙。

他俩相视一乐,都没说话,而脸上像涂了鸡血,红红的,相互看着,把他们看得不好意思地埋下头来,小心解着衣服上的扣子,想要从身上往下脱。

项治国把他俩拦住了。

拦住他俩的项治国要他俩并肩站在一起,他俩听话地站在了一起。站在一起了,项治国乐得一拍手,大大地赞了一声,说:"夕阳红啊!你们俩。"

项治国强调说:"一对再好不过的新婚老夫妻哩!"

冯岁岁和曹喜鹊听项治国这么一说,先还害羞地离开了几步,但他俩经不住项治国的推搡,就又站得很近了,而且又还不自觉地把手拉在了一起。

项治国得意他的这一创意,想象冯岁岁和曹喜鹊这一身行头,和这一副派头,在他的合欢酒店里出出进进,给他酒店的经营,不知又会带来怎样的好处。

项治国想过了,他不能让冯岁岁和曹喜鹊躲在后厨去择什么菜,去洗什么碗,他要他俩从后厨走出来,去服侍照顾他花了大钱移栽来的合欢树,以及在合欢树上筑巢的那对可爱的喜鹊。

项治国这么做之前,还在裁缝铺里客客气气地和我通了话。

项治国说:"我的大记者呀,你说我能不给你一个人情吗?"

我不知他的葫芦里卖的什么药,哼哈了两句,说:"那我谢谢大老板。"

项治国说:"该说谢的人是我,你把那对喜鹊报道出去,让我酒店的生意火得不得了。"

项治国说:"我想说给你些钱吧,怕你廉洁拒绝,伤了我的脸。我该咋办呢?"

项治国说:"我想到了洗碗的冯岁岁、择菜的曹喜鹊,我真傻,咋能安排他俩做那粗活呢?"

我没听懂项治国的话,说:"啥意思?给我说明白。"

项治国呵呵乐了几声,说:"我要发挥他俩的特长,让他俩腾出手来,专门负责合欢树的养护,还有就是照顾好那对喜鹊。"

我对项治国的说法不存异议。

我说了:"你自己雇用的员工你自己安排。"

项治国开心他的这个安排,一则讨了我的欢心,使他在好揭企业黑幕的媒体里,有了一个我这样得力的笔杆子;二则养护好合欢树,饲养好喜鹊,能保证他的合欢酒店有个持续热火的发展。

冯岁岁和曹喜鹊,感激老板为他俩破费,就在裁缝铺里羞羞答答地问了项治国。

是冯岁岁先开的口:"你刚才是给项治邦打电话吗?"

冯岁岁说:"你为我俩破费了,给项治邦打个电话好。"

怎么个好法呢?曹喜鹊想到了钱。于是她接着问:"是啊,花了老板不少钱。"

项治国说:"钱是什么?串在肋骨上吗?"

项治国说:"花的时候要动刀子,锯开肋骨往下捋?不是,钱是流水,流来流去的,就是一个花。"

冯岁岁和曹喜鹊终觉破费,说:"我俩穿不起哩。"

项治国这就把我抬出来了,说:"我和项治邦电话上都说了,我不能不给他面子。你们两个老人呢,怕也得给他点面子呀。"

十二

哎哟喂,这是怎么了?

尽管项治国提前和我商量了包装任用冯岁岁和曹喜鹊的方案,可在我再一次来到合欢酒店,看到包装版的他们俩,我还是惊诧得目瞪口呆。但是他们俩,有了一些日子的适应,似乎也已习惯了项治国对他俩的包装和任用。我的再次到来,使得他俩见了我,表现得很有点儿"他乡遇故知"的意味,俩人就有点老来羞的那种意味,乐呵呵地迎着我。

曹喜鹊抻了抻唐装的衣摆和衣袖,挺起胸征询我的看法:"怎么样?"

曹喜鹊说着还侧了一下身子询问我:"好看吧!"

这才是曹喜鹊呢!我回乡插队在凤栖镇西街村里的曹喜鹊,泼辣大方,温婉宜人。她找寻合欢树初到陈仓城的怯惧,经过一段时间的适应,她就又还是原来的她了。不过呢,她在初见我时,还自觉不自觉地保留了那么一点儿。正是因为还保留着那么点儿羞怯,让我看着她穿上唐装的样子,确实是好看,一种上了年纪的人,积累下来的那种岁月的好看。

我认真地点了头,说:"你是会穿衣服的人,你早该这么打扮自己哩。"

曹喜鹊得到我的鼓励,说:"早这么穿,我为谁穿呢?"

旁边的冯岁岁,也又变回他在凤栖镇西街村时的沉稳和寡言。我听曹喜鹊这一说,拿眼去看他,把他看得竟然不好意思起来。

曹喜鹊伸手拉了冯岁岁一把,让他和自己站在一起,嘴张了张,想说什么没往出说,就用她藏在拖地黑裙里的脚偷踢冯岁岁。我虽然被同事和朋友认为有点愚,但还没愚到什么都不明白的地步。冯岁岁和曹喜鹊的神情,钻进我的眼睛里,他俩就是什么都不说,我也看出八九成了。

曹喜鹊用脚偷踢冯岁岁,冯岁岁也不躲,但他闭口不说话,我就只能先说了。

我让他俩站齐了,再站近一点,我要给他俩照一张相。对我的建议,他俩配合得很融洽,好像早有期待似的微微笑着,顺顺溜溜地站在了一起,刚一抬头,我就迅速地按下了快门,把他俩收在了照相机里。数码相机就有这一样好,太便利了,照好相就能在照相机的屏幕上显示。我把冯岁岁和曹喜鹊合照调出来,自己看了一眼,先自乐了起来。

我说了:"你俩的合影呀,哈哈,让我怎么说呢?看着就像结婚照!"

我乐着心里想了,有情人终成眷属,他俩是该有这一场事儿哩。因此,我又补了一句:"我开始没有瞎说。"

我还说:"要不咋在陈仓城里,就这么给你俩办个仪式!"

他俩听我这一说,心里肯定是乐着呢。不过冯岁岁没好意思说什么,倒是曹喜鹊敢说。

曹喜鹊说了:"项老板给我俩制作下唐装时,就这么说了。"

曹喜鹊说:"开始穿,真像那么回事,让人蛮不好意思的呢。"

站在我照相机前的冯岁岁和曹喜鹊话音未落,就同步围到我的身边,来看照相机显示屏上他俩的合影了。因为步调一致,还因为一起弯腰,结果在眼睛看向照相机显示屏的一瞬间,两人的头竟碰在了一起。

碰得可是不轻哩!

冯岁岁龇牙咧嘴,曹喜鹊皱眉噘嘴,各自举手揉着碰疼了的脑袋,却还眼巴巴地盯在照相机的显示屏上,他俩看得那叫一个出神,看得那叫一个喜悦。

回过神来的曹喜鹊教唆着冯岁岁。她说:"你给治邦说吗?"

冯岁岁却还犹豫着:"实话实说吗?"

曹喜鹊说:"你看你那点出息,做都做了,还不实说。"

满面红光,又白又胖的项治国不知从哪里冒了出来,插进我们的话里来了。他是真不知道冯岁岁和曹喜鹊的情况,所以对我们说的话,也就听得云里雾里,一开口,说得牛头不对马嘴。他那个人,一贯咋咋呼呼的,一贯大大咧咧的,看见我早早地把手就伸着,冲着我大呼小叫地撵上来,握住我的手,埋怨我来之前也不给他打声招呼,让他失礼了。这就是项治国,见面一段开场白,拉关系,套近乎,他驾轻就熟。几句客套话说过,他把我手里的照相机抓到他手上,向显示屏瞄了一眼,立即就惊诧莫名地喊起来。

项治国说:"我不恭维大记者的手艺,但你拍得也太好了,把冯叔叔、曹阿姨的精气神都拍出来了,简直、简直可以说,就是冯叔叔、曹阿姨的新婚纪念照!"

我笑了,从项治国的手上夺回照相机。我说:"要你乱点鸳鸯谱。"

项治国惊讶了,说:"我……乱点鸳鸯谱?"

我说:"你呀,还是年轻,没经验啊。"

项治国就是项治国,他没把我戏说的话太当话。他依然照着他的思路,嘲讽我真是逗,太逗了!开玩笑吗?项治国坚持着他的话题,他之所以要坚持,这是因为他在合欢酒店的员工宿舍,很大气地给曹喜鹊和冯岁岁腾出一小间房来,让他俩如夫妻般住在了一起。应该说,这是项治国对曹喜鹊和冯岁岁的优待了。在寸土寸金的陈仓城,项治国在热闹繁华的开发区开办一家酒店是很不容易的,他恨不能让酒店的每一平方米店面,都成为他赚钱的宝地,他有心腾出一部分来让他酒店的员工住宿,这已是难能可贵的了。

项治国的合欢酒店有多少员工呢?后厨的大师傅,加之红案白案,有小半百人;前店的咨客门迎有小半百人;多的是包间服务员和穿梭在后厨前店之间的传菜员,正常的情况下,少不了一百来人……近来,因为他从凤栖镇西街村移栽来的合欢树,还因为落户在合欢树上那对喜鹊,合欢酒店的生意一天比一天火,项治国又招进了不少新员工,而且酒店门头上的电子显示屏,还不断地滚动宣传,继续招募着员工。优胜劣汰,这是项治国做事的风格,为了他的员工守纪律、懂规矩,他还于清晨的时候,风雨无阻、雷打不动地在合欢酒店门前举行团队纪律锻炼。我来的时候,正是项治国组织他的酒店员工,列队在一起锻炼着的时刻呢。我看见跟在项治国身后出来的大厨们,一律白色的衣帽,咨客们一律蓝色的制服,传菜员和包间服务员又一律中式裤袄,他们中间最惹眼的是门迎了,都是身条儿高挑、面皮儿白净的大姑娘,一色儿的绣花旗袍装。他们迅速地集合在一起,由当日执勤的领班带着他们做操、喊口号,浩浩荡荡,仿佛纪律严明的军营,操练得很有章法,十分吸引路人的眼球。

项治国就是这样,治理他的合欢酒店,如同治军。

斜刺里插来的项治国乱点鸳鸯,被我嘲笑了一下,他是不会服的。因此就在员工们的操练声里,给我强调他的社会经验了!

项治国说:"财神爷似的曹喜鹊和冯岁岁来了,还有你,还有那一对喜鹊,都来了,我就不能对不起他们,亏待了他们,特别是曹喜鹊和冯岁岁,可是一定要让他们食宿得舒服了才好。"

项治国和我辩解着,我一点都不以为意,就半认真半戏谑地告诉他了。

我说:"你可不能让他俩犯错的!"

项治国看出了我的戏谑,就把他的目光从我的脸上挪到了冯岁岁和曹喜鹊的脸上,带着求证的意味说话了。

项治国说:"你俩真不是夫妻呀?"

冯岁岁没有回避项治国的询问,说:"过去不是。"

曹喜鹊很爽快地接过了冯岁岁的话,说:"现在是了!"

冯岁岁、曹喜鹊俩人是不是真夫妻,我心里是有谱的,为了一棵合欢树,被我刻上他俩名字的合欢树!多年下来,成了他俩的一种念想,他俩是须臾不能不见着那棵合欢树的。那对可爱的喜鹊就如曹喜鹊的名字一样,宿命地引领着他俩,像是他俩手里的一根红线,相互牵系着,千辛万苦地寻到陈仓城来,我就知道他俩已不是我恶作剧似的刻在合欢树上的两个人了。他们熬过漫长的岁月,终于走到了一起。我高兴他俩走到一起,那既是对我早年恶作剧的一种抹杀,也是对他俩感情生活的一种弥补。

不过在这时候,我想要他俩说出来。

冯岁岁和曹喜鹊说出来了,项治国转脸又对着我,手之舞之地说我了。

他说:"你是大记者哩,可不敢虚假报道。"

我任凭项治国嘲讽,依旧笑哈哈地指着冯岁岁和曹喜鹊,要他们站过来,站到合欢树前。我对他俩说:"合欢树可是你俩的大媒人哩。"

我说:"给我个机会,我过去对你俩的亏欠,我今天就给你俩补上来。"

我说:"正正经经的,我给你俩拍一张属于你俩的合影。"

冯岁岁和曹喜鹊认同了我的说法,他们手拉手,站在了合欢树前,极为恩爱地靠在一起,幸福地微笑着,看着我举在手里的照相机……我认真地调试着焦距,就要为他俩拍一张我所希望的合影了,却突然地出现一幕让人惊讶的景象。

这个景象是太奇妙了,我相机的取景框里飞来了两只喜鹊。我可以肯定,这两只喜鹊就是引领冯岁岁、曹喜鹊来陈仓城找见合欢树的那两只。有这两只喜鹊进入他俩的合影里,不仅能够美化他俩的合影,还会增加一种天意性的美好!我按下快门,但就在此刻,蓦然又有几只喜鹊飞进了我的取景框里,而且越来越多,密密麻麻,大有铺天盖地之势,迅速地向合欢树飞了过来。

虽然是初冬的日子,但这一天的天气非常好,万里无云,太阳灿灿地照着,很有点儿小阳春的味道……成群结队的喜鹊,一百只?上千只?突然地飞临陈仓城的上空,向合欢酒店门前的合欢树飞来,让沿途的市民都感到了惊喜和欢悦,大群的喜鹊在天上飞,大群的人跟着飞翔的喜鹊在地上跑,大家大呼小叫,尽情地表达着自己的喜悦……近了,近了,向合欢树一路飞来的喜鹊,先到的已经飞到合欢树的树梢上了!

我能不抓紧机会拍照吗?我的手指迅速地按动着快门,咔嚓一下,咔嚓一下,又咔嚓一下……有点乡村生活经历的我,知道成群结队的喜鹊向合欢树飞来,是给落户在合欢树上的那对喜鹊做一次集体的支援的!

我在凤栖镇西街村回乡插队的日子,就见到过这样的情景,当时,我只是觉得惊喜,觉得新鲜,不知道成群结队的喜鹊这是干什么。我在自己心头疑惑着,便向冯岁岁问话了。他没有使我迷惑,很清楚地给我说了,说那个让人惊讶的景象,即是喜鹊这种鸟儿的生命本能。凡是新落户的喜鹊,都是一对儿、一对儿的,一对儿辛辛苦苦,自己给自己选一个树杈儿,给自己衔来树枝,一千次,一万次,飞去归来,给自己筑起一个窝巢。但这是不够的,到了最后的日子,它们要以喜鹊特殊的唾液和上一块特殊的泥巴,衔在嘴上,飞到新筑成的窝巢里,这只喜鹊一嘴,那只喜鹊一嘴,一百只喜鹊一百张嘴,一千只喜鹊一千张嘴,它们全都如高超的建筑师一般,用自己的唾液拌和泥巴,在树枝搭筑的窝巢里,垒砌出一个泥塑的碗巢来。

这个泥塑的碗巢,是喜鹊夫妻生蛋哺育后代的产床哩。

纷纷飞来,为合欢树上的喜鹊夫妻垒砌碗巢的喜鹊,很自然地也引起了合欢酒店和附近人的兴趣,大家都好奇地聚拢到合欢树下,仰着头,或惊喜,或迷惑,但又全都目不转睛地看着。

冯岁岁和曹喜鹊虽然知道喜鹊为何集体而来,可也十分欣喜地举目望着……我不知道,也没看见,在蜂拥而来的人群里,有两双眼睛没有跟着天空飞翔的喜鹊们转动,他俩的眼睛,像焊接在了冯岁岁和曹喜鹊的身上,只是盯着他俩看。

这两双眼睛,有一双是冯岁岁的女儿冯杏儿的,有一双是曹喜鹊的儿子冯宝儿的。

两个卖掉合欢树的年轻人,也寻到已经移栽在陈仓城里的合欢树下来了。

十三

冯宝儿来找我了。

我没想到冯宝儿能来找我,改革开放的社会环境宽松多了,许多有志于闯江湖的人都从世世代代栖居的乡村跑出来,寻找着自己的道路,想要有自己的发展。颜秋红、乌采芹她们姐妹就是这样,比冯岁岁、曹喜鹊还早一点从我们凤栖镇走出来,走进了陈仓城。冯岁岁、曹喜鹊为了那棵生在凤栖镇西街村的合欢树,撵进陈仓城里来。她们有的是从我发表在《陈仓晚报》上看到消息的,有的是从电视、广播上看到听到的。如果是在小堡子的凤栖镇西街村,她们可以相约一起来,现在身处大堡子的陈仓城,就不好相约了。小堡子的方便就在那里,但缺点是,人与人亲是亲,可不敢明目张胆地亲。大堡子的不方便就是小堡子的方便,恰恰是这种不方便带来了一个乡村社会所没有的好处,那就是人可以少却许多顾忌,能亲在一起,就不管别人怎么看,想亲就亲在一起了。

想亲在一起了的冯岁岁、曹喜鹊,没天没日,都如一对相亲相爱的情侣一样,忙碌在合欢酒店门前,操心着他俩必须操心的合欢树,这就不仅见到了颜秋红,还见到了乌采芹。她们姐妹你来了,她来了,看到冯岁岁、曹喜鹊他俩今天的这种情况,便没有别的话说,就都恭贺上了他俩。

最先找来的是颜秋红。她说了:"在咱村子里,让你俩手窝缠了。"

颜秋红说:"小堡子和大堡子就是不一样,大大方方的,我祝贺你俩呢!"

乌采芹是最后来的,来了还说:"这不就好了嘛!"

乌采芹说:"有情人终成眷属,你俩熬出来了。"

她们姐妹虽然没能一起来,但都是从凤栖镇西街村出来的,暂时居住在陈仓城里,给冯岁岁、曹喜鹊他俩表达点儿她们姐妹的态度,是很自然的。冯岁岁、曹喜鹊高兴她们的那种态度,所以在她们姐妹分别撵来合欢酒店门前看他俩的时候,他俩还想把她们留一留,请她们吃口饭的。但大堡子的陈仓城不是他们能够大手大脚的地方,所以她们姐妹在看过他俩后,就都离开了。不过大家都留下话来,相互有个什么事儿,好的、不好的,都互相通个声气。

冯宝儿来找我,已是他在合欢酒店门前,见过他娘曹喜鹊几天后,到我工作的报社来找的。说实话,我那个时候还不认识他,是他见着我后,自己给我介绍来的。

站在我的面前,冯宝儿给我说:"我是曹喜鹊的儿子。"

听他这一介绍,我哦了一声,想要回应他一句什么话的,还没说出来,就听他又说了。

冯宝儿说:"我妈的不容易我知道。"

冯宝儿说:"我想求你个事,你能答应我吗?"

我不知道冯宝儿有什么请求我的,就拿眼睛看着他,听他说什么。

冯宝儿说了:"我妈在陈仓城里,有个啥情况的,你能给我说一声吗?"

冯宝儿这么一说,我能怎么办呢?我在我的办公室里,从办公桌上放着的一包"金丝猴"烟盒里抽出两支来,我把一支叼在我的嘴上,把另一支送给了冯宝儿,他接住了,也叼在了嘴上,但我看得出来,他原是不抽烟的,抽烟的人,动作没他那么生疏、别扭。我没表示态度,冯宝儿就和我点着了"金丝猴"烟,他抽了一口,就把自己呛着了,喀喀喀一阵大咳,把脸咳得一片紫红,好不容易收住口,就又给我说了。

冯宝儿说:"我管你叫叔哩。"

冯宝儿说:"叔,我相信你。"

冯宝儿说过这些话后就走了,去南方的广州跑他的业务了。他走了不几天,冯杏儿也到报社找我了。

冯杏儿给我说的话,与冯宝儿像是打了商量,语句上、意思上,几乎一模一样。不过,她找到我给我说了几句话后,从我的办公室走出时,又说了几句话。这几句话是很值得玩味的。

冯杏儿说:"一辈人有一辈人的活法。"

冯杏儿说:"我们年轻,不懂得我爸他们那一辈人。"

我像对待冯宝儿一样,对冯杏儿的造访,依然抱着不怎么热情,也不怎么冷淡的态度。我听他俩分别给我嘱托,我嘴上没说什么,但我心里是认同这两个年轻人的,他们是尊敬和孝顺自己父母的,哪怕他们设计卖掉了合欢树。

两个年轻人,都有他们自己的事做,身子是很忙的,心也跟着身子忙。

他俩给我嘱托过后,就都离开了陈仓城,去了他们打工的南方,去跑他们各自的产品营销。而留在陈仓城的冯岁岁和曹喜鹊,依然恪尽职守,在合欢酒店的门前,厮守着从凤栖镇西街村移栽而来的合欢树,以及引领他俩来到合欢树下,且在合欢树上为自己安下新巢的那对喜鹊。

这没有什么好说,守护合欢树和合欢树上落脚的喜鹊,是项治国老板分配给冯岁岁和曹喜鹊的一项神圣的工作。

同样的一个道理呢,冯岁岁和曹喜鹊守着合欢树以及落脚在合欢树上的喜鹊,也是守着他俩心里的一段神圣的情感。

成为夫妻的冯岁岁和曹喜鹊,一心一意地守着合欢树和喜鹊。他们发现,像发面蒸馍一样,不断膨大着的陈仓城,便是在不宜植树的冬季,也没有停止植树活动,特别是像合欢树那样的古树和大树。

大树进城!

陈仓城的媒体,没日没夜,大力宣传的就是这样一个城市建设的新政绩。陈仓城的新政是这样,居住在陈仓城的市民没人觉得不好,而且还都非常支持,大赞政府的决策好,有气魄,是大手笔……可是,曹喜鹊和冯岁岁却不这么看,他们守着合欢树,又看着轰轰隆隆的大汽车,一天又一天,不断线地从四面八方的乡村,把古树、大树,往陈仓城里移栽,他们是困惑的,而且还有更多不解……他俩的那些想法,起先我是不知道的,但在那个雾霾天,我出门采访一个事情,采访进行得比较顺利,采访结束后,刚好路过合欢酒店,便想起了冯岁岁和曹喜鹊,便决定歇一歇脚,到合欢酒店那儿来了。

我来见了冯岁岁、曹喜鹊,这便有了初步的了解。

这一天的雾霾十分严重,灰蒙蒙、雾蒙蒙一片……入冬以来,陈仓城好像就没有几个好天气,偌大的一座城市,仿佛湮灭在一团无边无际的黑云里,车在黑云里穿行,人在黑云里走动,还有耸立在街道两边的高楼大厦,全都影影绰绰,模模糊糊,我走在路上,鼻孔发痒,喉咙发干,一会儿一声喷嚏,一会儿一声咳嗽……不仅是我,走在路上的人,谁不一样呢?都是鼻孔发痒,喉咙发干,一会儿一个喷嚏,一会儿一声咳嗽,整个陈仓城,仿佛就只有汽车的低吼声,以及人的喷嚏、咳嗽声,我别别扭扭地走着,这就走到合欢酒店的门前了。

好几天没去合欢酒店,没看曹喜鹊和冯岁岁,还真是想见他俩,和他俩说几句话,拉几句家常。

起初,由于有雾霾的掩护,我向他俩走来的时候,他俩并没有发现我。

当然了,冯岁岁和曹喜鹊也都淹没在雾霾中,他俩依然穿着项治国为他俩特别裁制的唐装,忠实地守在合欢树下,喷嚏、咳嗽、咳嗽、喷嚏地说着他俩的话……正说着呢,两只喜鹊从合欢树的窝巢里飞出来,先在合欢树上蹦跳着、啼叫着,蹦跳、啼叫了一会儿,悠悠然然都飞扑下来,一只落在了曹喜鹊的肩上,一只落在了冯岁岁的肩上,喳喳喳喳、喳喳喳喳,叫个不停。好像是,喜鹊有了什么意见,要对曹喜鹊和冯岁岁提呢。而冯岁岁和曹喜鹊仿佛也听懂了喜鹊的意见,停下他俩的说话,来和喜鹊逗了。

似乎通着人性的喜鹊,知道了曹喜鹊和冯岁岁对它们的用心,便晃晃悠悠地分别站在他俩的肩上,这一只喜鹊喳喳喳喳叫几声,那一只喜鹊喳喳喳喳又叫几声……我向他们走着,很清楚地听着喜鹊的叫声,但我听不懂喜鹊为什么叫,在叫什么。而冯岁岁和曹喜鹊是不一样的,他俩好像听得懂喜鹊的叫声。

冯岁岁说:"你们啊,想咱凤栖镇西街村了吗?"

曹喜鹊说:"说呀,得是想咱凤栖镇西街村咧?"

喜鹊喳喳喳喳、喳喳喳喳应着曹喜鹊和冯岁岁。

冯岁岁就还说:"大堡子的陈仓城把你们住烦了是吗?想咱凤栖镇西街村的小堡子了。"

冯岁岁说:"大堡子不好来,来了想回小堡子,可能比来还要难呢。"

曹喜鹊听得懂冯岁岁的话。她与他有着同样的感受,所以她接着冯岁岁的话也说了。

曹喜鹊说:"可不是嘛,喜鹊啊,我知道你们是烦上大堡子了!而我呢,也是一样地烦上大堡子了。"

喜鹊依然喳喳喳喳、喳喳喳喳应和着曹喜鹊和冯岁岁。

冯岁岁说:"这大堡子啊,就是一只大老虎,啥都能吃了去。"

曹喜鹊说:"比大老虎还恶,吃了不吐骨头。"

喜鹊不知听懂了冯岁岁和曹喜鹊的话没有,还是喳喳喳喳、喳喳喳喳应着曹喜鹊和冯岁岁。可是曹喜鹊和冯岁岁说不下去了,咳嗽、喷嚏,喷嚏、咳嗽地难受着,咔咔咔咔、咔咔咔咔、咔咔咔咔……没头没尾,他俩咳嗽、喷嚏得几乎喘不上气来。我插着这个空儿,给他俩打招呼。

我说:"你俩神气哩,都和喜鹊说上话了。"

我突然的到来,让冯岁岁和曹喜鹊好一阵欢喜。他俩埋怨我不够朋友,多少天了都不来,是嫌他俩吗?我否认着,说才几天呀!还说自己忙,身不由己。我们拉拉杂杂地说了一阵,就又说到合欢树上了。

是冯岁岁和曹喜鹊先说到合欢树上的,他俩太希望合欢树成活了。他们提心吊胆,唯恐移栽进陈仓城里来的合欢树水土不服,到了春天,发不了新芽,开不出新花……他俩在陈仓城的街头,看见许多被移栽来的大树上挂着一种塑料袋装的液体,像是给患病的人注射点滴一样,拖着长长的胶管,在树的躯干上扎了,一点一滴地输入树身里去。冯岁岁和曹喜鹊发现了,也打听清楚了,就建议老板项治国也买那样的药液来给合欢树扎。

冯岁岁和曹喜鹊对合欢树可真是用心啊!我看见了他俩采购回来的药液,这时正好提在手上,准备往合欢树上扎的样子。

冯岁岁的问题真是不少,操心过了合欢树,又还操心起陈仓城移栽进来的其他大树。他问我:"大树进城!我在你们报纸上看到了。"

冯岁岁说:"白纸黑字的,你们报纸说是市政府的一项决策,城市建设需要大树,你把农村的大树都移栽进了城市,乡村呢?"

冯岁岁说:"乡村就不需要大树了吗?"

冯岁岁的女儿冯杏儿和曹喜鹊的儿子冯宝儿在离开陈仓城时,找我把他们的父母托付给我，我没明着给他们表态，但我从心里是接受了的。在人海茫茫的陈仓城，我既是离冯岁岁和曹喜鹊最近，也是他们看来最有用的人。我自以为，冯宝儿、冯杏儿的嘱托是对的呢，在他们认识的陈仓城里人中，我应该是他俩能够信任的人。如此说来，我不能不负这个责任，因此时不常地，我会拐到合欢酒店来找他俩拉拉家常。而且是，我有了应酬，也愿意到合欢酒店来。刚才听了冯岁岁、曹喜鹊提出的这一声声质疑，我的心有那么一阵强烈的震颤，我想回答他俩的质疑，却一时找不出适当的措辞，我就只有糊弄他俩了。

我说："可不是吗？城市建设需要大树，乡村也是需要大树的。"

曹喜鹊可能不满我的回话，她插话了："大树都是小树长大的，乡村里的小树都能长大，城市里的小树就长不大吗？"

曹喜鹊的质疑，看似小儿科，可我要回答她，却十分困难。我在努力地措辞着，没有措辞个完整的句子来。不过这已不甚要紧了，冯岁岁、曹喜鹊俩见了我只是想把他俩内心的感受向我抒发出来就行了，并不希望我回答什么。因为我发现冯岁岁和曹喜鹊在把他俩埋在内心的话说出来后，又忙他俩手上的事儿了，他俩学着他人的样子，为合欢树打起了吊针。

那根尖利的钢针，先是被冯岁岁捉在手里，他比画着，都要挨着合欢树根上的一块树皮扎下去了，他却又心疼似的收起手，没有往里扎。没敢往合欢树根上扎针的冯岁岁，直起身来，望着曹喜鹊，耍起了一点小赖皮，把针直往曹喜鹊的手里塞。其时的曹喜鹊，还没留意冯岁岁的变化，她正眼睁睁地看着冯岁岁给合欢树扎针，在钢针挨着合欢树树皮的那一瞬间，她猛地倒抽了一口冷气，身子还痉挛了一下，仿佛那尖利的钢针不是扎向合欢树，而是扎向了她。冯岁岁没能把针扎进合欢树，拿起来往曹喜鹊手里推，到这时候，她还没从刚才的感觉中拔出来，直到毫无意识地把钢针接到了自己手上，才有所觉察，并胆怯地再给冯岁岁推了回去。

他俩的举动让我感觉有点想笑，但我没笑出来，伸了手去，把他俩推来推去的钢针拿到我手里，很认真地扎进了合欢树的根部的一块树皮里。

十四

时间过得说快不快,说慢不慢,呼啦啦冰雪消融,就又是一个阳光明媚的春天了。

守着合欢树和在合欢树上落巢的那对喜鹊,冯岁岁和曹喜鹊真是太操心了。他俩后来发现,一些移栽进陈仓城的古树大树,不仅被人为地扎了针,而且被人为地向树的根部埋进一两根细细的塑料管子。他俩打听过了,越是古树、大树,越是名贵的树,越要特别护理,打吊瓶是一种措施,向根部埋设塑料管子又是一种措施。技术人员说了,这就像人一样,人要呼吸,大树也要呼吸,医院里年老多病的人们,在病情不好的时候,常要借助这样的塑料管子帮助他们呼吸的。树也是这样,不得已的时候,人为帮助树木呼吸,是有益于大树成活的。获得经验的冯岁岁和曹喜鹊,再次建议老板项治国,来为合欢树埋设呼吸用的塑料管,项治国却不知哪一根神经出了问题,没支持他俩,他俩便自掏腰包,自作主张,采购了专业的塑料管子,埋给了合欢树。

在此期间,落巢在合欢树上的喜鹊又悲惨地遭遇了一次危机。

危机又难以避免地出现在了饮食上。当然,城市环境的恶劣也很成问题……不过还好,冯岁岁和曹喜鹊用他俩惯用的办法,给食物中毒的喜鹊喂食肥皂粒儿,把危机中的喜鹊又一次救了过来。至于恶劣的城市环境,冯岁岁和曹喜鹊就无能为力了。

操心着合欢树,以及合欢树上那对喜鹊的冯岁岁、曹喜鹊,乐观地发现,情况看来都还不错,有危机,也有希望,在和煦的春风里,合欢树发芽了,嫩黄的叶芽儿,像是挺立在合欢树上的小蜻蜓,振动着薄薄的翅膀,在新生出来柔如发丝一般的树枝上翩然起舞……再过几个日子,红得如火的合欢花,也该缀满枝头了。这些,可正是冯岁岁和曹喜鹊所乐见的呢。

这是一喜,他俩还有一喜哩,那就是落巢在合欢树上的喜鹊了,随着暖暖的春风,喜鹊生下蛋了,而且经昼夜孵化,三九二十七个日夜过去,终于孵化出了一对毛茸茸的小喜鹊。

然而,这样的喜悦没能持续多长时间,问题便来了一次大爆发。

合欢树的嫩叶子,还没有完全长成,就显出一片凋敝状来,一日一日地枯萎着,没有几个日子,就都干枯在了枝头上。

冯岁岁和曹喜鹊想要合欢树再生出枝条来,他俩把问题汇报给老板项治国,项治国如他俩一样焦急,他同意他俩去找这方面的专家,来为枯萎了的合欢树会诊……冯岁岁和曹喜鹊在陈仓城里跑,打听着这方面的专家。然而,让他俩遗憾的是,任凭他俩怎么打听,也没打听出这样一个有用的专家来,而且他俩在追访途中,看见那些进城来的古树、大树,有许多如同合欢树一样,都面临着枯死的命运。

拖着沉重的双腿,冯岁岁和曹喜鹊赶在一个晚霞红透了半边天的傍晚,徒劳地回到了合欢酒店门前的合欢树下,他俩看见了一幕怎么都不想看到的惨状。

那对引领他俩寻找到合欢树的喜鹊死了。

清晨起来,冯岁岁和曹喜鹊在路过合欢树时,那对抚育小喜鹊的喜鹊,还是何等欢悦呀,它们和自己哺育的小喜鹊,在窝巢边上,快乐地啼叫着,冯岁岁和曹喜鹊还撮起嘴唇,学着喜鹊的叫声,与它们呼应了几声。

但就在他俩走后的下午,飞来了两只斑鸠。

做了父母的老喜鹊其时都不在合欢树上,它们夫妻飞出窝巢,去给它们两只可爱的小喜鹊觅食去了。

凶悍的斑鸠,趁着这个机会,把在窝巢里喳喳待哺的小喜鹊,残忍地啄死后,又把它们凌空叼起来,抛尸在了合欢树下。

身为父母的大喜鹊,这个时候赶回来了,它们目睹了被斑鸠虐杀的小喜鹊,怒从心头起,扑向它们辛苦垒筑的窝巢,与强占了它们窝巢的斑鸠,要死没活地厮打起来。

这一场打斗,从合欢树上打起,一直打到了地面上,当时围拢来了许多看热闹的人,他们生活的城市,哪里见过这么凶这么惨烈的打斗……书本上,早有"鸠占鹊巢"的典故,可现实中,是太少见了。大家围观在一起,无人不目瞪口呆、血脉偾张……这时的合欢酒店,还不是上客的时候,后厨的大师傅、前台的咨客门迎,还有传菜员、包间服务员,都在酒店里逮着那点难得的机会,耷下眼皮,养着他们的精神,没人知道门外发生的悲剧。到他们醒来后发现,报告给老板项治国,大家慌忙赶到现场时,喜鹊和斑鸠的战争已告结束……两只入侵而来的斑鸠,被喜鹊毫不客气地啄秃了身上的羽毛,蜷缩在地上,奄奄一息。

　　奋勇的喜鹊也是,有许多羽毛被斑鸠啄掉了,蹒跚着脚步,踱到被斑鸠夺去生命的小喜鹊身边,扑下身子,把小喜鹊的尸骨揽进它们的翅膀下,静静地趴卧着,一动不动……

　　回到合欢树下的冯岁岁和曹喜鹊,被眼前的惨相震惊得一句话都说不出来,但他俩又分明感受到了自己的呐喊,心上的呐喊啊!

　　啊!我亲亲的喜鹊啊!

　　啊!我亲亲的合欢树啊!

卷二　先生姐

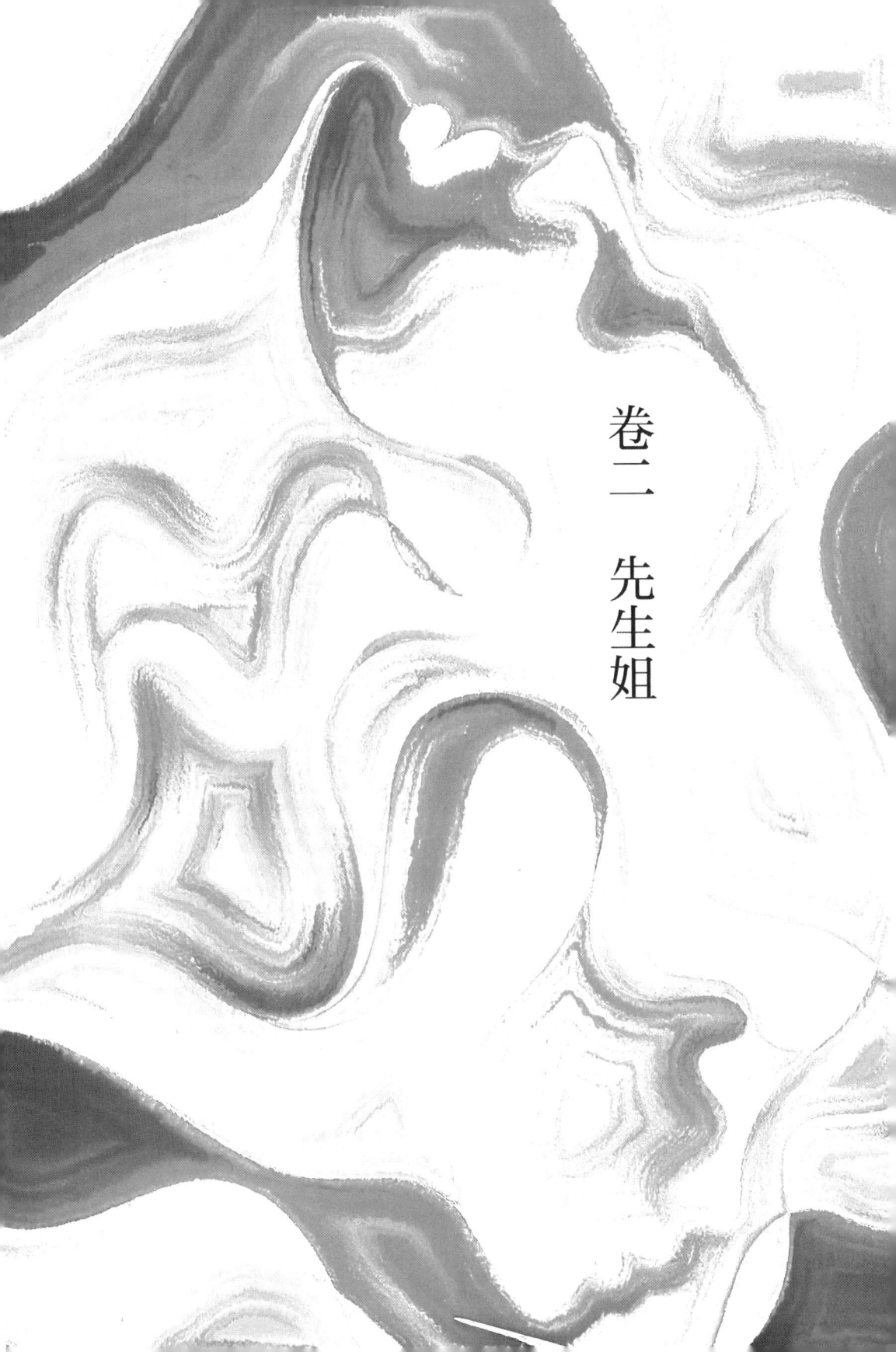

一

不晓得人所希望的,天是否也在希望?

身为《陈仓晚报》记者的我,近些天来,觉得就该是这个样子呢。好好的一棵合欢树,好好的一对喜鹊,好好地在凤栖镇西街村生长着,生长了那么多年,一直好好地生长着,生长成了凤栖镇西街村的传奇,甚至可以说是神了呢!却被陈仓城里的合欢酒店花钱买进城来,雄壮美丽的合欢树没能逃过惨死大城市的命运,可爱宜人的喜鹊也没能躲过惨死大城市的厄运。这不仅使冯岁岁、曹喜鹊非常悲伤难受,还使颜秋红、乌采芹她们悲伤难耐,而我似乎也无法释怀,为着那棵合欢树,还有与合欢树一同来到陈仓城里的喜鹊,好些天闷闷不乐。我总觉还会有什么不祥的事要发生,这可太灵验了。那天,我正在陈仓城市供水的水源地采访,手机突然失魂似的叫了起来,我打开翻盖,贴到耳朵上一听,想顿足跳脚。

手机那一头,传来颜秋红丈夫孙二平悲戚的声音,他告诉我,颜秋红死了!

唉!唉!唉!我是重重地叹气了,感慨陈仓城是活见鬼了吗?那棵不幸的合欢树就不说了,那对不幸的喜鹊也不说了,便是别的大新闻,几天来亦层出不穷。先是陈仓证券公司的老总被"双规",跟着被逮捕……这位老总的后台据传为市委书记门家奇。我但愿这是一个传言,我们很有魄力的门书记与他能有多少牵连?他犯罪丢命是他的事,谁让他那么肆无忌惮,在未取得金融业务许可证的情况下,长期非法从事金融业务活动?他罪有应得。这件大事在陈仓市民的嘴头上热了两天。供应城市饮水的马头岭水库输水暗管爆裂了,这一爆问题大了,导致陈仓城断水七日,全城生活用水严重困难,大多数企业被迫停产,居民楼干涸无水。偌大一座城市,无分昼夜,几乎笼罩在一片屎尿的臭气当中。到处都是找水的人,一瓶普通的纯净水从一块两毛钱飞涨到两块六毛钱,那几天能够看到的景象是,通往陈仓城的所有道路,都是水贩子开着满载各种瓶装水的汽车,风驰电掣地往陈仓城里跑……这样的大新闻,作为一个资深记者,我没有不报道的理由。

这也是报社给我的分工,爆管不到一个小时,我便抢先去了现场。

陈仓城里是一片水荒,到了输水暗管爆裂现场,却是另一番景象,到处都是水,相邻的几个村庄已被汹涌而来的大水所淹,成千上万的群众撤出家园,聚集在地势较高的地方,眼睁睁地看着他们土打的围墙和房屋,难耐大水的浸泡,轰隆塌下一片,轰隆塌下一片……捶胸顿足、哭爹叫娘的声音,像塌倒的土墙和土房一样,已然连成了一片!

我有过回乡参加农业生产劳动的经历。

那会儿,作为凤栖镇西街村抽调的民工,我到马头岭水库工地是出过力、流过汗的。虽然过去了近三十年,但那时的情景依然历历在目,太艰苦了,不像现在,别说是修建一座大型水库,就是夯一座小楼的地基,都有大型机械,推土机、运载机、挖掘机、翻斗汽车……轰轰隆隆地干着,省时省力。那时候这些喝油的大家伙很少,上的全是人,各村各队都要上,抢着镢头挖土的是人,拉着架子车运土的是人,抬着大夯砸土的是人……总之,一切都靠人力来完成。我不能忘记,跑一个班下来,浑身的汗水和着飞扬的尘土,在人身上都结了痂,肉做的人身,除了眼睛里没有泥尘,浑身上下几乎都被泥尘雕塑过了一层。

马头岭水库的建成,的确是件功德无量的事情哩。

最初的作用在于农田灌溉,使水库以下的凤鸣县、岐阳县、扶风县的百万亩旱地,再也不怕天旱了,年年都有好收成。后来,陈仓城的居民生活用水和工业生产用水发生了困难,就由市委、市政府出面,铺设了一条输水暗管,把水库里的水引入了陈仓城,问题一下子得到了解决。记得马头岭水库的清水流进陈仓城的那天,市委、市政府还组织了一个盛大的庆祝活动,请来的明星大腕,有唱歌的,有说相声和演小品的……台子就搭在市政府门前的广场上,高分贝的喇叭雷吼天地,陈仓城的民众蜂拥而至。众人的头顶上,有腾空悬浮的氢气球,还有迎风招展的大红旗……明星大腕的演出进行到一个高潮时,时任市委书记登台了,跟着市委书记上台的还有门家奇。他那个时候担任市长,并兼任马头岭水源进城建设指挥部的总指挥。

书记、市长上台来了,在他俩的面前,变魔术似的升上来一个不锈钢的水龙头,有人拿出两只大号的玻璃水杯,分别交到书记、市长的手里。他俩举着明亮的水杯,面向到场的陈仓市民,很是骄傲,又带着豪迈地挥动着,下面响起一片热烈的掌声、欢呼声。就在市民们的掌声、欢呼声里,书记、市长侧转身子,把他俩拿在手里的水杯,伸向了锃光闪亮的水龙头,接满晶亮的自来水,高高地昂起头来,咕嘟咕嘟一口气喝完。就在两位领导喝水的时候,台下又是一片热烈的掌声和欢呼声,排山倒海一般,久久不能平息。

市民们知道,书记、市长喝的是大家久盼而来的马头岭水!清澈甘甜的水,源源不断地流入陈仓城,使这座干旱的北方城市一下子变得润泽起来,不仅民众的脸色温润红亮了,便是一街两列的行道树和广场上的花花草草也一下子翠绿如滴、花红似血了。城市的精神面貌大幅改变,带来的效果是,原来十分困难的招商引资工作也不再困难了,世界500强企业和国内500强企业纷纷选择在陈仓城建立生产基地,便是过去犹豫不决的企业,亦下定了决心,在陈仓城把意向变成了现实。

可是这条输水管道太不争气了,从铺设完成之日起,已经爆了几次管,发了几次灾。

这次爆管的地方,距离马头岭水库不远,我赶到时,还看得见冲天的水柱在暗管爆裂处,毫无节制地喷泻着水流……我遥拍了那个粗大的水柱,并在悲伤的人群里采访着,听到大家所说,无不愤怒和绝望。

愤怒的是,输水暗管是怎么修的?咋就爆了呢?而且爆了不是一次两次,已经七次八次了!

绝望的是家园被淹,今后的日子可怎么过?

恰在这时,我的手机响了,刚贴到耳朵上,即听到颜秋红的丈夫孙二平失魂落魄般的声音,他还未说话,就先牛吼一样哭出了声。

我不明事由,先安慰他:"有啥事吗?你甭哭,你说嘛。"

孙二平努力地控制着自己,说:"颜秋红死了!"

我的头一下子大了起来,不能相信孙二平说的话。我说:"你甭胡说!"

孙二平抽抽搭搭还在哭,说:"颜秋红是谁?我的老婆呀,我能胡说?"

我没话说了,举着手机的手不由自主地抖了起来。

孙二平却还说:"我该咋办呀?在陈仓城能帮我的就只有你了,你快来呀。"

站在遭受灾害的群众当中,我听不见他们愤怒和绝望的喊声了,尽管有人不断地挤到我的跟前,向我这个能够反映他们心声的记者,高声大嗓地倾诉着,可我听不见,两耳轰鸣着的都是孙二平的号哭和他的求助。

颜秋红死了。

颜秋红怎么就死了呢?我的眼前是一片茫茫的水泽,我的身边是一片吵嚷的灾民,我不知道自己该怎么办了。但我没有多犹豫,颤抖着声音答应了孙二平。

我不知道他在哪里,就问:"你现在在哪里?"

孙二平说:"在去殡仪馆的路上。"

我说:"我知道了,你要挺住,我一会儿到。"

二

我和孙二平、颜秋红他们认识已有二十多年了。当时我像孙二平和颜秋红一样,都在古周原上的凤栖镇西街村参加农业生产劳动,但私底下却不无调侃地说,我们是在修理地球。这个调侃的话,带着些内心的不满和怨愤。和孙二平、颜秋红,当然还有也已进入陈仓城里的冯岁岁、曹喜鹊、乌采芹他们,我们虽然都在修理地球,但我和他们还是有些不同的,他们是土生土长的农村青年,我则是回乡知青。

什么是回乡知青?这我是要补充说明的。

那个时候,知识青年不是上山就是下乡,我的户口在陈仓城里,享受着商品粮的优越待遇。可是我的老家在扶风县的凤栖镇西街村,要我上山下乡我是抵触的,我不想跟着别的知青一块上山下乡,就回了老家凤栖镇西街村。村子老辈人分家时,是给我家留有一个院子的,院子里也还有几间不错的披厦房。我父亲在陈仓城找人说情,这才打通了关节,让我卷了铺盖,回了老家凤栖镇西街村,住进好多年没有住人的老屋里,成了一个日出下地劳动、日落回家睡觉的农民。

我和父亲这么做,是为了回到老家不至于受人欺侮。

事实证明,我和父亲的做法不错,左邻右舍的,我不是叫人家大伯大哥,就是叫人家大妈大嫂,让我受了不少照顾。但我还是觉得孤独。而孤独的好处,是使我浮躁的心能够踏实下来,埋头在带回老家的一堆书里,大嚼大咽那一个个方块字……我不相信我永远会扎根农村,我要有所准备,等待机会到来时,不要后悔自己没有准备。

是颜秋红带的头,把我的孤独在一天傍晚破除了。

那天傍晚,我一如既往地在家里"吃"书,颜秋红推门进来了。不知是她推门进来的声音太小,还是我"吃"书的精力太集中,她站在我面前时,我竟然一点知觉都没有。不过我的鼻子不错,敏感地嗅到一股香味,我抬起头来,看见了鲜艳欲滴的颜秋红,正满脸喜悦地站在我的面前,向我递来一包渗出大片油渍的大纸包。

我用力地吸溜着嘴巴,不知道纸包里包着的是啥好东西。

插队下乡回到老家,我的饮食标准一落千丈,不像在城里的家中,都有母亲操心,每一顿饭差不多都能见到肉片儿和油花儿的。在凤栖镇西街村的家里,就都由我来凑合了,我讨厌锅灶上的事,也懒得做饭,要么几天不做,要做呢,一顿做了吃几天。这让我的味觉神经很敏感,一点点香气,都会让我的喉咙里伸出手来,把那到了嘴边的香味抓住,抓得牢牢的,吞进肚子里去。我的鼻子抽了抽,很没出息地,大咽口水。

颜秋红浅笑着说:"甭只'吃'书了。"

颜秋红那么说着,用她手里的大纸包换去了我手里的书。到这时不用猜,我已知道纸包里是很好吃的东西。但我没有把纸包立即打开,我抬头看向她,发现她好看的眼睛也看着我,我看得明白,她是在鼓励我:到你手里的纸包,就是你的了,你就打开吃吧。

可我还在迟疑……正迟疑着,我孤寂的院子里,呼啦啦拥进了一群人,他们都是凤栖镇西街村的青年人,回乡一段时间,我认识了他们,其中就有孙二平。除了他之外,好像还有乌采芹几个人哩。事过以后,我不能全部记住他们,但我忘不了他们拥进我的家来,就看见了我手里的纸包。也不知是谁伸的手,一下从我手里拿了去,撕开包装纸就大喊起来了。

他们的喊声吓了我一跳:"天鹅蛋!"

惊人的喊声才起,就见无数的手伸了出来,伸向了那个打开的纸包,去抓被他们大喊着的天鹅蛋……紧急情况下,颜秋红拉下了脸子,她向那纷乱的手发话了。

颜秋红说:"都把爪子给我放下来!"

我很奇怪,颜秋红不算严厉的一句话,还真把那许多欲望之手全都吆喝得缩了回去。

颜秋红还说:"都给我听好了,今天的天鹅蛋,你们都甭想了,我是专门送给项治邦吃的。"

前面说了,项治邦不是别人,就是现在做了记者的我。我那时回乡插队,我没有什么特权呀!凭什么我就能享受那一包酥香的糕点天鹅蛋?我感到恐慌,又感到幸福,仿佛正有一股和煦的暖风迎面向我吹来。我感激地瞥了一眼颜秋红,又赶紧收回来,看着愣成一堆的孙二平、乌采芹他们,觉得这是我回乡以来的日子里最为甜蜜的时刻。

我说话了,说的是:"哪能我一个人独吞呢?大家吃,大家吃。"

颜秋红却不同意,说:"他们配吃吗?"

这可是个伤人的话呢!但我知道,在凤栖镇西街村,的确很少人家吃得起天鹅蛋。我插队下乡回到凤栖镇西街村后,发现大家的生活都很困窘,便是倒盐、打酱油的钱,也都紧得从鸡屁股里掏,别说让人馋嘴的天鹅蛋,就是一般的饼干,也都少有闲钱买着吃。但是颜秋红家里有,吃不完了,还给大家分着吃。

这是因为颜秋红的母亲呢,她的母亲可是个人人敬畏的先生姐哩!

乡村社会,总也少不了那些玄虚的物事,便是一破再破的迷信。风声紧的时候,大家在面子上会收敛一些,而背地里依然十分红火。我注意到,有能力从事玄虚物事的人,都是很不简单的,如果是个男人,大家就会叫他先生,如是个女人,大家就要叫她先生姐的。其中还有哪些道道,我不知道,而且懒得打听,但我依稀知道,他们会得到一些常人得不到的享受。

这不奇怪,既然有事求到先生姐的门上,谁又能不带礼物呢?轻者蒸馍、花生和瓜子,重的就是天鹅蛋、饼干和糖果,听说还有塞钱的呢!颜秋红的母亲先生姐,早年守寡,就她和她的一个宝贝女儿,有了好吃的,还不尽着宝贝女儿享用?享用不了,拿出来散给大家,就很稀松平常了。

颜秋红就是这么个大方的人。

她生得好看,性格又特别鲜活明丽,走在路上,又蹦又跳的,嘴里呢,还要不停地哼哼唱唱……她那时候正在中学读书,穿得很是亮堂,从她的家往学校走,仿佛一束灿烂的阳光,走到哪儿,温暖到哪儿,鲜艳到哪儿,特别招惹人眼睛。

村里的小伙子,是都想要和她套近乎的。大大咧咧的她也不回避,谁走近她了,她就掏东西给他,是饼干就给饼干,是糖果就给糖果,至于相对珍贵的天鹅蛋,别人有没有享用过我不知道。这一次我可是享受到了,我享受着,鼻子竟忍不住地酸了起来,酸得似要流泪。

颜秋红吆喝大家把天鹅蛋还给我,而我实在不好独吞,捧在手里正不知怎么办,颜秋红却在一边催上了。

颜秋红说:"你吃呀!我看着你吃。"

周围的青年伙伴龇牙咧嘴,做着怪相,我就想,我是绝对不能独享这一份美味的。于是,我向颜秋红提出了一个问题。

我说:"秋红呀,你这天鹅蛋是送给我了?"

颜秋红说:"送给你了。"

我说:"那我是不是就能做主了?"

颜秋红说:"你做主。"

我笑了,捧着天鹅蛋,就给大家分发,可是没人敢拿,我往哪边的人面前送,哪边的人就往后退,送到孙二平跟前了,他看了一眼颜秋红,迟迟疑疑地伸着手,眼看就要拿上了,却又听到颜秋红的厉声吆喝。

颜秋红说:"孙二平,就你的手长,是吗?"

孙二平伸出的手就僵在半空中,再伸不是,抽回去又不是,嘴里呢,就只有没头没脑的叽咕了。

孙二平叽咕:"过去你给我们的是啥?"

孙二平说:"不是饼干就是糖果,你没给我们吃过天鹅蛋嘛。"

颜秋红不无讥讽地说开了:"有意见吗?好,你听我说,我过去给你吃就已高看你了,你以为你是谁呀。"

颜秋红说:"你能和项治邦比吗?"

颜秋红说:"他今日是落难了,回到了村子,像你一样戳牛尻子,明日时运一转,他就又是城里人了,而你还得在凤栖镇西街村戳牛尻子!"

孙二平在颜秋红的数落声中,慢慢地缩回了手……但他缩得很不甘心。

三

插队下乡回到凤栖镇西街村,我心情郁闷,而天鹅蛋风波,使我感到的甜蜜和温馨一直持续着,让我几乎要热爱起这样的生活了。我感动于乡村生活的单纯和平静,但我很快发现,那种表面的单纯和平静只是乡村生活的一个方面,遇到一个很难捉摸的契机,又会变得诡异和难以理解起来。

颜秋红的母亲先生姐被揪出来批斗了。

主持批斗会的是孙二平的父亲,他父亲在村里当着支部书记,这没什么好说的,批斗先生姐的大会自然要他主持,并且还要打第一炮。

批斗会的会场搭得很简陋,在生产队牲口圈前的大土堆上,摆一张木桌子,端一把木椅子,再栽上两根木杆子,拉起一个横幅,写上几个黑字就算是了。台下黑压压的人群前边,还有一个从公社来的干部,他是指导批斗会的,我早已见识过此人,搞批斗会很是残酷无情。他虽坐在台下,却是指挥着孙二平的父亲的上级领导。他抓住时机,给了孙二平父亲一个眼色,孙二平的父亲就从台子上的那个木桌子后边站起来,手里捉着一个大烟锅,威严地扫视着台下的人群,扫视了一遍又一遍,确信参加批斗会的人都来了,这便把烟锅挥了一下,偏过头来,朝着台子侧面大声地喊了。

孙二平的父亲喊的是:"把牛鬼蛇神先生姐押上来!"

孙二平父亲的话音才起,就有孙二平和村上的另一个青年,一人扭着先生姐的一个手腕,推着先生姐的后背,刮风一样把先生姐押到了台子上。

插队下乡回村参加生产劳动,先生姐的故事我听了不少,我将信将疑,但批斗会上亲眼见了,就让我的怀疑变得像是天上的云彩,不可捉摸,不知去向。

虽然先生姐被押在台上是被批判的对象,但我发现,她是脸不变色心不跳的,倒是上台批判她的人,显得十分心虚,即使孙二平的父亲,在批判先生姐的时候,语词的高亢,一点都没掩盖他内心的虚弱……有人带头喊口号,响应者的声音寥寥落落,这让在台下指导批判会的公社干部很不满意,他的眉头拧得能滴出水来,不断地向台上的孙二平父亲使眼色,却也效果甚微。开到后来,倒好像在演一出戏,你方唱罢他登场,热热闹闹,好不快活。

这让我想起酥香的天鹅蛋,还有饼干和糖果……莫不是颜秋红分发给大家享用的这些好吃食在起作用?

必须承认,这是一个因素。那么,还有别的因素吗?

我想一定有,那就是先生姐本身了。

就在热热闹闹进行着的批斗会上,先生姐把她的玄虚绝技又发挥了一次……其时,垂首肃立在台子上的先生姐,突然地转过身去,从孙二平父亲手上把他吃得红火的旱烟锅夺过来,叼在自己的嘴上吃了起来。她一边吃,一边向台口踱着步,而她踱步的样子又非常男人,气昂昂地踩得台上尘烟散飞,她几步踱到台口,从嘴里拔出黄铜的大烟锅,戳着前来指导批斗会的公社干部,破口就是一通好骂。

先生姐骂人的声音也很男人,苍茫而不失力度。她骂公社干部是不肖子孙。

一句话骂出口,先生姐紧接着还骂:"狗日的正事干不来,净弄一些邪事,把先人的脸丢尽了。"

先生姐又骂:"你狗日的要还是你爸的儿子,你就赶紧往回走,你爸要咽气了,你就还作孽吧!"

我不知道接受批判的先生姐,何以那么男人,其动作和声音,完全没有女人的痕迹……正在我奇怪着的时候,只见指导批斗会的公社干部从人前站起来,脸色惨白,像是被先生姐的大骂放了血,跳着脚往批斗会的台子上爬,让人担心他爬上台子,会拳脚相向,打先生姐一个鼻青脸肿。但他怎么都爬不上那个土堆做成的高台,徒劳地努力着,有几次看着就要爬上去了,却又非常滑稽地跌扑下来……惹得台子下的人哄堂大笑,而台子上的先生姐依然大骂不止。

公社干部狼狈极了,而先生姐却十分猖狂。

这个情景存在我的记忆里,让我什么时候想起,什么时候都觉得好笑。我奇怪先生姐的胆量,她何以就那么猖狂?她是吃了豹子胆吗?不过,我的疑惑和好奇很快就被大家的议论破除了。村里人说,先生姐当时非常男人的举动、非常男人的骂声,与指导批斗会的公社干部老爸一模一样。

这倒让人十分不解……我再见先生姐,便不由自主地对她生出一股畏惧心来。

公社干部被先生姐×娘叫老子地辱骂着,他被骂得红脖子涨脸,想不明白么点高土台子,为何任他脚手并用,如何努力,却总是爬不上去。他的心不由自主地恐慌起来,抬头去看站在土台子上接受批斗的先生姐,感觉她在变,变得就如他的亲爸一样!

这是匪夷所思的!

此一时,公社干部、孙二平的父亲,还有台下黑压压一片参加批斗会的群众,都被先生姐的举动和言语弄晕了。

公社干部既气急败坏,又懵里懵懂,他的心越来越虚,觉得头上的天旋了,脚下的地转了。

有个头裹孝巾的人,赶在这个时候,远远地撵到批斗会场报丧来了,压抑着的悲声一字不差地往公社干部的耳朵里灌。

报丧人说:"你爸咽气了!"

报丧人说着,就取出一段白色的孝巾裹在了公社干部的头上。

土台子上的先生姐,仿佛遇到了大寒,浑身一阵抽搐,仰天高声地啸叫了一声,身子晃了几晃,头摇了几摇,就又恢复了她原来的女人举止,和女人声音……她悄悄地退到批斗台的中间,把孙二平父亲的旱烟锅还给了他,像个被斗者一样,又很乖顺地垂首默立着了。

可是批斗会没法开下去了。

头上裹了孝巾的公社干部,向台上的先生姐瞥了一眼,便跟着前来报丧的人,撒腿往他的家里跑了。他跑着呢,就还撒下一串哭他老爸的悲声,在空气中飘飘荡荡。

孙二平还算眼灵,三步并作两步,跨上了批判台,押送先生姐下了土台子。

大家看得明白,孙二平不论前次往土台子上押送先生姐,还是这时往土台子下押送先生姐,虽然表面上神色不同,前边是粗暴的,这时是温和的,但我是看懂了,他可都是佯装的,他骨子里的小心翼翼,是比儿子搀送老娘还要殷勤呢!

隔了一夜,听说死了老爸的公社干部,提了几样厚礼,趁着夜色,敲门进了先生姐的家……他来,有一事要求先生姐,那就是他的老爸,人是咽气了,眼睛却一直睁着,怎么弄都合不上。公社干部想起批斗会上先生姐的表现,他害怕了,而且是越想越害怕,趁天黑悄悄地来求先生姐了。

好在他们村与先生姐所在的凤栖镇西街村不是很远,六七里的一段夜路,却还把公社干部走得毛骨悚然,一身虚汗,到他进了先生姐的家门后,磕磕巴巴竟然说不出一句完整的话来。

先生姐就帮他提话了,说:"给你老爸问事吗?"

公社干部赶忙点头。

先生姐迟疑了一会儿,说:"你让我咋说呢?"

公社干部已被先生姐折服了,听先生姐这么说,他慌得就差跪下来,他说:"你说嘛,是啥就是啥,只要我爸的眼合上。"

先生姐说:"你肯听我说?"

公社干部说:"肯。"

先生姐就说了,才说个开头,浑身便痉挛似的颤抖起来,鼻涕眼泪横流,说话的声音就又如公社干部的老爸一样,非常男人,手指公社干部说:"我合不上眼睛!我咋能合上眼睛呢?你个惹是生非的东西,我死了,你不知道还怎么祸害人呀!我没法合上眼睛……"先生姐非常男人地说着,喉咙里呼噜噜痰声涌动,她蓄积了一阵子,猛地吐在公社干部的脸上,吼喝着他说,"你给我跪下,把后背上的衣服揭起来。"公社干部照着做了,先生姐从屋脚拿来一根桃木条子,抡起来就往公社干部的脊背上抽,每抽一下,公社干部的脊背上就爆起一股血棱子……先生姐没多抽,只抽了三下,就好像用尽了平生的力量,把手里的桃木条子丢下来,自己也软在了身边的一把木椅子上。

好一会儿,先生姐又恢复了她女人的声音。她说:"你回去吧,你爸的眼睛合上了。"

这个故事不久便传得沸沸扬扬,大家坚信先生姐是被公社干部老爸的鬼魂附了体,她的言语和举动就都是公社干部老爸借她的肉身来传达的。不过,大家在传说时添油加醋,还传出好几种后续情节。

对于这样的传言,我是不大信的,但我对先生姐那种神鬼莫辩的言语举止,还是感到特别惊惧与不解,后来我才知道,一切不过是先生姐的逢场作戏罢了。不过还好,我又有天鹅蛋吃了。

好吃的天鹅蛋,自然是颜秋红送给我的。

我问了颜秋红:"是公社干部送的礼物吗?"

颜秋红说:"管他呢。有咱吃的咱吃就对了。"

四

还别说,颜秋红预言我时来运转,就又是个城里人的话,在我插队回乡不久后,就变成了现实。

凤栖镇中学的老校长冯求是,发现我是颗读书的种子,有心帮助我,便想方设法,把我弄到中学去当代课老师。心怀感恩的人,天是知道的,也会给他机会。我在中学当代课老师,自知是有不足的,语文、数学,还有物理、化学,各方面都需要我继续努力的。冯求是校长从来没给我解释过,在我走进了中学后,他安排我把语文、数学、物理、化学,挨个儿都给学生们代了一个遍。他最先给我安排的是代教中学生的语文课。后来我还代教了物理课、化学课,他一度还让我教外语课……老校长这种赶着鸭子上架的工作方式,逼得我没有一时一刻的空闲,埋头在一门又一门的课程里,在给中学生上课的同时,自己的学业水平已然得到了非常大的提升。

国家恢复了高考,我报考了,考得还不错,进了大学。学了几年中国历史,毕业分配时,很顺利地进了《陈仓晚报》,干起了无冕之王的工作。

老实说,我很热爱新闻这一行。

因此我就更感激、感恩凤栖镇中学的冯求是校长了。知道他把我弄进中学里,带在他的身边,不断地给我变换教学课程,其实都是为了我,让我不要虚度光阴,一门功课、一门功课,都扎扎实实地复习一遍,打好基础,迎接可能有的机会。

怀揣着对冯求是校长的感激,我走上了新闻工作岗位,时时刻刻都铭记着冯校长对我无微不至的关心,以及设身处地的培养,所以我跑起新闻来是不辞辛苦的。而且跑新闻有个好处,可以自由地来去,自由地走着呢,因为冯校长,我回去过几次凤栖镇西街村。特别是我最初离开的那一段时间,回凤栖镇西街村要勤快一些,只是后来,工作越来越忙,渐渐地淡了,淡得几乎断了回凤栖镇西街村的路。

我最初往凤栖镇西街村跑,可以说绝对不是为了新闻。

我说得清楚的,首先是为了冯求是校长。再者是为了什么呢?朦朦胧胧的,我既知道,又难以说得清楚。我糊涂地感知到,我心里似乎还有点儿颜秋红的位置。

我回凤栖镇西街村,是为了见到她吗?

那时的颜秋红,业已读到高中,听说读得还很不错,正充满信心地准备考大学,她也要成为一个城里人哩。

颜秋红的这个理想,早就跟我说了。在我衣锦还乡见了她后,她反复地给我强调她的这一理想,而我也衷心地期望她能考上大学,实现她的理想。

我不能忘记,就是那次回凤栖镇西街村,我去了冯求是老校长的家,从他家出来往我的住处走的时候,是要经过合欢树的。我完全没有想到,颜秋红就等在合欢树下,在我走到合欢树下时,她从合欢树一侧闪身出来,堵在了我的面前,一脸调皮地看着我,却不说话,只是一味地乐。当时,我的心是慌了起来呢!她送我天鹅蛋的情景,一幕一幕地在我的眼前重演着,我因此以为,她或许又有天鹅蛋什么好吃的,要送来给我吃哩。但没有,她侧脸仰头,看向了我刻画在合欢树上的那幅一箭穿心的画,问我了。

颜秋红说:"是你刻画上去的吧?"

颜秋红说:"非你别人刻画不了。"

颜秋红说:"一箭穿心?你这么心狠呀!"

我想给颜秋红解释解释的,可她似乎并不需要我解释。她还看着我刻画在合欢树上的一箭穿心画,幽幽地说了这样两句话。

颜秋红说:"岁岁。哦,喜鹊。"

颜秋红说:"我倒是钦佩他俩哩!把自己的爱大大方方地展览在合欢树上,除了他俩,谁还敢呢?"

我插话进来了,说:"都是我的错哩。"

我说:"刚来村里,我荒唐了。"

颜秋红听我这么说,把她看向一箭穿心画的目光猛地收回来,盯在了我的脸上,让我感到她的眼神,像是两道激光束,刺得我的脸面生疼。颜秋红显然不乐意我说这样的话,她不无疑惑地又说了。

颜秋红说:"荒唐是真心!"

颜秋红说:"我心慌谁的箭会射中我的心!"

颜秋红在合欢树下说给我的话,我不是不懂。我都懂了,但我什么都不能说。我与她年龄上、意识上,是有差距的。一个人不能不现实,承认差距,对我俩来说,都没有错。不过我记着她说的话,悄悄地埋在心里,为她祈祷,希望她能如愿以偿,从凤栖镇西街村高考考出来,进入大城市,实现她的梦想。然而遗憾的是,颜秋红没能考上大学。她不甘心,不断复习,不断参加高考,最后还考了个全乡状元,却也未能如愿。城乡教育差距就在这里,哪怕你考的是全乡状元,也是无可奈何的,心强拧不过命强。

她十分悲哀地嫁给了孙二平,做了支部书记的儿媳妇。

乡村女孩子啊!谁不是这样呢?

即使这样,对于不断落榜的颜秋红来说,也是个最好的结局了。

就在颜秋红决定嫁给孙二平的前夕,我回到凤栖镇西街村,见到了颜秋红,她给我说了句我以后总也忘不了的话。

颜秋红说:"这是命。"

颜秋红说:"我心够强了!"

颜秋红说:"心强得想要和你一样,成为个城里人呢!"

颜秋红说:"我怕是成不了了。"

谁说不是呢?当时我听着难受,真想抱住她,安慰她,然而我又能安慰她什么呢?因此我只有心疼了,心疼得想要流泪,却也忍着没有让眼泪流出来。我当时是听明白了,颜秋红的嘴是服了命的,但她的心并没有服。

这是颜秋红呢!她就应该是这个样子,不可能向命运屈服。

我这么来想问题,是有我的依据的。曾经的日子,我吃着颜秋红送给我的天鹅蛋,很放松地和她讨论过一个问题。当时,我和她讨论这个问题时,不能说有什么恶意,但戏谑的成分还是有的。

我问她:"你会像你妈一样成为先生姐吗?"

颜秋红惊讶于我的问题,她瞪着一双水汪汪的大眼睛,看着我说不出话来。她一定责怪我怎么会提出这么一个问题来。而我没有理会她,继续我戏谑的话语。

我说:"做个先生姐也不错呀,有人供奉着吃天鹅蛋。"

颜秋红愤怒了,我还没把天鹅蛋的"蛋"说出来,她已伸手把我吃着的天鹅蛋打落在地上。即便这样,她好像还不解气,把她送给我的天鹅蛋悉数摔在地上,跳着脚踩,踩得碎碎的,又还不忘抬脚去踢,狠狠地踩,狠狠地踢,把天鹅蛋又踩又踢,踢踩得纷纷扬扬,撒得到处都是。

糟蹋着天鹅蛋,颜秋红说:"要做先生姐你做去。"

颜秋红说:"天天有天鹅蛋给你吃,吃撑你的肚子,吃撑你的嘴!"

颜秋红的表现这么激烈,我是没有想到的。我便想,我是伤到她的心了。但我惊异地发现,她愤怒的样子似乎更为可爱。

我笑了,说:"和你耍笑一下嘛。"

我继续笑着说:"这么不经耍,看把你躁气的,还当真了?"

颜秋红没有理睬我的道歉,她依然愤怒地盯着我,大睁的眼睛里湿漉漉的,都是泪的闪光。她给我撇来了两句话,那两句话像石头子儿一样冷硬。

颜秋红说:"谁和你耍笑了?我是你耍笑的人吗?"

颜秋红说罢这两句话,拧转了身子,踩着天鹅蛋的碎屑,噔噔噔自顾自地走了。

我后悔死了,不该这么惹颜秋红的,别说以后吃不到她送我的天鹅蛋,怕是见她的面都难了。

插队回乡在凤栖镇西街村,颜秋红是真正关心我的人,我不该惹她生气的。

我在寻找机会,打算向她真诚道歉的,可我还没有找到机会,颜秋红又自己来找我了。

那是一个下着小雪的日子,我在家里正无聊地"吃"着书本,颜秋红来了。她的来去,总是特别轻盈,叫我的声音呢,自然也是轻盈的。

颜秋红给我说:"去我家吧,我妈有话给你说哩。"

老实说,受邀去她家,我的心里是很打鼓的,我总觉得她那个家,因为有了颜秋红的母亲先生姐,便有了一股让人恐惧的鬼气。便是她家门前的那棵皂角树,听人说也已成了精,月光迷蒙的晚上,皂角树身上的几个洞孔里,是会有白烟升腾的,凡有白烟升腾,就必有白色长毛的神仙飞旋,像是狐狸,又像是羊儿或者兔子……颜秋红的母亲先生姐不出来上香作法,白烟不散,神仙也就不走。颜秋红的母亲先生姐出来了,披头散发先给皂角树敬上香,再绕皂角树舞蹈几圈,白烟自然散尽,神仙也自然离去。

这样的一个去处,我是应该躲开的。

颜秋红顶着一头的雪花,邀请我去,我抗拒不了,就跟着她,亦步亦趋地去了……我不能不去,我惹颜秋红生气了,我想与她和好。

硬着头皮,我进了颜秋红的家,却发现这个意识中鬼怪灵精的地方,与凤栖镇西街村所有的农家小院一样,没有什么特殊的地方。也是几间土坯垒砌的披厦房,也是土坯盘成的大土炕,门上挂着布门帘,布门帘上绣着几朵好看的花,窗棂上贴着粉帘纸,粉帘纸上贴着好看的窗花……颜秋红的母亲先生姐,像平常一样,扎着一件布围裙,在她家的锅灶上忙碌着。

我的到来使先生姐暂时地放下了锅灶上的事,把我推进了她家的披厦房里,她还帮我拍打着身上的雪花,要我坐上她家烧得热烘烘的大土炕。我感觉到了,先生姐对我是巴结奉迎的。

过不多久,先生姐就给我端来了热气腾腾的饭食,是凤栖镇西街村逢年过节才舍得一吃的臊子面,油汪汪的汤面上,漂着肥肉片片,鸡蛋花花,大葱丁丁,看一眼就能馋到人心里。先生姐让我别客气,放开肚子吃,她准备得足,一定要我吃饱吃好了,她才能安心。

颜秋红不说话,看着我吃臊子面,我才把一碗吃完,她就又把一碗送到我手上。

插队回乡回到凤栖镇西街村,这一顿饭是我吃得最解馋的一次,那样美味可口,让我几乎怀疑,先生姐不是用油盐酱醋调出来的,而是使了魔法幻化出来的。

我吃得没心没肺……

这是我的狡猾之处了,我只有装得没心没肺才能吃得心安理得。在物质生活还很贫乏的时候,别说是在农村,就是在城里,谁会极尽破费,无缘无故地请人大吃一顿?

我猜得没错,在我吃得咽不下一口汤的时候,颜秋红的母亲先生姐撤去了碗盘,脱了鞋,也坐上了她家的大土炕。

先生姐说我了:"你可不能欺负秋红呀。"

我说:"我没欺负她。"

先生姐说:"耍笑也不能。"

在先生姐和我一句对一句的说话中,我知道颜秋红和她妈先生姐活得并不容易……颜秋红的母亲先生姐守寡早,她孤身一人带着女儿过日子,她是太难了,总有人要打她的主意,要占她的便宜,她能怎么办呢?和人打吗?打打吵吵吗?到头来,吃亏的总是她……她找不到解决问题的办法,苦闷中一次长梦,她醒了过来,借着家门口的皂角树,变法使魔,这就成了先生姐了。

成了先生姐,她就能保护自己,也能保护女儿颜秋红了。

这是一个解密自己身份的话题,我认真地听着,不敢相信这是真的。因为公社干部老爸暴死、挨骂受辱的事还历历在目,晃动在我的眼前。我糊涂着,不知道该作何解释。而且我还想了,我面前的先生姐不是一个人,而是两个人。

两个先生姐啊!这一个真实呢,还是那一个真实?

从此我在凤栖镇西街村熬着日子,很注意自己的嘴巴。我不再随心所欲地耍笑颜秋红,倒是她忍不住,时不时地找到我,依然故我地给我送好吃的天鹅蛋,向我请教读书时遇到的一些难题……有一次,她在问了我几个读书的问题后,给我说了存于我心里的那个疑惑。

颜秋红说:"你对我妈还觉得神秘吗?"

我说:"还有点。"

颜秋红就说了,说不是有点,而是很重的呢。她说我就不是骗人的人,还说她从我的眼睛里看得出来,我心里是有大疑惑的。譬如开她妈的批斗会,她妈学着男人腔指骂公社干部,并不是她妈神得知道公社干部他爸暴死了,而是她妈在台子上站着,老远看见戴孝报丧的人,发现他不是村上人的亲戚,她就想了,那一定是给公社干部报丧的,她就随机应变,装作被公社干部他爸的魂灵附体,指骂了公社干部一顿。

我恍然大悟。

但我还有难解之处,特别是公社干部老爸死不瞑目……颜秋红没等我问出心里的疑惑,她就抢着说了。

颜秋红没说具体的事情,她只说:有些事留下些疑惑,也是很好的呢。

五

有些年份了,我和颜秋红失去了联系。

冯岁岁和曹喜鹊到陈仓城里来了,我从他俩的嘴里才知道了一些。知道颜秋红夫妇也随打工的潮流,进到陈仓城里来了。因为合欢树,因为那对喜鹊,我或许有机会见到颜秋红的,但不知为何,就是没有见上面。我因此还怀疑,她是有意在躲我,因为冯岁岁在电话里明明跟我说颜秋红到他那里去了,去看合欢树、喜鹊,还有他冯岁岁、曹喜鹊了,我听了急急忙忙往那里赶,却总是阴差阳错,没能见上她的面。

正好有那么一天,我很意外地见到了孙二平。

那是我刚下单买了一台小车,自鸣得意地开着去上班,在一个十字路口遇到了红灯,我把车停下来。刚停下就听手机嘟地响了一下,我知道来短信了。因为车停着,我打开手机,只见一串有趣的字直往我的眼里钻:"十字路口上,有一个乞丐敲着车窗说,先生给我点钱。先生没有零钱,就说,给你一支烟吧。乞丐说,我不抽烟。先生车上刚好有一扎啤酒,就又说,那我给你一瓶啤酒喝去吧。乞丐仍说,我不喝酒。开车的先生十分为难,就建议乞丐陪他去打麻将、洗桑拿,打麻将他出资,让乞丐替他打,输了是先生的,赢了是乞丐的;洗桑拿嘛,也好办,给你一条龙服务。乞丐听得有些愤怒,说我是好人啊!我怎么能赌博嫖娼呢?我不!先生打开车门,让乞丐上了车,拉回家里给他老婆说,你说好男人不抽烟,不喝酒,不赌博,不嫖娼,我给你找回来了!"短信看到这里,虽然没有看完,我已笑了起来,直到看完,就几乎要笑翻在车上了。

正在这时,有人敲我的车窗,嘭!嘭!嘭!

我收住了笑,向车窗玻璃外边看去,以为短信上的情景要在我的面前重演了,心里觉得更加可笑。可我没有笑出来,因为敲窗的人清清楚楚地在叫我的名字。

敲窗人说:"项治邦!项治邦!"

敲窗人说:"你还认识我吗?"

他是谁呢?头发乱着,脸上脏着,如果不是他身上穿着的黄马甲,表明了他的清洁工身份,我真是要把他当成乞丐了。我在记忆中迅速地翻腾着,总想翻找出他的蛛丝马迹来,但我非常失望,怎么也找不出和他相识的迹象来。

敲窗人说:"我是孙二平呀。"

敲窗人说:"颜秋红的男人孙二平。"

他这一说,我的记忆接上了头,想他一个多么光鲜的人,怎么就落到了这样一个境地?

孙二平灰着脸说:"别说你不认识我,我都快不认识我自己了。"

我想打开车门下来,路口的红灯灭了,绿灯亮了起来,我就很无奈了,摸出一张名片给了孙二平,给他说有事就打我的电话。

可是此后的日子孙二平一直没有给我打电话。

时间在一天天地过去,我也一天天在遇到他的路上来往,我想见到他,可他像是一片飘零的树叶,被他扫到了垃圾堆里运走了,不见了。

他也如颜秋红一样,在躲我吗?我疑惑着,想他既然躲我,就不要认我,认了我又为什么躲我呢?

我苦苦地想,我想着的时候总要想到颜秋红……想起颜秋红,我的心便不能自禁地要慌起来。

插队回到凤栖镇西街村,颜秋红给了我那么多优待,我不能否认她在我的心里是有一些地位的,不敢说这个地位就是爱,可离那个神圣的字眼也不远。我可以保证,我在颜秋红的心里也是有地位的,那个地位同样有着爱的成分。颜秋红考大学,连续考了好几年,想要和我一样,成为一个城里人,能说没有爱的力量做支撑?

遗憾的是,她考大学的梦破了,成为一个城里人的梦自然也破了。

颜秋红把自己嫁给了孙二平,并不是她爱着孙二平,那是她梦碎后的一个无奈之举。

我想知道颜秋红的情况,几次回到凤栖镇西街村,有空没空都要找个空儿,拐到颜秋红家的门前看。我看见她家的门上上着锁,从锁口的锈迹来看,怕是有几年没有打开了。

因此,我还去了孙二平的家,想着在孙二平的家里或许见得到颜秋红。

然而我还是没有见着。原来的村支书,孙二平的父亲已经过世了,不过他老母亲还在。我计算着孙二平老妈的年龄,想她有八十多岁了。她还能认出我吗?不过还好,八十多岁的人,记性不错,居然还认得我。她见了我,拉住我的手,说我长白了,长胖了。我说我也长老了。孙二平的老妈呵呵地笑着,说:"你不老,城里人咋会老呢?"

这倒是个有趣的话题呢!城里人会不会老呢?

这个有趣的话题,只在我的意识里翻腾了两个过儿,就被我扔到脑后去了。我心里想的是颜秋红,所以就绕着圈子,先没有直接问颜秋红,而是问了颜秋红的母亲先生姐。

我知道我不好直说先生姐,就问:"秋红的母亲呢?她还好吗?"

孙二平的老妈走来走去,说:"死了。"

我听得有些黯然,正不知怎么回话,老人家却来了话兴,张嘴就又说上了。

孙二平的老妈说:"我那短寿死的也死了。"

"短寿死"是凤栖镇西街村的女人对自家男人的一种惯常说法,既不带恶意,也不带褒义,外人不知道,听了可能会吃惊的。我插队回乡时在凤栖镇西街村里没少听人这么说,开始听了也是吃惊的,后来也就习以为常了。

　　孙二平的老妈说了这么几句话后,好像很口渴,伸手端来一个大瓷茶缸,接到嘴上喝了一口又一口……我依稀认得出来,这就是孙二平老妈所说的"短寿死"的丈夫用过的大茶缸。这个大茶缸,我在批斗颜秋红她妈先生姐的大会上见到过,在别的场合也见到过,曾经刚刚强强的凤栖镇西街村支部书记,拗不过岁月的流逝,死去了,可他用过的物件还留存着。

　　人啊,到头来实在是不如一个物件呢!

　　喝了几口水的孙二平老妈,歇了一口气,就又给我说上了,好像她憋了满肚子的话找不到人说,我自己送到了她的眼前,她是要一吐为快了。

　　孙二平老妈说:"人不会栽在世上的,老了就都要死了呢。"

　　孙二平老妈说:"我担心,一个村子过不了多少时间,也要死了呢!"

　　此话一出,我盯着孙二平老妈的眼睛愣了起来,不知道她何以说出这么令人震惊的话。我回到凤栖镇来,在西街村里走访,看见的现象似乎也在证明,孙二平老妈的那句话说得似乎也不无道理。

　　合欢树与喜鹊,无可奈何地被拔了根,进了城,是一个鲜明的证明。

　　村里的人也都离开了村庄,进城去了。开始时是冯宝儿、冯杏儿他们年轻人,出门进城打工去了。后来呢,便是颜秋红、孙二平那样的中年人,还有冯岁岁、曹喜鹊他们年纪大的人,因为各种各样的原因,也都差不多走出家门,到城市里边去了。开初走的时候,还只走去自己的一个光身子,都会把孩子留在村里,陪老人一起生活。但他们在城里渐渐地站住了脚,就把孩子也接进了城,在城里生活,在城里学习了。

　　孤寂的孙二平老妈就在我想着她说的话时,又唠叨上了。

　　孙二平的老妈说:"我的乖孙儿呀。"

　　孙二平的老妈说:"想死个我唎,我的孙儿哟。"

　　我太理解孙二平老妈的心情了,可我也为颜秋红和孙二平庆幸。曾经的颜秋红是多么想成为一个城里人啊!那时她做不到,现在她做到了,她自己打工进了城,还把她的孩子接进了城。不过我为她庆幸,却庆幸得有点心酸，我不知道他们在城里生活得可好。

这是个问题呢。

在孙二平老妈的嘴里，我没法更明确知道颜秋红、孙二平的情况，就告别了她，在凤栖镇西街村，出出进进地又走了几户人家。我奇怪自己，平常日子，最不爱操心旁人了，回到我插队回乡的村庄来，竟然那么想要知道颜秋红、孙二平的事，特别是颜秋红的。我在进一步的走访当中，断断续续地虽然多知道了些他们的事情，但我的心情没有因此而好起来，反而更加难受。

颜秋红和孙二平是结婚了，却因为缺少感情基础，话不投机就要吵起来，甚至大打出手。最严重的一次，颜秋红挨了打，在炕上睡了几天，不吃不喝，趁着人不注意，把家里用来消灭庄稼虫害的敌敌畏摸出来，拧开盖子，嘴对着敌敌畏的瓶嘴，咕嘟咕嘟喝了几大口！幸亏发现得及时，请医生灌肠洗胃，她才逃过了鬼门关，免于早早地跟着她妈先生姐一起去做鬼。

这样的话听得我不仅难受，甚至觉得颜秋红的悲剧就是我造成的。

还好，这样的悲剧持续了一些时日，颜秋红怀孕了，她头一胎生了个女儿，再一胎生了个儿子，有了儿女绕膝，一切的悲剧就像早晨的大雾一样，太阳出来一照，便都烟消云散，一片阳光灿烂。

冤家一般的夫妻俩，渐渐地恩爱起来，你帮我扶，为着他们的小日子，齐心协力地向前奔着了。

六

记者的职业习惯促使着我，打从凤栖镇西街村回到陈仓城里来，便写了篇关于"空巢村落"的调查报告，发在了《陈仓晚报》上。

好心并不是总能得到好报，我把调查报告发出来，却感到满是悲哀。

我希望空巢村落的调查，让我不要再悲哀。看来情况不错，不断有人给报社打电话,差不多都集中在颜秋红那种家庭状况的例子上,有人认为这是一种进步,农村人口举家进入城市,让自己的家变成空巢,以致大门上的锁生了锈,是社会发展的必然,可以有效地把农村人口转移到城市来,使城乡差别得以逐步缩小。凡事都不会是一个声音,有正话正说的,自然也就有正话反说的。说反话的人认为,农村人口大举转移到城市里来,既会增加城市建设的诸多问题,又会增加农村发展的诸多问题……最切实的问题是,大家都不种地了,把土地荒下来,我们吃什么?

说狼说老虎都不要紧,怕的是大家都不说,说出来争论一番总是好的。不过,我想听颜秋红的看法。

颜秋红是我报道中解析的主要例证,她是最有发言权的,可我得不到她的电话,这让我很有些沮丧,因为我想以此取得与她的联系。要说呢,我不仅从凤栖镇西街村知道了她的大概情况,而且从冯岁岁和曹喜鹊的嘴里,都已打听到了她的下落,但我不想太冒失,直接找去让她尴尬,同时也使我尴尬。

没有办法,我就只有耐心等待,等待颜秋红,或者孙二平他们谁能和我联系。

颜秋红不和我联系,孙二平也不和我联系,我却突然在采访马头岭输水暗管爆裂灾害现场,接到孙二平的电话,劈头盖脸地告诉我颜秋红的死讯,我能怎么办呢?虽然不至于失态,但莫大的悲痛迅速地淹没了我!就像我正采访的输水暗管爆裂灾害一样,直觉那汹涌的大水会把人彻底淹没了似的。

事情来得太突然,我在电话中向报社领导保证,绝不影响发稿,领导这就给我准了假,允许我从爆管现场撤回来。

我没有回报社,直接去了郊外的殡仪馆。

一年四季,这里总是阴沉的、凄凉的……你在这里,无论什么时候、什么地方,都有可能碰上一具尸体。有的还没装殓,躺在那里,死时的样子是个啥就还是个啥;有的体面些,装在一个塑料袋里,只有到火化时,才有专门的化妆师来给尸体扮上油彩。死人的脸不会吸收,打上去的粉和涂上去的油彩,倒比活人的脸色更为艳丽,以致叫人魂惊。

我急匆匆地来到殡仪馆看见的颜秋红,就是这个样子。

在此之前,我想象过多种多样与颜秋红见面的情景,但绝对没有想到,会是现在这样一种方式!

我哀痛极了,那种无法言说的心情仿佛这时的天一样,是阴沉着的,而且阴沉得有点怪异,一会裂开一道口子,露出一缕红彤彤的太阳光,像是一柄带血的刀子一样,割着人的心;一会儿呢,又把那道口子缝合起来,努力地往下压,汹涌的云团像是一块沉重的铅砣,就要压在人的头上了,却又不认真压,忽忽悠悠,这便淋漓出点点的雨滴,滴滴答答地打湿了殡仪馆里成排的柏树和松树,以及成片的草地和花圃……我想,天应该是有情的,他俯视着人间,因发现了颜秋红的不幸而为她垂泪了吧。

颜秋红的一对儿女,站在他爸孙二平的身边,两双眼睛像他爸孙二平的眼睛一样,都哭得红肿起来,仿佛烂了的桃子。

初见颜秋红已经读到高中的儿女,我不知道是该高兴,还是该哀伤,只听他们在老爸孙二平的介绍下,都很腼腆地叫了我叔叔。

我是头一回见颜秋红的儿女,惊讶她的女儿太像她了,而她的儿子又太像孙二平了。

手足无措的他们,让我顿然生出无限的怜悯之情,我伸手抚摸他们的头,并安慰说:"人死不能复生,你们可要节哀哩。你妈她人走了,但她的心不会走,她是希望你们好好地活,活出人样子来,你妈的心也就安了。"

少年丧母,怎么说都是件悲哀的事,我看得明白,作为儿女的他们,如果不是在陌生的殡仪馆,如果不是他们太过孤单,他们是会大哭起来的,嗷嗷地号哭,哗哗地流泪……但是他们没有,老实地听着我的话,一遍遍地抹着眼泪,看我和殡仪馆的朋友,给他妈颜秋红安排着后事。

这是一个程序,要给颜秋红换穿新衣裳,还要给颜秋红洗头洗脸,接着化妆,自然还是那种很艳丽的妆,这倒使有了些年纪的颜秋红嫩白了些,年轻了些。不过,这又岂能掩盖她曾经的憔悴和潦倒,她太瘦了,整个人就像乡村锅灶上烧的干柴,胳膊、腿是粗一点的柴棒,手指头、脚指头是细一点的柴棒,便是她的头和身子,也干得如镂空的柴棒子。我在心里感叹着,感叹她的营养不良,严重的营养不良,她受苦了。

我问了孙二平:"颜秋红是怎么死的?"

孙二平嗫嗫嚅嚅,肚子里有话却一句也说不出来。倒是他们的一对儿女,扯着泪声说了,说他妈是为了他们死的,他妈想叫他们有出息,把他们接到城里来上学,那就是借读吧,要交很高很高的借读费,借读初中三万,借读高中六万。他妈没有那么多钱,就只有在指头缝里抠,在牙缝里省了。没奈何,他妈还偷偷跑到医院去卖血!这一次,就是卖血后回到家里躺着起不来,他们借了三轮车,拉着妈妈去医院,他妈坚决不去,说她没事,睡上几天就好了。过去也是,他妈有病了都不去医院,在药店里买几片药,吃了就在床上睡,睡几天就又爬起来,就又要挣死挣活地为他们奔波。哪里想到,他妈这次在家里睡了三天,竟把自己睡殁了。

一对儿女说着他妈,把我说得眼里也泪汪汪的。

四处跑新闻的我,知道进城打工人的艰难,而像颜秋红他们,不顾自身困难,还把子女弄进城里来上学,其艰难程度就是她的儿女不说,我猜也猜得出来的。

有朋友帮忙,颜秋红的遗体得到了迅速的处理,衣服换上了,妆也画上了,推到一个小些的灵堂里,罩在一个透明的玻璃罩子下面。

殡仪馆向亲人告别的场面,我见过许多,来的人里三层外三层,灵堂里装不下,还要排到灵堂外的院子里……人要走了,是亲戚,是朋友,是同事,最后送一程还是很有必要的,而且还要有人主持,介绍死者生平,请来宾代表讲话,最后向遗体告别。现场仪式,要尽可能地搞隆重,这是对死者的尊重,也是对生者的安慰。

停放着颜秋红遗体的灵堂里,除了孙二平和他们的一对儿女,冯岁岁、曹喜鹊、乌采芹他们,就是一个我了。我在这家殡仪馆参加过多次活动,这是我所参加的最为凄清的遗体告别仪式。

朋友照顾我的面子,不管我们来人多少,都很认真地按着程序,来向颜秋红的遗体告别。

哀乐声起,颜秋红的一对儿女终于不能忍受,号啕大哭起来。我看着玻璃罩下的颜秋红,在儿女的号哭声里,像是被人用针锥了一下,画了油彩的眼皮子,痉挛似的动了一下……我以为看花了眼,抬手在眼睛上揉了揉,再看玻璃罩下的颜秋红,她不仅眼皮在动,而且还睁了开来!

不可思议,太不可思议了!

我给颜秋红哭成泪人的一对儿女大声地说:"别哭了,你们看,你妈没有死,你妈睁开眼睛了!"

哭着的儿女不相信眼前的事实,听我一说,先还围着他妈颜秋红的,待到看见他妈越睁越大的眼睛时,都惊恐地往后退了,退了几步,这才醒悟过来,他们受苦的妈妈到鬼门关前转了一圈,又回到人间来了。

冯岁岁、曹喜鹊、乌采芹他们,像颜秋红的一对儿女一样,也惊恐地看着睁开眼睛的颜秋红,不知道是怎么回事,该做什么。

包括颜秋红的丈夫孙二平,全都被死而复生的颜秋红惊吓得愣了起来。倒是颜秋红的一对儿女,明白了这样一个事实,不管不顾地向他们的妈妈扑了过去,扑在罩着他们妈妈颜秋红的玻璃罩子上,在上面啪啪地直拍。

原来悲悲戚戚的号哭,突然变成了惊喜的呐喊。

儿子喊:"妈!妈……"

女儿喊:"妈!妈……"

孙二平和我帮忙的朋友也都喜出望外,招呼我们一齐动手,把罩着颜秋红的玻璃罩子揭了开来。

我去摸颜秋红的手,感到了她手的温热。

像她的一对儿女一样,我也大声地叫了她:"秋红……颜秋红!"

循着我的叫声,颜秋红把她的眼睛转向了我……的的确确,在殡仪馆的灵堂里,死了的颜秋红又活过来了!

奇迹呀!谁会相信呢?

相信不相信,都不重要了。

颜秋红伸长了胳膊,眼睛迷离,她端端正正地坐起来了。

七

喜出望外!面对死去活来的颜秋红,现场所有人的神情都只能用这一个词来形容了。

得知消息的人们,哪怕是来殡仪馆送自己亲人的人,在这一刻都无法抑制他们的好奇,纷纷乱乱地向颜秋红复活了的灵堂跑来了……清寂的小灵堂里一下塞满了人。

我和孙二平扶着颜秋红,从阴冷的灵床上坐起来,我们还想扶着她,把她从灵床上挪下来,可她突然地推开我们,伸手扯乱整容师给她梳得水滑的头发,散散地遮在脸面上。她说话了,说话的声音,像我插队回乡到凤栖镇西街村,在批斗颜秋红她妈先生姐的会上,她妈先生姐说话的声音一样,非常男人。

颜秋红非常男人的声音说得一字一顿,铿锵有力。

灵堂里有很好的扩音设备,所有的人,全都因为死去活来的颜秋红,忘记了关掉音响,因此就还不断头地播放着悲悲戚戚的哀乐。颜秋红铿锵有力的男人声音,加进哀乐里,有种料想不到的效果。

颜秋红说:"有人告我,我知道还联名告我哩!"

颜秋红说:"你们知道吗?我早就做好准备了,我不怕你们告,你们告不倒我……退一步说,就是你们把我告倒了又能怎么样?我的老婆、我的儿女,我早就把他们弄出国了,他们拿了绿卡成了华侨了,你们知道吗?我一个人我怕啥呢!"

颜秋红还嘿嘿地笑了呢!她笑着说:"给你们说哩,我这叫裸体做官,你们懂吗？裸体做官……我都裸体做官了,我有啥怕的呢？精屁眼撵狼,我是没啥好怕的了!"

别人听得明白,或是听不明白我不知道,但我是听明白了,颜秋红发出那种男人的声音,是很特殊的呢!我在新闻媒体工作,我太知道了,那可就是陈仓城每天报纸上有,电视、电台上都有的,本市一把手门家奇的声音呢!

我们这位门书记,主政陈仓城的工作有些年头了,他最先在一家国有企业当工程师,工作是很有些成就的,三十岁不到,就获评全国劳动模范。此后,他升任该企业厂长,再后来入主市政府大院,从副市长干起,干到了市长、市委书记,是个手腕很铁的人物,从来是说一不二的,他讲的话都是重要指示,指示谁上天去摘星星,谁就得立马把铁路竖起来做梯子,爬上去给他摘来。

坊间关于门家奇书记的传言很多,虚虚实实,谁知道哪一个是真,哪一个是假？可是颜秋红死去活来,却学着门书记的声音说话了。

我想起乡间百姓的说法,怀疑是门家奇书记的魂魄,附在了颜秋红的身体上。

这可不好,太不好了!是危险的,太危险了!

要不是颜秋红死了去,又才活过来,我真想伸出手,把她的嘴捂住,捂得她上不来气。

但她似乎更来状态,把门家奇书记的腔调学得越来越像,声情并茂,说到关键处,还配合手势,在眼前挥一下、劈一下,做得已然如门家奇书记一般,特别到位。

颜秋红还说:"我把马头岭水库的水引进城错了吗？啊,大家手捂心口想一想,陈仓城缺水缺成了啥样子,大家不该忘记吧？每到伏天,市里就要组织车辆,从郊县拉水进城,大家桶提盆端,提着端着回家做饭吃……千方百计谈好了一家大型工业企业,意向都签了,人家到咱陈仓城考察,一说水,人家立马拍屁股走人。我必须把马头岭水库的水引进城里来……我没有想到,狗日的水管子爆了,爆了一回不成,接着还爆!这太害人了,我不想水管子爆,我没把质量关把好,我错了,我给大家检讨还不成?"

"我……"颜秋红学说着门家奇书记的话,学说着把自己还学说哭了。

我想,我必须制止颜秋红再学说下去了,她再学说下去,真就捅下大娄子了,到时还可能连害了我呢。

我给颜秋红说:"咱不学说了,咱回家吧。"

我还给颜秋红说:"回去过咱自己的日子。"

孙二平也在一边帮腔了。他说:"你听你说的都是啥嘛?你万幸死去又活过来,咱高兴呀,咱高兴了说咱的话好不好?"

孙二平说:"咱不说人家的话。"

颜秋红哪里听得了别人劝,她依旧沉浸在自己的学说中。她每学说几句,就有围观的人群向她喝彩,说她学说得好,学说得对,学说到大家的心坎上了,是大家想要听的话,大实话。

其中有个特别沉闷的声音还说,今天听到真话了。

这个人话还没说利索,就有人插进来跟着说了。说是人不到阴间走一圈,说的都是假话,走一回回来了,才有真话说出来。

就在这个时候,我看见一个熟悉的身影,在灵堂门口往里看了。我认得他,是在市委办公室工作来着,平时我们新闻记者写个门家奇书记活动的消息,就都要找到他,由他逐字逐句地审,审结了,签上他的大名,我们才能拿回报社发稿。他夹在纷乱的人群里,听了一阵,挤出人群,掏出手机又是发短信,又是打电话……不用多想,他是在向有关人员汇报颜秋红的情况。

我给孙二平使着眼色,还让冯岁岁、曹喜鹊、乌采芹,以及颜秋红的一对儿女帮忙,想把坐在灵床上的颜秋红挪下来,找个避人的地方,或是找辆汽车,拉了她回家。可是奇怪极了,我们挪不动颜秋红,她像是铆在灵床上的一颗钉子,任凭我们怎么费力,都不能挪动一丝一毫,而她依然不管不顾地学说着门家奇书记的话。

颜秋红说得动了情,说:"我当个书记容易吗?我是想给大家帮忙做事的,特别是你陈仓证券公司的经理,你现在变成鬼了,我对不起你!你想了没有,如果你不变鬼,就是我变鬼。你女人长得好,她来求我,让我保你一命,我答应了她,我这人没记性,面对好看的女人,心里就会长毛,总想能得到她……唉唉,我是干柴烈火,她是寒冰冷雪,我得不了手,我就只能哄她。而她也是好哄的,把我哄她的话当真了,到枪子儿敲了你的头,你女人才醒过神来,知道我并没帮助你,她就找我闹,你说她能闹个啥结果?给你说,你人一死,她啥结果都闹不出来……"

我额头上的汗,一定如黄豆一样往下流了。

我是害怕了,害怕那么瘦的颜秋红,坐在灵床上,怎么就那么身重?

而且我还害怕,害怕下来的事情已经难以收场了!

围观的群众听着颜秋红非常男人的学说,明知她学说的是门家奇书记的腔调,却还在起劲地鼓噪和号叫……大家是觉得新鲜,是吧?这比在影剧院里看任何一台戏都新鲜。我是这么想的,而且我还想到,大家有一种解气的情绪在其中,对门家奇书记,平常日子大家有意见也只能忍气吞声。让一个死去活来的人学说他,确实是解气的,太解气了。

殡仪馆的大门外,有警笛尖锐的嘶鸣声,割心锥肺般向颜秋红所在的灵堂扑了来……黑白相间的警车,来的不是一辆,而是一串子,迅速地围在灵堂外面,噌噌噌跳下一个个威风凛凛的警察来,他们拨开重重人群,直抵颜秋红坐的灵床边……这时的颜秋红已经把她假借门家奇书记的话学说完了,人乏得像个抽了筋的瘦皮囊,又是哈欠,又是眼泪,虚弱得几乎又要倒在灵床上。

扑到她身边的警察岂能让她倒在灵床上,他们一大帮子人轻轻地伸手过来,就像是提溜一只小小的鸟儿一样,把她凌空提了起来。

像我担心的那样,颜秋红被警察控制起来了,我也被警察控制起来了,他们同时还控制了颜秋红的丈夫孙二平。

八

事发突然,颜秋红死去活来,学说着门家奇书记的声音大揭他的问题,我只想到会出事,却没有想到会这么严重。

不过还算好,没有把我和孙二平直接关进黑屋子,而是让我们暂住在一家招待所的房间里。我对这家招待所是比较熟悉的,为一个行业的疗养院。我当着记者,要写个大稿子,就会到他们这里来,这里环境不错,人少安静,伙食做得也很可口。我和孙二平住在这里,一日三餐都好,蛋奶肉一样不缺,好像是有人给这里的厨师交代过,他们把给我和孙二平的蛋奶肉,做出了不同的风味和花样,对此我倒不太觉得特别,孙二平就不一样,他感慨在这里的时间是他一生吃喝得最为"夸张"的饭食。我想他说的应该是真心话。

孙二平担心着颜秋红,不晓得她被关在了哪里。他们会打她吗?她刚刚死去活来,身体是非常虚弱的,她挨得了他们的打吗?他担心着他们的一对儿女,离却了爸爸妈妈,他们可咋办呀?学还上着吗?中学的功课太重了,一天都不敢落的,落下来就不好赶了……孙二平这也担心,那也担心,到最后还担心起了我。

孙二平说他烂杆一个,提起一串子,放下一摊子,没啥好担心的,我就不同了,我是新闻记者,无冕之王呢!平白无故地被关起来,有事没事都把脸伤了,这以后可怎么到人面前去呀!

应该说,孙二平对我的担心没有错,当时,警察在殡仪馆抓我的时候,我和他们辩论过,还说了我的身份,可人家不听你的辩论,也不理你的身份,抓住你就不容你挣扎,拖着拉着把我俩塞进呜呜大叫的警车里。

在招待所的房间里,我不想听孙二平叨叨,紧闭着嘴巴,哀伤地想着死去活来的颜秋红。

我想着她学说门家奇书记的问题,脑子就犯迷糊,我想不明白,咋就这么奇怪呢?颜秋红一个打工的农村妇女,死都死了,却又活了过来!活过来就活过来吧,她咋就知道门书记的事呢?不遮不掩地大说特说,她是受了神的指示吗?如不然,怎么可能说出那么多的关于门家奇书记的事情?

我想得头疼,想不明白就不想了。

但我悲伤的是,又不能把耳朵塞起来,所以就要听孙二平没头没绪地说他和颜秋红的恓惶。孙二平一会儿凤栖镇西街村,一会儿陈仓城;一会儿农民可怜,一会儿农民工可怜……他说的事儿呀变来变去,万变不离其宗,既说种粮食不挣钱,又说打工挣不来钱。如果有一点儿收入呢,不是打白条子给你欠着,就是硬着头皮给你拖着……

孙二平絮絮叨叨地说着,突然地说起了农民工进城后的家庭生活,这倒使我觉出一些新鲜来。

孙二平没说别人,说的是他和颜秋红。

他们租住在城中村的一间民房里,四口人打个转身都困难,晚上睡觉,从来都是他和儿子一个被窝,他和颜秋红在城里谁都没碰过谁。他们这么一天天熬着,把夫妻间的那点事儿都忘记了呢。可是那次"五一"黄金周,颜秋红打工的仓储公司,员工们放假旅游去了,颜秋红贪图节日期间的双倍工资,留下来看管仓库,孙二平怕她腾不出身子吃饭,在家割了点肉,剁成馅儿,和着韭菜,给颜秋红包了一碗饺子,热腾腾端了去,让颜秋红吃……在他们夫妻俩的生活中,这是破天荒的一次,孙二平有心给颜秋红包饺子吃,颜秋红被感动了,她就自己吃一个,也给孙二平喂一个。夫妻俩一会儿吃得春心荡漾,等到一碗饺子吃得不剩几个时,两张散发着饺子香味的嘴巴咬在一起,原来忘记了的夫妻之事,像是突然醒过来的恶兽,强烈地冲击着他们夫妻的神经,他们顾不得说话,一个扒着一个的衣服,只有几下,就都把对方扒得精赤条条,一丝一线都不挂了。

偌大的仓储库房,仿佛他们夫妻的婚床,他们纠缠在一起,在那堆积如山的货架空隙里,翻过来滚过去……事后回忆,孙二平说他那次是太享受了,他觉得颜秋红就如一池春水,漫溢开来,把他泡在其中,又是风吹浪卷,又是雨打山啸……他们几乎都要死了呢。

风平浪静之后,孙二平和颜秋红没有立即起身穿衣,他们相互依偎着,靠在货堆上,颜秋红哭了,孙二平也哭了。

四目哭得谁也看不见谁时,孙二平和颜秋红听到了一声吼喝。

吼喝声是严厉的:"看把你们受活的!"

孙二平和颜秋红仿佛刀戳一般,惊恐地睁开泪眼,看见站在他们身边的人是仓储公司的保安。颜秋红认识他们,她凄然地笑了一下,刚才的紧张和无措立即去了大半,她伸手取来衣服,和孙二平穿戴起来。

保安不认识孙二平,紧绷着脸盯视着他,让孙二平身上火烧火燎地难受,根本不敢抬头看人。

颜秋红为孙二平解围了,说:"我娃他爸嘛,来给我送饭。"

颜秋红说:"你们长着眼睛那么看,饺子碗里还剩着饺子哩。"

保安们乐了。都是出门打工的人,保安是保安的岗位,仓储保管是保管的岗位,平时来往称不上密切,但也是熟悉的,知道颜秋红的老公也在陈仓城打工,他们夫妻有需求了,不在自己家里做,却在仓储库房里做,做了还把自己伤心得哭天抹泪,你叫他们能不乐吗?

这一乐,颜秋红就让孙二平请保安的客,她这样做有她的道理,她是想堵住保安的嘴,不让他们把这件事说出去,丢人是小事,丢了岗位才是大事呢。

孙二平能咋办呢?他像罪犯获得大赦一样,屁颠屁颠地张罗着请保安的客……孙二平说:"咱他妈亏不亏?和自己老婆亲热,还要请别人的客!"

我在孙二平这么说话时,没出声地也笑了一下。

孙二平在说这话时,头是埋着的,脸红得像一张红纸,他感觉到了我的笑,说:"你笑了?我给你说,你要笑哩。你看你进到这里来,一句话都不说,你要急死我吗?"

我听孙二平说着话,接着又笑了一下。

我是被孙二平感动了,在横遭控制的屋子里,人身没有了自由,后事又没法料想,孙二平是真的为我担心了,并真的关心着我,我不能不对孙二平有所表示。

我说:"你可怜呀。"

孙二平说:"我知道我可怜。那你可怜吗?"

孙二平说:"你和我一样,也是可怜呀。"

我说:"活人总是可怜的。"

我还说:"不可怜就不是人了。神仙才不可怜。"

孙二平说:"你说对了。"

孙二平还说:"我秋红呀,这次莫不是像她娘一样,要成神变鬼了?"

孙二平的话不无道理,我几乎要同意他的乐观了,但我知道那也许只是孙二平的一种幻想。长在凤栖镇西街村,颜秋红和她老娘其实是很冲突的呢!她是给我说过的,说她看不起她娘,装神弄鬼!我这一生绝不装神弄鬼,我要做人,必须做人。颜秋红是这么说的,此后的她也是这么做来的。她做得太辛苦,太难受,太不容易了。给我说着颜秋红的孙二平,等不来我对他的回应,他便察言观色,发现我对他的说法是不能同意的,因此就转移话题,说到了他与我见过面后,是想给我打电话的。我也知道你是等我给你打电话的,我为什么不给你打,这要怪颜秋红了,她不让我给你打。孙二平这么说着,还停顿了那么一会儿。他似乎是不想说了呢,却还是不由自主地给我说了出来。

孙二平说:"你知道她为啥不让我打吗?"

孙二平说:"你不知道,颜秋红的心里一直是有你的……"

我打断了孙二平的话,说:"别关上几天,把你关出病了,你胡说。"

孙二平没有被我的话挡住。他还要说:"我没胡说。"

我又立即反击他说:"那你就是发烧了。"

孙二平说:"我也没发烧……你不想想,那么好吃的天鹅蛋,颜秋红咋就只给你一个人吃?"

我和孙二平没法再说话了,我就只有默然,像刚被控制在屋子里时一样,我是一言都不发了……孙二平也是,说了那些话后,像是把他肚子里藏着的话都说完了,也是不再多话,沉默着只等来人问话,或是来人送饭。

就在刚才,送饭人给我和孙二平送来了两大碗的油泼面,外加一荤一素两个菜,还有一疙瘩大蒜,这可正是我和孙二平馋的呢。

可口的饭菜,不仅能激发人的食欲,还可以激发人说话的欲望。孙二平一口油泼面就着一口菜地吃着,他就又不能抑制地说开了。

孙二平说:"你想过没有,有其女,必像其母。"

孙二平说:"颜秋红可是太像她妈先生姐了。"

我默然着,嘴张了几下没有说出话来。

九

先生姐!先生姐!

我们被控制在那家招待所里不知道,陈仓城沸反盈天的舆论,确实已经把颜秋红看成是无所不知、无所不能的先生姐了。

颜秋红的死去活来,还有她在殡仪馆学说门家奇书记的事,如果她没有先生姐的天赋气质,她能做到吗?绝对不可能,颜秋红做到了,她就是先生姐!这样的新闻,不要上报纸,不要上电视,仅凭民间口传,就已传得沸沸扬扬了,没有人不知道。

被控制着的颜秋红情况可好?我不知道,想她学说的是门家奇书记,人家门书记大权在握,她就是成了先生姐,还能强得过门书记?这是孙二平的担心,也是我的担心,却突然地听到了一个惊破天的消息。

消息是,门家奇书记夜访颜秋红了!

传消息的是给我们送饭的人。他给我和孙二平此前已经传话,说是颜秋红也在这里。他给我和孙二平还说颜秋红捎话让我们放宽心,没有啥了不起的事。但我和孙二平哪里放得下?为了安慰颜秋红,也给她捎了话,说我们能吃能喝,几天时间我们都吃胖了,吃白了。

给我们送饭的人,是个上了些年纪的大男人。显然地,他被颜秋红死去活来的事情所震慑,一来二去,给我们传上话后,还套上了近乎,想要知道颜秋红可有特异功能。人死了,都已摆在了灵堂里的灵床上,差点儿就要被推进焚尸炉里的人,怎么还会活过来?

我珍惜送饭人给我们传话的机缘,还想再利用他,就神秘莫测地给他说了。我说颜秋红有没有特异功能不好说,但她死去活来,应该有她特殊的地方呢!最起码她阳寿未到,老天还不想收她。

和送饭人能放开说话,让我和孙二平有种如释重负的轻松感。想一想,这个送饭人就一直绷着个脸,公事公办地把饭送来,往我们待着的房间桌子上一放,淡淡地扫我们一眼,转身就走,好像怕他站久了,也遭了我们一样的罪。

过了些日子,送饭人和我们有了话说,守在门口看着我们的人也都放松了警惕,和我们说话了。

从他们说的话里,我和孙二平首先放心下来一件事,那就是他们的一对儿女了。

送饭人说了:"知道你们人在这里没自由,最担心的是你们的娃娃。"

送饭人还说了:"我给你们打听了,是你们的乡党给你们管着娃娃哩。"

送饭人的话,还得到了看守人的证实。

这个看守者,就是那个白胖的人。他们看守都是轮着班的,轮到傍晚看守我们的,即是个白白胖胖的人。初时我即猜他是公安人员,看守我们穿着便衣。轮到他值班,总还要进到房间来,和我们开几句玩笑。

起初,白胖的看守看我们吃得不错,就调侃说:"吃得不错啊。"

我不理他,孙二平却忍不住,说:"是不错呢。"

白胖的看守人就又说:"睡得怎么样?"

我仍不理他,孙二平就还回答他:"睡得不咋样。"

白胖的看守说:"睡不咋样,想啥呢?"

我不能忍,戗他了:"想着死呢。"

白胖的看守说:"想死? 你们可别这样想,我这人胆小,千万不要吓着我。再说,你们死得了吗? 死了还得活过来的。"

我观察白胖看守人,觉得他这人不坏,和我们调侃就是为了消除对抗,他不想在看守我们时出什么差错。

他调侃我们,我没笑,孙二平笑了,白胖看守人也笑了,我看得清楚。孙二平的笑有点巴结,有点无奈。白胖看守人的笑则有些隐秘,有些诡异。就在送饭人放开和我们大说了一场时,又轮到他来值班了。他这次还带了几张打印的东西,给了我让我看。

我在接他给我打印的纸片时,瞥了孙二平一眼,我想看他此刻有什么心理活动。我看得出来,他心里的活动应该与我一样,是知道了一对儿女的情况。有乡党照管着,这太好了! 不过乡党会是谁呢?

是冯岁岁、曹喜鹊,还是乌采芹?

有乡党照管就好了,无论谁,回去了好好报答人家就好了。我和孙二平的心还操在别处,而他则急不可待地想要我和孙二平知道他带给我们的打印材料。因此,他有点嘴贫说我了。

白胖的看守说:"你把一条好新闻耽搁了。"

我没有着急看他给我打印的东西,抬头惊奇地看着他。

白胖的看守说:"你是记者我知道,你看我给你打印的东西你就知道了。"

像他说的,我低头在打印的东西上扫了一眼,一种职业的习惯让我叫苦不迭,遗憾不已。我的嘴角轻轻扯了一下,知道自己是在嘲讽自己了,这个爆炸性新闻,即使我未被控制,我也是不敢写的。

这条新闻写的就是颜秋红死去活来的事。从打印的东西上看,这是

卷二 先生姐 111

一条网络新闻,最初由网络写手曝出来,挂到自己的博客上,被热爱网络的人看见了,不断点击,后来又被外地的纸质媒体公开报道,这就成了一个热点新闻。

我像活吃一只猛兽般读着打印的东西,发现这位网络写手不仅写出了颜秋红死去活来的新闻,还链接了他在互联网上搜索到的另外两条同质新闻。

死去活来,原来并不鲜见。

鲜见的是颜秋红,她死去活来,仿佛脱胎换骨一般,有了种莫名的变化,太神奇、太诡异了。

报道颜秋红的网络写手,便毫不吝啬地写了她的神奇和诡异,说是一个死去活来的人,神奇、诡异得居然能够知道她不可能知道的事,而且还要化作事中人,把不可告人的事纤毫不差地公开出来。

也就在我和孙二平看到白胖看守人送给我们的打印东西后不久,让人畏惧的门家奇书记秘密地到控制着我们的招待所来了。

他来看颜秋红了。

我事后知道,威风八面的一个人,在见到颜秋红时,却还谦卑地弓了一下腰,脸色也温和得像是颜秋红的一位邻家大哥。

门家奇说:"你知道我是谁吗?"

颜秋红没有应声,只微微地点了点头。

门家奇说:"我想你理解我让你住在这里的意思吧?"

颜秋红仍然没有应声,她轻轻地摇了摇头。

门家奇说:"你身体不好,让你住在这里补一补。怎么样,这里的饭菜还好吧?听说你睡得也不错。"

颜秋红哑巴了一样,坚持不说话,甚至连点头和摇头都免了。不过她从心里承认,被控制住在这里,吃得好是事实,但说她睡得不错,却不是事实。她睡得很不好,头几天几乎整夜整夜地睁着眼,思前想后,觉得像做了一场春秋大梦,梦醒后是很害怕的。幸好有派来的医生陪在她的身边,细心地给她检查身体,适当地给她用药,使她的体力渐渐地有了恢复,到了后来,她的确是熬得困了,这才能很好地闭眼睡觉了。

陪着颜秋红的医生,是个面情很软的人。她一张富态脸,又白又干净,陪了颜秋红许多日子,总是找着机会和她说话。

医生说:"你是个奇迹呢。"

颜秋红感激她,说:"啥奇迹嘛!你把我说糊涂了。"

医生说:"你死去活来,咋还知道那么多事?"

颜秋红说:"我能知道啥事?"

医生说:"你都说了,还装啥呢?"

颜秋红说:"我说啥了我装?"

医生也不认真与她计较,只说让她吃好喝好,让她养好身体。颜秋红身体养得不错了,这就迎来了门家奇书记。说实话,颜秋红真不知道门家奇什么事,对他那样一个有权的人,颜秋红只在电视上看到过,她怎么能知道他的事呢?当然,坊间的传说她倒有些耳闻,仅此而已。突然面对了人家,听着他关切的问候,颜秋红不是不想回答他,而是紧张得不知怎么回答他。

此时此刻,颜秋红几乎要全身心地感谢门家奇了,感谢他来看望她,还有他的关心和照料。

她这样的神态,门家奇书记是看出来了。

门家奇书记浅笑了一下,把一个报纸包推在颜秋红的手边,说:"不好意思,让你难为了些日子,你可以回家了,回去把身体再养养,养好了。"

门家奇书记的话才说罢,他就转身出门去了。

颜秋红抓起身边的报纸包,撕开一角,发现竟是一笔巨款!

一笔让颜秋红目瞪口呆的巨款啊!

十

门家奇被"双规"了!

听到这个消息,我是吃惊的,但不是特别吃惊。关于门家奇的传言,也就是颜秋红在殡仪馆学说的那些事,我在报社私底下没少听说,他自作自受,是该有这一劫的,只是不偏不倚,发生在颜秋红死去活来,学说了他的事之后,我不知道因此会给颜秋红增加多少神秘的色彩。

是报社的领导从我被控制的招待所把我领出来的。那天,一直比较欣赏和照顾我的报社领导,把我们住的房门推开,他是人未进来,咋咋呼呼的声音先进来的:"好你个项治邦,跟报社玩失踪吗?躲到招待所里,让我可是好找!"

听着报社领导的咋呼,我知道我没事了。本来也是,我有什么事呢?我帮助自己的旧相识处理丧事,好好地却把我控制起来,我太冤枉了。

没出息的我,想着自己的冤枉,竟不由自主地落了泪。

报社领导拥着我,从招待所一出来便回了家,他说:"你休息几天吧,过两天我再来看你。"

我有报社领导来接,颜秋红由谁来接呢?

还别说,接她的人比接我的人牛气多了。来的有市委办公室的主任、信访办的主任,便是他们来了,都得靠边站。核心是省纪委也来了人,他们是和冯岁岁、曹喜鹊、乌采芹一起来的,来时乘坐的是一辆豪华的中巴。省纪委的来人拿着一个信封,鼓鼓囊囊的,是要奖励给颜秋红的奖金。他们在招待所的会议室里,当着我们一大帮子人的面,恭恭敬敬地把那个信封交到了颜秋红的手上,表扬她揭发有功,是一名令人敬仰的反腐勇士。颜秋红拒绝着奖励,说她什么都不知道,什么都没说,受之有愧。但她拒绝不了省纪委的奖励决定,最后无可奈何地收了下来。

收下了奖励,省纪委的干部与同来的冯岁岁、曹喜鹊、乌采芹簇拥着颜秋红出了办公室,上到那辆豪华中巴,这就回她租住的地方去了。

我能去哪儿呢?一个记者,能去的地方,最好是自己的岗位。我从被控制的招待所回到了家里,领导给了我一个星期的假,说我想去哪里就去哪里。可我没听报社领导的话,也不顾家里的阻拦和劝说,在家洗了澡,换了一身干净的衣服睡了一个晚上的觉,第二天就去报社上班了。我不知道我为什么这么做,是为了表现,还是为了证明?我真的不知道,但就在我跨进报社大门的一刹那,我平时熟得碰破头的同事们都有那么一会儿的愣怔,接着又都热情地扑上来,和我又是握手又是拥抱,这让我很感动。

几天不明不白地被控制,我需要同事们的握手和拥抱,这对我无疑是个最大的安慰。接下来好几天,我像要弥补缺失了的工作似的,埋头在我所热爱的新闻工作中,下农村搞了篇农村医疗问题的调查,又到企业就科技创新方面的问题,搞了一个报告……我用紧张的工作占据着我的时间、我的心,不去多想发生过的不幸。

但是,孙二平打电话来了,他说颜秋红说了,要请我一顿酒。我含糊地答应着,说我有时间了就过去。

什么时候有时间呢?我的托词能骗谁呢?连我自己都骗不了。于是,我就去了。

这之前,孙二平已经打过几次电话了,他说我再拖时间,颜秋红怕要骂他窝囊鬼了,请个人都请不来。孙二平还说,他们一家要回凤栖镇西街村去了,哪里的黄土不埋人,陈仓城也不是啥洞天福地。

我是跑新闻的,听孙二平在电话中不断叨叨,就在一次采访路过孙二平和颜秋红租住的城中村时,脚一斜便拐了进去。

对这些城中村的环境,我是知道的,往往是外来人口,数倍于原先城中村里的人口,他们中有像孙二平和颜秋红一般的打工者,也有走街串巷收破烂的,当然还有开饭馆做小生意的,五方杂陈,什么样的人都有,而且,村容村貌一片狼藉,到处流污水,到处堆垃圾……我就在这样的环境中找到了孙二平和颜秋红租住的院落。

看我从逼仄的门道里走进来,正在院子里一张小桌前坐着的孙二平热情地迎上来,抱怨我来了咋不提前告诉他。我说我又不是啥大人物,来看你还弄个打前站的。孙二平对我说的话,很有些不以为然,他莫测高深地一乐,拍着我的肩膀说:"你呀,少见多怪。"

孙二平说:"不瞒你说,现在来看我们颜秋红的人还确实是要预约的呢。"

几日不见,一对打工的人,恓恓惶惶鸟枪换炮,还真抖起来了。

院子里的小桌旁正坐着两个人。

孙二平给我小声说,他们都是约了才来的。孙二平还用嘴把他们租的房间给我努了努,并小声告诉我,房子里正有人问事哩。

哦!颜秋红果然捡起她妈的旧业,做起先生姐了。

过去的颜秋红对先生姐的行当是很有点不齿的,便是她的亲娘做那样的事,她也照样瞧不起。她在自己的心里种下了理想的种子,她是要好好读书,考大学,让自己成为一个城里人。她的那个理想破灭后,也没想过接她妈的班做先生姐。她和她的丈夫到城里打工来了,她是要用他们的勤劳和辛苦,为他们的儿女和他们自己创造一个新的生活呢。

可她做不到,仿佛命定了一样,她只有做先生姐了。

院子里的小桌旁因为有人占着,孙二平和我就都站在院子里,他殷勤地给我既敬茶又敬烟,我品着茶,抽着烟,耳朵侧向一边,听小桌旁前来问事人传说颜秋红的神奇。

一个说他正在投标一项工程,他得问问先生姐,看那个工程可有希望。如果有,他就给人塞钱了。这是投资,塞得出去,才能挣得回来。

一个说他借了人家一个肚子,想给他生个带把把的。现在,他借的这个肚子大了,担心大肚子里装的还是女娃娃,那他可就惨了。他借人家一个肚子花了二十万元钱哩!图的就是给他生个男娃。

都是些什么稀奇古怪的事情呀,做了先生姐的颜秋红能说得清楚?

我不能相信,只等在院子里,想要和颜秋红说,这种哄人的勾当最好不要做。

房子里问事的人出来了,在孙二平的安排下,等在院子里的一个人又进了房子……如此反复循环,到天黑时,院子里等着问事的人,先先后后进了颜秋红的房子,又先先后后出了颜秋红的房子……我想,接下来我有时间和颜秋红说说话了。

颜秋红一直没出她租住的房子,但她神奇地知道我等在院子……在她给人把事说完以后,她在房子里喊起我的名字了。

颜秋红喊:"说你大记者怕没被人晾过吧?"

颜秋红还喊:"你看我太不礼貌了,把我们的项大记者晾在院子里一个下午。"

孙二平是听着颜秋红的喊声,招呼我和他一起进了他们租住的房子。我看见了颜秋红,她和殡仪馆躺在遗体床上的样子很不一般,虽然还是那么瘦弱,但面皮是红润的,眼睛也神采焕发……她整理了几条烟,有好猫,有芙蓉王,还有红中华,要我不要嫌弃,算她的一点心意了。

我想跟她说两句话的,但我插不上嘴,听她又说了。

颜秋红说:"我还有事,人家的车已走在路上了。"

颜秋红说:"这些烟送你替我抽了吧。总有人送,我又不抽烟,不像你大记者哩,一个字一个字的,还不都是烟熏出来的。"

果然如颜秋红所说,有辆档次很高的小轿车开进了城中村,把颜秋红贵宾一样接走了。

颜秋红走了后,孙二平陪着我,很不好意思地说:"走,咱们也喝两盅去。"

我想拒绝孙二平的好意,转眼一想,我还有话要问,就和他出了门,在城中村找了个小饭店,点了几个小菜,要了几瓶啤酒,我们俩便大吃大喝起来。

孙二平喝酒很快,一杯接一杯,菜没多吃,就已把几瓶啤酒喝得见了底,跟我说话时,舌头便也大得乱搅和……他跟我说,白天来向颜秋红问事的人,都是平头百姓,问的也都是鸡毛蒜皮的家常事。晚上了,接颜秋红去的,你猜都是啥人?他妈都是当官的。我给你说,他们在人前狗模狗样的,到了颜秋红的面前,就都稀泥一摊,把颜秋红当成真正的神仙了,出手那个大方,不瞒你说,我这辈子想都没敢想……我的一对儿女都转到市上最好的一中去了,住宿吃饭也不要咱管,都是当官的出面办,该免的免了,不该免的也免了。

昏昏沉沉,我喝得也有些高了。

十一

异地审判,曾经威风八面的门家奇被判二十年监禁。

凤栖镇西街村因为冯岁岁、曹喜鹊两人,鼓动了一大批热面孔的乡党,在此之前,动员颜秋红回村里去。他们把劝说颜秋红回村的条件,说得天花乱坠。但不管谁说,颜秋红都没松口。

颜秋红在等央告人说话。

谁都没有想到,颜秋红等着说话的人,是曹喜鹊。别人不得要领,住在陈仓城里,住了好些天,天天来找颜秋红,天天动员颜秋红,把颜秋红烦得实在没有了法子,她就把她的心里话让来人放了出去。

颜秋红说:"你们谁说都不顶事。"

颜秋红说:"你们让曹喜鹊来吧,我来和她说。"

多大的官,多有钱的人,来颜秋红这里,颜秋红都不会起身接,不会起身送。但是曹喜鹊来了,颜秋红听闻到了她的声息,就从她租住的那间破破烂烂的房子里迎出来,把曹喜鹊一声嫂子、一声嫂子地叫着,拉住了曹喜鹊的胳膊,在院子里就把她对曹喜鹊的喜爱说上了。

颜秋红说:"咱们凤栖镇西街村,我最敬羡的人你道是谁?"

颜秋红说:"就是嫂子你哩!"

颜秋红说:"你是勇敢的,活得勇敢,爱得勇敢,你是我的榜样。"

颜秋红说:"你给我说话我听。"

曹喜鹊能说啥呢? 在那一刻,她突然虚弱得像患上了什么急病,整个人颤抖了起来,仿佛风中的一面旗子,哗哗啦啦地摇摆着,把她汹涌而出的眼泪摇摆得四处乱飞。

　　曹喜鹊一时说不出话来,颜秋红就扶着她,两个人相依相抱地一起去了租住屋。她俩在租住屋里都说了些什么话,没有人能知道,大家知道的,就是颜秋红答应了曹喜鹊,她和大家一起回凤栖镇西街村去。

　　这是请神哩!怎么请?做不到位可不行。

　　既然颜秋红最敬羡曹喜鹊,村里人便公推曹喜鹊主持迎请颜秋红的事儿了。曹喜鹊出了面,冯岁岁能闲下吗?当然不能了,冯岁岁自自然然做了曹喜鹊的后盾,既给她出谋划策,又亲自领头,要在陈仓城租一顶八个人抬的大轿子,组织凤栖镇西街村的壮年汉子轮流换着抬,把神奇的先生姐颜秋红抬回村。

　　村里人之所以诚心诚意地来请颜秋红,理由只有一条。他们大家说了,凤栖镇西街村的风水多好啊!这些年有点败了。都是村上人不重视颜秋红,她是先生姐哩,该回去把咱村子的风水旺一旺。

　　颜秋红把她回村的面子给了曹喜鹊。

　　曹喜鹊没有推诿,她出面了。出面把颜秋红回村的事就这么定了下来。颜秋红要离开陈仓城是必须准备几日的,关键是她的一对儿女都在读高中,她可不敢把儿女的功课落下来,那就太得不偿失了。

　　在颜秋红的内心深处,她无可奈何地走了老娘的路,成了一个先生姐。

　　她这个先生姐当得太不甘心了!好好的人不做,装神弄鬼,做什么先生姐,这永远不是她的追求,永远不是她的理想。

　　颜秋红心里想的,还是做人。

　　好好做个人!

　　城里没了牵挂,颜秋红和孙二平就也收拾妥了家当,准备回凤栖镇西街村住了。临走前,孙二平约了我,和我喝一顿酒。但他回到村里,不放心在陈仓城里读书的一对儿女,就还要到陈仓城里来,来看他们的儿女。他来了后,总是不忘我与他被控制时的患难友谊,要打电话给我,约我喝酒的。

最近的一次,我们豪气地省略了小饭馆,改在陈仓城我去熟了的合欢酒店,订了一间雅座,要了冰镇辽参、腊鸡翅、蒜片黄瓜等几个很好的小菜,把原来喝的六年西凤改换成了西凤十五年陈酿,斟酒的杯子也换了大点儿的,斟满酒,俩人便你碰一杯喝了,他碰一杯喝了。

我端起酒杯和孙二平碰,说:"祝贺你。"

孙二平不解,问:"祝贺我个啥?"

我说了:"祝贺你们一对儿女有重点中学上。"

我还说:"也祝贺你和颜秋红幸福美满。"

我是这么说来的,却突然又想起孙二平和颜秋红夫妇俩在仓储库房被保安抓的那件事,不觉脸上堆满了笑。因此,我便又说了。

我说:"以后在自己家里,有你折腾的地方了。"

我还说:"你咋折腾都不怕被人抓了。"

孙二平的酒杯和我也碰上了,他怨我哪壶不开提哪壶,咱说些高兴的事多好。

确实也是,孙二平回到了凤栖镇西街村,他们把日子过红火了,我真该和他说些高兴事哩。

我跟孙二平说:"回去问颜秋红好。"

孙二平说:"她好着哩。你不知道,颜秋红从来没有现在这么好。"

孙二平一说起颜秋红,话就特别多。一句话说罢,紧跟着一句话就又会冒出来。

孙二平说:"她有钱,大白天有大白天来人送钱,大黑天又有大黑天来人送钱。"

孙二平说:"我们家门前的大皂角树你记得吧?拴的都是红绸带子。"

我奇怪,问孙二平:"什么红绸带子?"

孙二平说:"是红绸带子,上面印了字,都是来问事的人,买了拴在大皂角树上的。"

孙二平说:"一条红绸带子八块钱,那是个数儿活,你敢数吗?"

这是我的孤陋寡闻了。

颜秋红被请回凤栖镇西街村后,以她为中心,村里雨后春笋般发展起了许多相关产业,原来沉寂了的凤栖镇西街村,包括东街村、北街村、南街村,突然都热闹起来了。红绸的祈愿带子是一项,还有高香和烧纸也是一项;来村里问事的人,路远的要住宿、要吃饭,特色农家乐也是一项……

如此的变化,倒的确要让人刮目相看了。

但我对此是有怀疑的。

孙二平不让我怀疑,他跟我说,有些事神鬼难料,颜秋红死去活来,像她妈一样做了先生姐,我开始也是怀疑的,可那么多人问她事,她都给了回答,而且反馈回来的信息是,她给说的事,有些是很准的呢!看我脸上还有疑惑,孙二平往他大嘴里倾了一口酒,狡黠地乐了一乐,带着满嘴的酒气说我了。他说我真是聪明,把事情看得透,颜秋红给人说的事,的确有问不准的呢。

孙二平阴阳怪气地跟我说了:"但那能怪谁呢!"

孙二平说:"都怪他问事的人,心不诚,礼不到。"

孙二平这么给我解释着,就还鼓励我向颜秋红问事哩。

孙二平说:"就你没事,不问颜秋红。"

我对他说的感觉特别好笑。我一个唯物主义者,我向先生姐问事,亏他想得出来哩。所以我撑了他一句。

我问:"啥事?"

孙二平说:"你就装嘛。给我装糊涂。"

孙二平说:"没看你都啥年纪了,还当着个记者,东奔西跑,你就甘愿受累不想进步了?"

百思不得其解的先生姐呀,我想我也许真的该向她问问事哩。

十二

树这东西,像人一样,高兴的时候,它是会笑出来的。

我回凤栖镇西街村来了,远远看见颜秋红家门前的大皂角树,就觉得皂角树好像开开心心地在笑着呢!它像孙二平给我在陈仓城说的那样,浑身都被拴上红绸带子,所以给人一个显著的感觉就是,它是在笑,笑得自己都脸红了呢!

在大皂角树的周遭,以至更宽泛的地方,都是手上拿着红绸带子、香、蜡、烧纸的人,那里不敢有人过,谁走过来,就一大堆人往他身边围……我就是在这样一种氛围里,向颜秋红的家里走去的。很自然地,我也被那些人围了呢。我被围着正不知怎么办,孙二平从他家大门里瞄见了我,声音大得像是雷声一般,撵出门来,把我从围困中解救出来,这就拉进他家的大门里了。

必须承认,颜秋红与孙二平的家已不是她老娘先生姐当年的模样了。那时候他们的家,接着乡村的地气,是质朴的、温暖的。现在颜秋红和孙二平大修大建,使那种地气丰满的乡村味道荡然无存,面目全非。进门来映入眼帘的,除了玻璃还是玻璃,明晃晃让人疑似走进了水晶宫,或上房,或披厦,或住人,或炊事,或者高上去三层,或者矮下来一层,全都一色儿的铝合金的框架,一水儿的茶色玻璃,让我看着眼晕……隔着玻璃,颜秋红看见了我,她像过去那样,躲我或是给我拿架子,她把她又变回年轻时的她了。她人从水晶宫似的上房屋子里还没出来,声音就已隔着玻璃蹦出来了。

颜秋红说:"现在呀,可是没有天鹅蛋给你吃了呢!"

好一个颜秋红,都啥时候了,还记得拿过去的事儿调侃我。我能怎么办呢?顺着她给我的梯子爬吧,所以我应了她一句。

我说:"被你这一提,我还真是馋那一口天鹅蛋哩。"

玩笑归玩笑,颜秋红从水晶宫似的上房屋子迎出来,把我迎进水晶宫里,在一圈红木构成的客厅沙发上,选了个上风的座位,让我坐了下来。我刚坐下就有一个专为颜秋红服务的女子,穿着件修身的改良短旗袍,款款地走了来,礼貌地给我欠欠身,端来一个非常考究的茶壶和一只配套的茶盅放在我的面前,很有礼貌地给我斟上茶……在这个仪式感非常强烈的过程里,我没有说话,颜秋红没有说话,跟进来的孙二平也没有说话。大家都没说话,但飞来转去的眼神,其实把话都已表露出来了。

孙二平长了颜色了,他看着颜秋红安排我坐下来,他也准备坐下的,却从颜秋红的眼神里看出了别样的意味,他因此没有坐下来,而是神情讪讪地倒退着出了上房屋子。

剩下我和颜秋红的上房屋子,客随主便,我是应该等颜秋红先说话的。因为刚才迎我进来时,她说了那么两句话,应该还有话要说的呢。可她突然不说了,只是看着我,把我看得身上发毛。为了掩饰我内心的尴尬,我就不管不顾地提出话头来了。

我说:"我没有打搅你的生意吧?"

我在见颜秋红之前,听孙二平说过了,颜秋红一天只看六个人的相。她放话在凤栖镇西街村的街头上,早晨起来,沐浴洗脸,前面六个人的相,她看得清楚,后边的就看不清楚了。这是一种方法呢,能够帮助村里开着民宿和农家乐的人家,揽到应有的生意。我把这句话说出来,想要颜秋红接我的话哩,可她依然不说。没了奈何,我就只有再说了。

这是我今天来最想说的一句话。我说:"想给我也看一下吗?"

我说话的口气是不甚恭敬的,想着可能要惹她生气了呢。但没有,不过倒是把她闭着的嘴巴给撬开来了。

颜秋红说:"你相信吗?"

我是不置可否的,她因此就又说了。

颜秋红说:"我都不相信,都是道听途说演的戏哩。"

颜秋红这么说来,大大出乎我的预料。我惊讶地看着她,看见她还有话说,就还静静地看向她,等着她继续来说了。

颜秋红说:"做人太难了。我倒是想要好好做人,但谁又尊重你呢?"

颜秋红说:"好了,我不做人了,反被人敬奉起来,似乎还成了人上人。"

这几句话说过,颜秋红就又陷入了沉默,而我也觉得我与她之间把要说的话一下子都说完了,没有再说的了。因此,我从坐着的红木沙发上站起来,告辞着就要走了。看着我这样的举动,颜秋红也不拦,但她苦苦地笑了起来,又给我说了两句话。

颜秋红说:"我知道,你下看我了。"

颜秋红说:"去吧,你去吧。"

颜秋红说:"你这次回村里来,应该还有冯举旗的事情哩。"

我没法不承认,颜秋红说对了。凤栖镇镇中学现任校长冯举旗,遇到问题,我是要到他那儿去。听颜秋红这么一说,我点头了。

我说:"是的呀,我是要见冯举旗哩。"

颜秋红便加了一句话。她说:"镇中学有什么难解的事情,如果我能,你给我捎个话,是钱的事我出钱,是人的事我找人。"

我感动于颜秋红的慷慨,就给她说了。我说我见了冯举旗,一定不贪污她的话,一字一句,都说给冯举旗听。我这么带着点调侃意味地说着话,就从颜秋红的水晶宫屋子里走出来了。我没想到她还有话,追着我的屁股撵出来给我说了。

颜秋红说:"冯举旗惹下闲话了。"

颜秋红说:"是个叫任出息的学生娃哩。"

颜秋红说:"你要他处理好。"

我听着颜秋红托付的问题,从她的家里都走出来了,却还听见她感同身受的一句叹息。

颜秋红叹息地说:"我的姐妹呀。"

怀揣着颜秋红的寄托,我向镇中学走去。但我走在凤栖镇的大街上,没走几步,就碰上冯岁岁和曹喜鹊。碰上他俩,我能自由地走开吗?显然是不可能了。

冯岁岁只是那么淡淡地一笑,还有曹喜鹊那么浅浅地一乐,我就乖乖地跟着他俩,往他俩组建的新家庭走去了。

往他俩新组建的家庭里走去,是绕不过那棵大合欢树原来长着的地方。合欢树被他俩的儿女设计偷卖到了陈仓城里,冯岁岁和曹喜鹊撵了去,想要合欢树能活下来,好好地活着的。但让人悲伤地没能活下来,他俩就又回村里来了。

为了合欢树而悲伤的冯岁岁、曹喜鹊,却祸福相依地,把一场使他俩哀痛的祸事最后转化成了一件喜事,一对老鸳鸯摈弃了所有的羁绊,勇敢地走在了一起。他俩想着法子,又找来一棵小点儿的合欢树,移栽在了大合欢树腾出来的树坑里。

我跟着他俩走,走到了那棵新移栽的合欢树前,不约而同地都站了下来。

站着呢,我竟还又恶作剧地对他俩说话了。

我说:"给我找个小刀片来。"

我说:"把'岁岁喜鹊'再刻上去。"

我的恶作剧,把冯岁岁、曹喜鹊惹得忍俊不禁,呵呵地大笑了起来。

去了他俩的新家,我没有怎么停留,里里外外地把他俩的新屋都转着看了个遍,就向他俩告辞,要去镇中学。他俩知道我念着冯举旗父亲冯求是的恩情和与冯举旗的交情,就也没怎么留我,任我自由去了。

我像走出颜秋红的家一样,在走出他俩的新家时,又一次听到了关于冯举旗的风言风语。

是曹喜鹊先说的,她说:"我是过来人。"

冯岁岁说:"过来人说话不诓人。"

曹喜鹊说:"该决断时就决断,甭管别人怎么说。"

冯岁岁说:"是秋红的话哩。"

卷三 斧伐的眼睛

一

大皂角树因为颜秋红的关系,满身的红绸带子,让人看上去,觉得树像笑一样。

而凤栖镇中学大门前的梧桐树,似乎也会笑。大皂角树会笑,凭的是树身上系得满满的红绸带子。梧桐树会笑,凭的是梧桐树上的眼睛!人有眼睛,人能笑。树有眼睛,树自然也就会笑了呢!人笑的时候,可能是有高兴的事情,还可能是有伤心的事情。树也一个样,当然了,这需要风和雨的鼓动与帮助:风来了,树叶子哗哗啦啦的,笑得那叫一个欢实;雨来了,树冠上滴滴答答的,哭得那叫一个伤心。只是不知,人可知道树的欢乐,人可知道树的忧伤。

人啊人……我不知道怎么说了。

我能说的是冯举旗,怀揣着一个不死的文学梦想,得空儿写篇千把字的小散文什么的寄给我,让我想办法给他在报纸上变成铅字。我得承认,冯举旗的文字是不错的,写的小散文都很有味,像我起头引用的那几句话,就是抄录的他曾寄给我,我给他发在《陈仓晚报》副刊的散文。

那篇小散文他起名为《皂角树》。

这一次我回凤栖镇,身上带着他在我们《陈仓晚报》新发表的一篇小散文。这篇小散文的名字还是一棵树,即我熟悉的《梧桐树》。

冯举旗的散文篇幅都小,但所表达的文化情感以及乡土情怀是很博大的。我吃惊于他的《皂角树》中的一些论述,质地浑厚,情绪饱满,非常吸引人。还有《梧桐树》,我再读来,感觉那一个一个的汉字仿佛一只一只攥着的小拳头,挥舞起来,直打我的眼睛,把我的眼睛打得又酸又痛,千把字的一篇小散文,还没看完,我已经泪流满面,不能自禁地收拾起一个记者必要的行头,搭车到凤栖镇西街村来了。

回到凤栖镇西街村,我是一定要见冯举旗的。

我还要见到那棵让人牵肠挂肚的梧桐树。

返乡插队在凤栖镇西街村好几年，在这里我有许多要好的朋友，前边说的颜秋红、孙二平、冯岁岁、曹喜鹊他们是，冯举旗自然也是了。

冯举旗是我最为感恩的老校长冯求是的儿子，他和我处得不错，他父亲老校长对我更是恩重如山。我在凤栖镇西街村找他，没有找到，想他现在子承父业，当上了镇中学的校长，他不在家里，就一定在镇中学里，所以我就不拐弯地直接往镇中学撵去了。

走在去镇中学的路上，我想着冯举旗，很想高兴起来。但知道他至今光棍儿一个，我就高兴不起来了。不仅高兴不起来，甚至还为他生出一种巨大的哀伤感来，哀伤一个乡村中学校长怎么还会打光棍儿。

在凤栖镇西街村，或是在别的什么村庄，别的什么人打光棍儿，我是一点都不奇怪的。农村青年，一窝蜂地北上北京、天津，南下深圳、广州等需要劳动力的城市去打工，剩下个别胆小怕事又身无长技的人，找个女人的确困难。可冯举旗是谁呀！他大学毕业，回乡教书，当上了中学校长，他怎么能打光棍儿呢？

冯举旗打光棍儿是不正常的，太不正常了。

冯举旗有固定的工资，有正当的职业，而且还能写出一手好字，这是一个优秀男子难得的辉煌与光环哩！就说我吧，是不比冯举旗优秀多少的，我就因为写得了几句甜言蜜语，使得喜欢我的女孩捧着我出的书，像捧着一束不会凋谢的鲜花，撵着我扑进我的怀抱，先是做了我的新娘，后来又做了我的孩子她娘。当然，这都是20世纪80年代的事情了，现在的形势大变，但怎么变，能写一手好字的男子，还是很受女孩青睐的。别的人我不好说，冯举旗在《陈仓晚报》的副刊上，隔三岔五地刊发了几篇小文章，这就引得我们报社的几位知性女子拜读了他的文字后，要议论他了。首先议论的是他的文字，夸他的文笔简约，却极具人情味。她们议论着，就还议论到了他的生活，猜想他的生活该是美满的、幸福的。

她们这么议论冯举旗的时候，大多是在报社的内部食堂里。

一次,她们议论得正热火,我进到食堂来打饭,听见了,就插话进来,告诉我的女同事,说我认识冯举旗。我这么说了,还当真告诉她们,我能穿针引线,只要谁对冯举旗有意思,我就能成全谁,让谁当冯举旗相好的去。我一番调侃的话,没有引起女同事们的不满,她们嘻嘻哈哈的,往嘴里搛着菜,又送着饭,却还堵不住她们的嘴,要我一定不能食言,她们都有认识冯举旗的意思,在茶馆里坐坐,在酒吧里泡泡,真的是很不错呢!

女同事们吵着要结识冯举旗,要和冯举旗泡酒吧,要和冯举旗坐茶馆,我留意到了郎抱玉。

郎抱玉也在女同事们中间,但她没有插话,只是专心专意地搛着她的菜,扒着她的饭。当然,这不等于郎抱玉不关心女同胞们的议论,她把大家的话都听进耳朵里去了,而且可以肯定,她听得可是很用心哩,这从她一会儿皱一下眉头,一会儿停下咀嚼的嘴巴,显出一副若有所思的模样,可以看得非常清楚。对此,别人不知其中的缘由,我是知道的,郎抱玉和冯举旗在大学同学过,而且不是一般的同学!花前月下的,两人把什么都做了,搂搂抱抱,耳鬓厮磨,你亲我一嘴,我亲你一嘴,说的话不只使他俩耳根子发热,便是深埋在肚子里的两颗心,也都突突地发着烫哩!后来工作了,冯举旗在市委办公室工作,郎抱玉在报社工作,俩人依然热恋不断,差不多都到了谈婚论嫁的地步呢!

可惜了,一对山盟海誓的情侣最后劳燕分飞,冯举旗要回凤栖镇西街村,郎抱玉拉不住,活生生断了一对鸳鸯情。

回到凤栖镇来,当了镇中学校长的冯举旗,依然光棍儿一个,这让我想着他,还有郎抱玉,就不能不大为叹息了。

从凤栖镇西街村往镇中学走,先要经过冯举旗家的门。当年我受他父亲冯求是老校长的照顾,做了镇中学的代课老师,是经常去他家里的。有时候是我自己寻着去的,有时候是老校长拉我去的。那时他们的家不能说是全村最好的,却也不输哪一家,土打的院墙,土垒的房屋,全都覆盖着古周原上最为经典的小青瓦,看上去既规整又爽洁,非常有乡村特色,在我心里留下的印象是太深刻了呢!

那时冯举旗的母亲在,冯举旗的父亲也在,人全家全,非常温暖,非常和睦。我到了他们家,冯举旗的母亲,是吃饭的时候或者不是,都要给我弄一口吃的,说我年轻,正长身子,可不敢在嘴上亏了,抱怨知青下乡是造孽,好好地长在城里,长在父母跟前,得罪谁了?把人家娃娃撵到乡下来,吃苦受罪……听着冯举旗母亲的抱怨,我曾有几次眼睛热喷喷的,差点滚出眼泪来。

当时为了掩饰自己,我就只埋下头来,狼吞冯举旗母亲端给我的吃食。

不瞒大家说,冯举旗母亲端给我的吃食一点都不特别,甚至非常土,都是古周原上人家日常的食物,一块馍馍,一只锅盔,可我日后一旦想起来,都要香得嘴里生津哩。

当然了,我寻到冯举旗家里来,绝不是贪图冯举旗母亲端给我的吃食。我之所以来,都是因为要找冯举旗的父亲冯求是的,我有许多事情要向老校长求教,特别是知识方面的,我孜孜以求,他诲人不倦。

老实说,当时的政策鼓励下乡插队,有人是自愿的,也有人是为形势所迫。但我插队在凤栖镇西街村,不知是读书的梦没破,还是别的什么动力鼓励着我,我坚持着学习,语文、数学、理化,有空没空,我都要挤出空闲来,把我带来的旧课本认真地阅读和演算下去。但是,有些问题阻碍着我,我阅读不懂,或是演算不下去,就去冯举旗的家找他父亲冯求是,要他父亲给我讲,而他父亲也是娓娓道来,仿佛抽丝剥茧,总能使我从学习的困境里走出来。

冯举旗那时还小,三四岁的样子,虎头虎脑的,我在向他父亲冯求是求教时,他也常常要参加进来,睁着一双乌溜溜的圆眼睛,把我看上一阵,然后又去看他父亲冯求是,一脸对知识的迷惑,一脸对知识的渴望。

那个时候,是个文盲盛行的时代,所有人都以文盲自居,所有人在公共场合相见,都要自觉先报一声家门,说自己是个文盲,大字识不下一箩筐。

谁有知识谁反动,谁有文化是谁错。当镇中学校长的冯求是肯定不这么看,他发现我热心学习文化知识,就特别喜欢我。每一次,在我求教了他以后,他都送我出他家的大门。小小的冯举旗也会跟着跑来,他跑到他老爸冯求是的身边,依偎着他老爸,而他老爸会轻轻地抚摸着冯举旗的头发,低头给他说话。

老校长冯求是说:"你呀,可要向项治邦学习哩!"

老校长说:"你能如项治邦一样努力就好了。"

老校长冯求是过去说的话,言犹在耳,可我再也看不到他了,他和他老伴儿都撒手去另一个世界了。我想知道,老人家在天有灵,是否知道,他们的儿子冯举旗子承父业,当着镇中学的校长,却还打着光棍儿。

同样的是,老校长冯求是是否知道,他们在凤栖镇西街村留给冯举旗的家已破败得让人不忍目睹了。

土墙头上的小青瓦,颓落到了墙根上,青瓦盖顶的房屋,有几处也塌下了洞眼,还有栽在他们家门前的那棵梧桐树,又去了哪儿呢?

哦……当时长得已有碗口粗的梧桐树,在凤栖镇西街村密密匝匝的许多树木里,是鹤立鸡群的,梧桐树的身子,挺拔高挑,像刷了一层绿漆似的,油光光,亮光光,我每次去冯举旗的家,在他家门口,都要忍不住地伸出手来去梧桐树上摸一把。我听冯举旗的父亲冯求是谈过,这棵梧桐树是他师范毕业回村来,在村里小学当教师的那一年栽下的。人常说:"栽下梧桐树,自有凤凰来。"他希望他的理想就是一棵迎风招摇的梧桐树,引来凤凰,让凤凰得到教育,然后再飞出去,飞得越高越好,飞得越远越好!

梧桐树啊!

冯举旗父亲冯求是的梧桐树,在他家的大门口不见了踪影。冯举旗在他的《梧桐树》一文里交代得很清楚,树被他的老父亲冯求是生前移栽去了镇中学的门口!

二

梧桐树被移栽在了凤栖镇镇中学的大门口，长得怎么样呢？

我念想着梧桐树，就从西街村出发，往镇中学去了。我去镇中学，要从西街村走起，穿过整个西街村，走进东街村，走到东街村口就能见到了。我在凤栖镇西街村插队的日子，时常要在这条长长的街道上走，那时候的街道不像现在，没有硬化，雨天满是泥水，旱天又满是土末，走个来回不容易。但我不能不走，起初要买日用的肥皂、洗衣粉，还有牙膏、牙刷，西街村里没有卖的，百货商店在东街村，街道的路再难走，我也得硬着头皮走。走着走着，老校长把我弄进学校当了代课老师，就更要走了。

我天天走，清早从被窝里爬起来，太阳还不见露头，便急匆匆从凤栖镇西街村往镇中学去；到了晚上，太阳下了山，我又从镇中学急匆匆往西街村回。我把这条街道走得那个熟，因为困倦，闭着眼睛走，也能不偏不倚、端端正正地来了又去，去了又回。

在凤栖镇上走着，我虽然还看不见镇中学的样子，但我看见校门口的梧桐树。

枝繁叶茂的梧桐树啊！我只一眼看去，便立即感到一股热流，从心底生发出来，流淌到我身体的每一处。我忍不住眼睛发涩，鼻子发酸，差点流出一串泪水来。

冯举旗的父亲冯求是，赶着这个时候，像股结合了知识与人性情感的洪流，一下子淹没了我。我无法自拔，我所有的感官神经顿时热潮翻涌，我的心头仿佛长出了个声音洪亮的嘴巴，不能自禁地喊叫了起来。

我在心里是这样叫的："啊！老校长！"

我还在叫："老校长！"

把自己的全部热情都倾注给了乡村学校老校长冯求是，对我的帮助是巨大的，但我知道，他对学生的成长，做的努力更加巨大……那是一个谁有知识谁反动的时代,冯求是从事的教育工作,就是给青年传授知识的,按那时的认识逻辑,他应该就是反动的,而且也是需要改造的。然而他显得十分天真,对此有点儿懵懂无知,非常守则地做着他的校长,非常认真地教育着他的学生。

老校长冯求是常说:"误人子弟,是最大的犯罪。"

老校长冯求是还说:"知识是养人的,不会害人。"

然而遗憾的是,当时的风气并不支持老校长的作为,不仅是凤栖镇中学,全国的学校,教学风气都很不正常,学生的学习风气也很不正常,闻名全国的"白卷英雄"就是那个时代的典型代表。冯求是没职没权,他管不了全国教育的问题,但对他任校长的凤栖镇中学,他是一定要扭转风气的。身为老师,不履行老师的职责,还是什么老师?身为学生,不努力学习,还是什么学生?冯求是不太信那个邪,他要带领全校的教师,狠抓学生们的课堂学习。我之所以被冯求是推崇,有幸成为凤栖镇中学的一名代课老师,就是因为冯求是的这一指导精神。

在凤栖镇中学里,我切身体会到了老校长冯求是的教学魅力,太吸引人了。

农村中学的学生,求知欲望还是非常强烈的,我敢说,在那个时代,有老校长冯求是的努力,凤栖镇中学的教学和学习风气,该是全国最好的呢。我被老校长选拔为镇中学的代课老师,上边没有统一的教学材料,我就先给自己带的班级寻找资料,油印教材。冯求是校长发现了,不仅在学校表扬了我,还推而广之,组织带领学校的老师一起来编印。

我说过了,我的蜡版刻得很是不错哩。

老校长冯求是把刻写蜡版的任务交给了我,热天的时候,我会刻得一身大汗,老校长没有别的办法,他就拿着一把大蒲扇,站在我的身边,一下一下地给我扇风送凉;到了冬天,天又冷得我的手捏不住刻蜡版的钢针笔,老校长就烧了开水,装在一个盐水瓶里,给我拿出来,让我双手捧着盐水瓶取暖……要我说,我后来考取了大学,毕业后在《陈仓晚报》工作,于众多编辑记者中,被公认为一个多面手,就是在凤栖镇中学磨炼出来的。

为了提高学生的学习积极性,老校长冯求是还把他的一手绝活使出来,那便是他的手影表演了。

那时候的娱乐活动少,偶尔的一场电影也都是大家看了多少遍的《地雷战》《地道战》什么的,大家都看烦了,而老校长冯求是的手影永远是新鲜的、独一无二的。凤栖镇中学的老师和同学们紧张地工作学习一段时间后,就会要求老校长给大家来一场手影表演。大家有要求,他也就会满口应承下来的,而且积极地准备,选在一个周末的傍晚,来为大家进行手影表演。

手影表演的条件是简单的,薄薄的一块白色纱布往老校长冯求是宿办合一的房门上一挂,他站在门背后,借着房门透出来的灯光,伸出双手在白白的纱布后面变幻出许多有趣的事物来:首先跑来的是一只小鸡,后面跟来的就是一只小猫,小猫的后面,跟来的又是一只小狗……家畜家禽是老校长手影表演的主要内容,不过,虽然还是小鸡、小猫、小狗什么的,但他每表演一次每一次都不同。后来,我看了美国卡通影像作品,譬如《猫和老鼠》《米老鼠和唐老鸭》什么的,就很有老校长冯求是手影表演的韵味。总而言之,老校长冯求是的手影表演是非常成功的,老师和同学们在一片嘻嘻哈哈的笑声里,放松了下来,在以后的日子里,就都能集中精力很好地开展教育和学习了。

偏偏地,老校长的手影表演让人大感意外地出了问题。

是个什么问题呢?现在说起来,几乎就是一个笑话。在学校老师和同学们的强烈要求下,老校长冯求是又一次在他宿办合一的房门口表演手影了。一段小鸡、小猫、小狗的表演过后,老校长创造性地做起了人物表演,这些人物都不是中国人,但又都是中国人最为熟悉的几个,他们是苏联布尔什维克的领袖列宁、斯大林,此外还有被我们批判为修正主义者的赫鲁晓夫。

这没什么好说的,老校长冯求是为了准备这场手影表演,他做了充分的准备。表演列宁的那一折子,他依据的蓝本是苏联电影《列宁在1918》;表演斯大林的那一折子,他依据的蓝本是苏联电影《斯大林格勒保卫战》;唯独表演赫鲁晓夫的那一折子,是他自己的创作,没有人知道他所依据的是什么。但这又有什么不可以的呢?他把三位苏联布尔什维克的领袖,从不同场景、不同角度,全都表演得惟妙惟肖,让观看表演的人好不开心。现场的情况是,一会儿一阵掌声,一会儿一阵掌声,特别是大家都比较熟悉的一些场景,就更能引起共鸣,在他表演时,根据剧情,还都会异口同声地念出来。譬如《列宁在1918》,瓦西里来向列宁汇报筹备粮食的那一个场景,观看表演的师生,就都会学着列宁的口气,很是嘹亮地念出了列宁的道白:"牛奶会有的,面包会有的,一切都会有的。"

可是问题还是出来了。第二天,老师和同学在校院里发现了一张大字报,白纸黑字,用词十分激烈地批判老校长冯求是,公然宣扬修正主义的东西,是可忍孰不可忍,号召全校有革命斗争精神的师生勇敢地站出来,揪出窝藏在凤栖镇中学的苏联修正主义分子的孝子贤孙冯求是,让他老老实实、规规矩矩地交代他的罪恶思想,从灵魂深处闹革命,以求得到革命群众的谅解,迅速站到人民的一边来。

老校长冯求是被押到学校的操场上,被批判得脸色发白,十分虚弱的样子,把我在一旁看得好不心酸。但我是无能为力的,只有干着急,一点办法都没有……不过,全国的形势在这个时候发生了翻天覆地的变化,一言不发的老校长冯求是只受到这一场批判,就被上边叫停了。

"四人帮"的垮台,救了老校长冯求是,他可以重整旗鼓、放心大胆地在凤栖镇中学抓教学了。

取消了推荐上大学、上中专的政策,实行统考统招,这使凤栖镇中学占了不小的便宜,有许多年轻的教师和学生乘着这浩浩荡荡的东风,考进了大学,考进了中专。

我是其中的一个,在我打好铺盖行李,要从凤栖镇西街村离开时,在凤栖镇中学忙得四脚朝天的老校长冯求是赶回村里来送我了。这使我十分难堪和羞愧。我是想着要向老校长冯求是告别的,我还要当面感谢他,可我……正在我难堪得满脸通红时,老校长冯求是笑着给我整理我已背上肩头的行李,跟我说着话,解除着我的难堪。

老校长冯求是说:"看着你考上大学要走,我是真高兴哩!"

老校长冯求是说:"人往高处走,水往低处流。"

老校长冯求是的话,说得我心里发酸,想我要离开了,应该去凤栖镇中学跟他拜谢的,我没有去,倒是他送我来了。我羞愧得开口要检讨时,却被老校长明察秋毫看透了心思,他把我要说的话堵回了我的肚子里。

老校长冯求是说:"你啥话都甭说,我心里明白着哩。"

老校长冯求是说:"凤栖镇中学需要你这样求上进、有激情的老师。你要离开了,是到大学深造的,我不能挡你。"

老校长冯求是说:"你走吧,学成了再回来,不是更好吗?"

我脸上的愧色褪下去了,我向老校长冯求是点了点头。但我没有履行我对老校长点头的承诺,大学毕业后,我留在了陈仓城,没有再回凤栖镇中学。

心里想着可亲可敬的老校长冯求是,我的脚步已踏进了移栽在凤栖镇中学门前的梧桐树的树荫下了。

三

张开双臂,我抱住了梧桐树,还把脸深情地贴在青翠光滑的树皮上。

没有哪一棵树能和梧桐树媲美了,要不然,传说中的凤凰何以只拣梧桐树而栖?我的脸贴在梧桐树上还能感觉到一种人的体温,烫烫的,十分温暖。这让我又一次想到凤栖镇中学的老校长冯求是,在他的帮助下,我顺利地考取大学,离开凤栖镇西街村时的那一段对话。对话结束了,老校长送我往凤栖镇的长途汽车站走。路过他家时,老校长拽了一把我的行李带子,让我和他站在他家门前的梧桐树下,他竟然轻轻地抱了我一下!

我能想象，那是老校长对我的关爱哩，当然也是对我的祝福。

许多年过去了，梧桐树从老校长家门前，被移栽在了镇中学的大门前，这里没有了老校长冯求是，但我抱着梧桐树所感受到的那一股温热的劲儿，就还是当年老校长拥抱我的感觉。

紧紧地搂抱着梧桐树，我还抬头顺着树干向上张望，两只刀刻在树干上的眼睛，与我对视了起来。

我搂抱着梧桐树的两条胳膊顿然松了开来，向后退了几步，依然仰着头，眼睛眨也不眨地直视着梧桐树干上的眼睛，我发现那对眼睛苍老了许多，但还是那么睿智！

我没有任何依据，但我有了太多太多的理由，认定那就是老校长冯求是的眼睛呢！我由不得自己，感到一股热流在眼眶里涌动，而且已有两颗晶莹的泪珠冲破了眼眶的羁绊，滚落到了我的脸上。

我没有注意，在我与梧桐树深情交流的时候，有一个人早从镇中学的大门里走出来，静静地站在我的身后，静静地观察着我的一举一动。

这个人不是别人，他正是老校长冯求是的儿子，现任凤栖镇中学校长的冯举旗。

冯举旗是听到了学生任出息的反映而匆匆赶出来的。

任出息给他说了，有个城里人在学校门口搂抱梧桐树哩，而且还把脸贴在梧桐树的树身上……大树进城，冯举旗在报纸和电视新闻节目里，早就熟悉了这个新词，而且也从乡村实际生活里，不断体会到这个词的蛮不讲理和霸道，凤栖镇西街村刻着"岁岁喜鹊"的合欢树，就是受到这个新词的蛊惑，被盗卖进了城。此外，他还听到召陈村的大槐树、桃李村的大榆树、东张村的大杜梨树……凤栖镇周遭的那些个村落中最具标志性的大树先先后后地被城里人看中，而后又都被千方百计地盗卖了去。冯举旗对此是有意见的，他在学校的老师和同学之间多次说过，城市太贪婪了，什么都向农村伸手，好像农村就是一头任凭城市宰割的大肥牛，想要耳朵了割耳朵，想要尾巴了割尾巴，把头好好的大肥牛割得只剩下一双睁着的眼睛和一颗还在跳动的心!

我带在身上的那份报纸上有冯举旗创作的小散文。

冯举旗的小散文写的是这棵梧桐树,捎带发表了他的一些认识与看法,其中就有我列举的这些话。此外他还说了,真不知道城市哪一天狠下心来,把大肥牛的眼睛也剜了去,把大肥牛的心脏也割了去,大肥牛没命了,城市还能好好地活着吗?冯举旗的这些论调,在书写进他的小散文之前,就已在凤栖镇中学宣传开了。他们镇中学的学生把他的论调带回各自的村庄去,再向村里人宣传,使凤栖镇周边的乡村几乎无人不知。他后来还进一步补充自己的论调,说是生长在村里的大树、老树,可就是乡村的心脏乡村的魂魄,哪怕我们走出了乡村,千里万里地去,我们成了没有根基的游子,但我们忘不了根植在故土上的那些大树,一棵一棵参天的大树就生长在游子的心里。一年又一年,一代又一代,游子牵挂着故土的大树,大树也牵挂着远方的游子。游子们回家来了,远远地看见了在故土迎风鼓荡的大树,游子的心就踏实下来了,游子就知道,他回家了。

冯举旗后来补充的论调,也被他写进小散文里了。

凤栖镇中学的教师和学生,都深受校长冯举旗的影响,他们都反对把遍布在乡村的大树挖刨出来,卖进城里去。

任出息是复读班的一名女学生,她长得高挑而又白皙,如果要在凤栖镇中学评选校花,任出息当之无愧地会被推选出来。在我把梧桐树搂抱住并深情地依偎着它时,她坐在教室里正上一节语文课。作为复读班的学生,这节课她上过三四遍了,复读一年上一年,都是一个老师上,任出息一连复读了好几年,她已经可以把那个老师的讲读一字不漏地背诵出来。所以,她听得一点都不专注,甚至有点野马长缰绳呢!身在教室里坐着,心却不知跑到哪儿去了。恰在这时,她透过教室的窗玻璃,看见了搂抱着梧桐树的我,她第一个印象是,我项治邦可能是一个从城里来到乡下寻找倒卖大树的树贩子!她一下子警觉起来,想到了校长冯举旗说过的话,她忽然站起来,连个招呼都不给正在上课的语文老师打,就急急忙忙地从教室里跑出来,往冯举旗的办公室里跑了。

跑出教室的任出息,不知道被她扔在身后的教室里,那个讲得满嘴白沫却讲得一点乐趣都没有的语文老师,把他的嘴张成一个"O"字,还有同在一个班上复读的几十号同学也都吃惊任出息的举动,纷纷站起来,和吃惊的语文老师,一起看着向校长办公室奔去的任出息。

到校长冯举旗的办公室去,任出息过去会很守纪律地在办公室门外站一会儿,让自己的心跳平静平静,再向校长冯举旗报告,得到冯举旗回应,她才会推门进去。这一次她等不及了,往冯举旗的办公室门口跑着,就喊报告了。她喊报告的声音很急促,而且也没有等冯举旗应声,就把虚掩着的门推开来,张嘴即告诉冯举旗,说是有人在学校门口搂抱梧桐树哩!

现在的乡村中学,问题一大堆,教学经费短缺,师资力量薄弱,教学质量上不去,哪一件事都会让冯举旗头痛不已。当时的他,就正为这些事在办公室伤着脑筋,任出息推门进来,报告了他这样一个消息,让他一时还懵懂得不知所以。于是,他问了任出息一句。

冯举旗问:"你说……你说有人在学校门口搂抱梧桐树?"

任出息说:"我怀疑那人在打咱学校梧桐树的主意!"

冯举旗听出了问题的严重性,他放下手里的活儿。那个活儿是一份报告,这份报告是他自己草拟的,他字斟句酌,已经修改了好几遍,但他还想再认真地推敲一遍,把他草拟的这份报告尽可能地搞完美,然后送给镇党委,同时也给县教育局抄送一份。冯举旗的这份报告,对乡村教育的问题进行了多方面的探究和整理,譬如师资力量,譬如教育经费,还譬如生活问题,从他担任校长的凤栖镇中学实际出发,有针对性地提出了自己的意见。冯举旗希望他的担心和关切也能引起镇领导和县教育局领导的重视,并使他们能采取必要的措施……报告上的最后一个问题,还涉及了教师婚姻和家庭问题。他以凤栖镇中学为例,写到适龄男教师的比例,远远大于女教师,他们血气方刚,蠢蠢欲动,都希望找到自己的另一半。可是现实是残酷的,他们找不到自己的另一半。冯举旗看得见,那些急于找到自己另一半的男教师,眼仁子都是血红的,像有火在燃烧;还有他们的脸面,不约而同地生出疙瘩来,红赤赤的、白蜡蜡的,让人看上去,真是要多触目惊心就有多触目惊心……偶尔分配来一个适龄的女教师,在这样一群饥不择食者的包围下,全都吓得如敏感的兔子一般,在县城或是更大的城市,陈仓、西安的什么地方,攀上一门姻缘,便脚底抹油,溜之乎也。

就在前些日子,凤栖镇中学报道了一位本科毕业的女教师,一个星期都没过,就跟冯举旗告假走了。她这一走,冯举旗给人家打电话,人家女教师把电话号码都换了。

女教师走时,满含着眼泪的眼睛里也满含着惊恐。

女教师走时跟冯举旗说了两句话。那两句话到现在还萦绕在他的耳朵眼里,使他伤痛不已。

女教师说:"咱们中学是个啥呀?"

女教师说:"狼窝吗?"

狼窝!冯举旗几天来为这个词苦恼不已。他得承认,女教师说得不无道理,她的到来,让光棍儿男教师们一窝蜂地献殷勤,你让人家姑娘怎么招架得了?

逃跑了的女教师,把凤栖镇中学比喻成"狼窝",而光棍儿男教师们也为镇中学起了个雅号,美其名曰"和尚村"。

光棍儿男教师们对镇中学的叫法,冯举旗是深以为然的,即便是担任校长的他,不也是光葫芦的"方丈"一个吗?

决心向镇上的领导和县教育局的领导,以报告的方式反映镇中学的实际,冯举旗就是这么决定下来的。

把最后就要敲定的报告往桌边一推,冯举旗站起来,匆匆往学校门口走去。在他的身后,紧紧跟着的还有报告了他消息的任出息,再往后边,还有打了下课铃后,从四面八方跑来的教师和学生们。

我感受到了学校门口的变化,回过头来,看见了满脸狐疑的冯举旗,以及他身边站着的任出息和陆续跑来的其他教师和学生。

我必须承认,冯举旗生得太像老校长冯求是了。

我脱口而出,叫了他一声:"举旗呀!"

冯举旗显然还没认出我来,他迟疑地问了一句:"你是……"

我没等他的话落音,就说:"我,项治邦呀。"

冯举旗向前跨了一步,有点激动地说:"是你呀,大记者!"

任出息发现我与她的校长冯举旗互相认识,她的脸上便蓦地生出许多喜气来。还有围拢来的教师和学生们,在这一刻,也都站住不动了,他们的脸上也都如任出息一般,生出他们这个年纪该有的那种喜气。

四

"你说娃娃家不学好怎么办?"

"打呀!"

"打谁?怎么打?"

"还能打谁?你说,还能打你吗?"

在凤栖镇西街村做知青时,我没少听老校长冯求是和村里的学生家长讨论这个问题。那个时候,盛行的是"学习无用",盛行的是"学工""学农""停课闹革命"。这使处在学习阶段的学生们差不多都有那么点儿无法无天,什么样的事儿都做得出来,突然一哇声地把一个老师揪出来,戴上纸帽批判斗争,突然又一哇声冲到凤栖镇的大街上,高呼着口号,指戳着一街两行的雕花门窗,说那是"四旧",这便噼里啪啦地一顿砸,砸得稀巴烂后,就又高呼着口号,指戳着房顶上的五脊六兽说是"四旧",还扛出高高的木梯,爬上房顶,噼里啪啦地一顿砸,把那些砖雕的屋脊也砸得稀巴烂……老校长阻拦过他的学生乱砸乱打,也保护过他的教师不被学生揪斗批判,但结果是,他被学生们揪出来批判了,他被学生当作"四旧"一顿打砸了。对此,老校长冯求是一点办法都没有。时势如此,他没有办法,就还想在学生家长的面前讨办法,所以就有了我在凤栖镇西街村听到的,老校长和学生家长们的这样一种对话。

学生家长说给老校长冯求是的办法,他敢用吗?他能用吗?

很显然,老校长冯求是不敢给学生用的。但他可以给自己用,因而,很多时候,在学生们不受约束、任意乱来时,老校长冯求是就站在学生们的对面,他抬起巴掌来打自己。他不打别处,只打自己的脸,啪的一下,啪的一下……学生们不停止胡作非为,老校长冯求是就不停下打自己耳光的手,常常是,他会把自己的脸打得先是一片白,然后又是一片红,最后又是一片青。

学生们毕竟都还小,不怎么敢看老校长冯求是打他自己的耳光。他们胡作非为时,只要看见老校长冯求是抽打起自己耳光,他们都会有所收敛,然后坐进教室里,老实地坐在课桌前,听老师给他们讲解算术题,教他们读语文生字。

我受校长冯求是的抬爱,来镇中学代课时,学校里的情况比之前好了许多,学生们都知道了学习的重要性,也懂得了知识的重要性,老师们的教学是认真的,学生们的学习也是认真的,但无法排除个别老师和学生,不能把放出去的心收回来,认真地教学,认真地学习。其中有位青年教师还和一个年龄大些的学生悄悄地谈起了恋爱。这事被老校长发现了。在一个集体早操的时候,老校长冯求是把大家集中起来,以班级为单位,列队站了黑压压一大片。老校长冯求是没点名地批评了师生恋爱的事,他说得激动,说到后来,就又一次抬起巴掌,啪啪啪地打起了自己的脸!

老校长冯求是说了:"有良心的也抬手打一打自己的脸!"

老校长冯求是说:"看咱做的事好不好?对不对!"

那是老校长冯求是最后一次打自己的脸吗?我不知道,但我当时看不下去,从列队里跑上去,抱住老校长的右手,不让他打自己的脸,可他又抬起左手,还往自己的脸上打,我放下右手去抱他的左手,刚抱住左手,他又抬起右手打自己的脸……教师中又跑上来两个人,和我一起,抱胳膊的抱胳膊,抱腰的抱腰,这才有效地制止了老校长冯求是打自己耳光的举动。

在镇中学的校院里,冯举旗陪着我到处走,让我不由自主地想起了许多过去的事情,特别是老校长冯求是,他不能体罚学生,就以打自己耳光的方式警示他的学生。我把这件事说给了冯举旗,原以为他会惊讶的,但没有,他表现得非常平静,好像我所说的老校长冯求是不是他的父亲,而只是一个与他没有任何血缘关系的人。这使我有点纳闷。在校园里慢慢地走着,我发现,处处都有老校长冯求是留下的痕迹,一排排老旧的砖砌教室,一排排老旧的课桌,以及硬土的操场和操场上的木块篮球板、水泥乒乓球台,过去了那么多年,除了一些小修小补外,全都是原来的样子。

在镇中学,我没有别的话题和冯举旗说,我的心里满是老校长冯求是,再开口,我说的还是老校长,哪怕冯举旗对我说老校长没有多少兴趣。

我向冯举旗问起了梧桐树。

我说了:"举旗,梧桐树真是老校长移栽来的?"

冯举旗回答着我:"是我爸移栽来的。"

我又说:"老校长是什么时候移栽来的?"

冯举旗说:"是他病重的时候。"

学生们都放学了,镇中学静了下来,我和冯举旗边走边说。我俩没有注意,太阳已经落在遥远的西山顶上了,它在天空燃烧了一天,也许是太困了,仅仅枕了一小会儿,便出溜下山,直把西边的天际线涂染得霞飞彩扬……我要求冯举旗,让他把我走了后的老校长冯求是给我认真说一说,而且特别叮嘱他,把移栽梧桐树的事给我说仔细些。

冯举旗没有让我失望。

他沉默了一阵子,我想他也许是回忆吧。果然是,当我俩慢慢踱着步,从镇中学的校园走出来,又一次走到梧桐树下的时候,他开口说起来了。

五

把家门口的梧桐树移栽到镇中学,是老校长冯求是生前做的最后一件事。

热爱着乡村教育,并把毕生精力投入镇中学的老校长冯求是,眼看就要奔上六十岁了。时间对每一个人好像都很公平,不会给这一个长了,给那一个短了,一样随着地球在太阳的作用下,一圈一圈地转着,从少年转到青年,又从青年转到中年,再从中年转到老年……老校长冯求是对此是没有怨言的,而且一点意见都没有,但他依然割舍不下放在心上的乡村教育。他觉得那一份担子,像是结在他心上的一颗鲜艳的果子,要他摘下来,就几乎像是摘他的心一样难受。而且他已敏锐地发现,改革开放后快速发展的乡村教育,经历了一段甜蜜的时期后,不可避免地将要面临一段相对苦涩的日子。乡村教育留不住教师,主要是好教师在市一级或者省一级获得个优秀教师的称号,就在乡村学校待不住了,如果还是个语文、数学、理化教研方面的拔尖人才,那就更成了香饽饽,本人不愿在乡村学校里留,城里的学校又千方百计地挖,给高报酬,给大房子,子女老婆带上,一窝子往城里搬……镇中学就有三个这样的教学能手,都是在老校长的关心下成长起来的,也都抵挡不了城市的诱惑,先后告别了镇中学,举家进城去了。

三个教学能手,一个是教数学的,一个是教物理的,一个是教化学的。他们三个,用老校长冯求是的话说,就是镇中学的三根柱子。当然,他没说他是一根柱子,一座好的建筑,有四根柱子才能很好地顶起来,抽掉一根,就必然会向一边倾斜。但是非常可悲,镇中学的三根柱子呼啦啦地抽身而去,这叫老校长冯求是可怎么办呢?

要退休了,眼睛睁着不管不就是个办法吗?但这就不是老校长冯求是了。

老校长冯求是急得满嘴生燎泡,前边教物理和化学的两位教学能手,一个给老校长冯求是打了声招呼,一个连招呼都没打,就都被高待遇挖走了,剩下一个教数学的教学能手,据可靠人士传话过来,也正紧锣密鼓地准备着进城去……老校长是不能看着数学教学能手也走掉的,他要做他的工作了。

　　凤栖镇有了二十多年的快速发展,民风民俗及文化方面都有些进步,好像都非常开放。正是这开放,让老校长冯求是有了许多苦恼,他所看到听到的,似乎都不怎么理想,倒是镇街上的小楼,仿佛雨后的蘑菇,或高或低,或肥或瘦,一街两行地往出生着,十天半个月不到街上转,就有点难以辨认的恍惚感。乡村百姓的日子,过到今天,变化得叫人陌生,农忙时他们会回到村庄里来,忙上一些日子,把农活忙过去了,就又都拥进镇街上来……原来三、六、九逢集,现在天天都是大集,吃吃喝喝的饭店酒肆,耍耍闹闹的歌舞厅、麻将馆,比比皆是。老校长冯求是选择了一个周末的日子,傍黑在镇街上一家叫客再来的饭店,订了一个小间,约了数学教学能手,要和他苦口婆心地谈一谈了。

　　老校长冯求是想着他要先到饭店的,但他还是晚到了一步,数学教学能手早就来到饭店等着他了。老校长刚一踏进他预先定下的包间,就见数学教学能手笑眯眯地迎上来,把菜单往老校长的手一推,跟老校长说了。

　　数学教学能手说:"校长你点,拣好的点,我埋单。"

　　老校长冯求是反对数学教学能手,说:"我请的客哩,怎么能是你埋单?"

　　数学教学能手说:"校长对我有栽培之恩,我要走了,怎么说都该请校长吃一顿饭的。"

　　用"五雷轰顶"来形容也差不了多少。闻其言,老校长冯求是手里拿着菜单,愣愣地站在原地,动都不动了,用眼睛盯着数学教学能手,盯了好一会儿,把数学教学能手盯得都低下了头,老校长这才缓过一口气来,他问数学教学能手了。

老校长说:"都准备好了?"

数学教学能手说:"都准备好了。"

老校长说:"不去行吗?"

数学教学能手说:"把人家的房门钥匙都拿到手里了。"

老校长说:"我跟镇上领导、县局领导都说了,像你们有特殊能力的老师,咱们也可以特殊对待。"

数学教学能手说:"这不是特殊对待的问题。"

老校长说:"那是啥问题?"

数学教学能手说:"我得有学生教呀!特别是好的学生,咱们学校有吗?"

数学教学能手说:"我不想把我的所学空耗在咱们这儿。"

还能怎么说呢?老校长冯求是没有话说了。他比数学教学能手更清楚,不只是他们镇中学,乡村中学如今都面临着生源不足的问题。乡村中有点办法的家长,都把孩子转到城里读书去了,留在本乡读书的孩子,个别突出的,早有城里的学校打探出来,不惜血本地要挖走,家长若放心不下,他们给家长租房子让家长陪在孩子身边……全省的高考状元,理科的、文科的,几乎都是城里的中学培养出来的,其中就有从乡村中学挖去的尖子学生。

好的老师要挖,好的学生要挖,你让乡村中学还怎么往好办嘛!

怨气归怨气,老校长冯求是一点办法都没有,他约了数学教学能手来吃饭,本来是要做对方的工作,让他留下来的,不承想,几句话后就再说不下去了。不过,饭还是吃了,酒还是喝了,但那饭吃得像是嚼蜡,酒也喝得像是灌药。

数学教学能手走了。让老校长冯求是更想不到的是,数学教学能手带着两个尖子生跟他一起走了。

郁闷不堪的老校长冯求是就在数学教学能手走的那天,去校门口送他,看着他走,走得看不见了,这便下了一个决心,要把他凤栖镇西街村家门口的那棵梧桐树移过来,栽在镇中学的校门口。

下定这个决心的时候,老校长冯求是给他的儿子冯举旗打了一个电话,让冯举旗回来一下。老校长没说他要移栽梧桐树,只说他觉得自己的腹腔不舒服。

老校长冯求是没有哄他儿子冯举旗,他的腹部右侧,也就是肝脏那儿,的确是不舒服,甚至隐隐地痛,就像他的老伴儿到了生命晚期时一个样。老伴儿是患了胰腺肿瘤去世的,他怀疑自己也可能是。

冯举旗这个时候已大学毕业,在陈仓市市委的秘书班子里工作。他的文笔不错,处理起材料来,算得上得心应手。接到父亲冯求是的电话,他想到了去世的母亲,担心父亲像母亲一样,把自己耽搁得晚了,想要采取补救措施都不能。事不宜迟,冯举旗请了假,迅速回到凤栖镇西街村来,见到父亲冯求是,他开口就问。

冯举旗说:"爸,你别吓我!"

冯求是说:"爸不吓我娃。"

冯举旗说:"不吓你娃,你咋说你……"

冯求是截断冯举旗的话,说:"不吓你,你能这么快回来?"

冯举旗说:"爸,你说的啥?"

冯求是就笑了说:"我不会吓娃的,我叫你回来,只有一件事——你给爸把咱家门口的梧桐树移栽到镇中学的门口去。"

老父亲决定了的事,冯举旗知道自己挡不住。既然挡不住,就不如不挡,顺着父亲的思路,对他也不啻为一种孝顺。因此,依着老父亲的指示,冯举旗请来村上几个人,把家门口的梧桐树挖出来,移栽到了镇中学的门口。其间,不断地有电话打来找冯举旗,让他没事了赶紧回市委,领导有事叫他哩。冯举旗是个扎实认真的人,他把梧桐树移栽到镇中学校门口后,就向父亲告辞,要回市委机关去。但老父亲没有同意他的要求,而是让他继续陪着自己到县医院检查一下。没有检查不敢确定,检查了一下,就很确定地有了结论,冯求是肝上有问题,而且还是晚期,手术治疗已不能了。

刚刚强强的一个人,得到这个结论后,躺倒在病床上,就再也没爬起来,直到临终,老校长拉着儿子冯举旗的手,给冯举旗说了。

冯求是说:"你能再听爸一句话吗?"

冯举旗没说话,噙着眼泪,重重地点了点头。

冯求是说:"你知道爸把梧桐树从咱家门口移栽到镇中学校门口的意思吗?"

冯举旗依然噙着眼泪,这一次没点头,他摇头了。

冯求是说:"爸放心不下镇中学。爸把梧桐树移栽在校门口,吸引不来别的人,你就回来吧。"

冯求是说:"回到咱镇中学做个教师,好教师!"

看着被病痛折磨着的老父亲,冯举旗说不出话来,他依旧噙着眼泪,对父亲点了点头。

六

"晚走一天,你给咱们镇中学的师生作场报告如何?"

冯举旗给我提出了这样一个要求。按说,对他的要求我是应该答应的,因为就在冯举旗向我提出这个要求时,我立即想到老校长冯求是,我是可以把老校长讲给师生们的,但我迟疑着没有立即答应冯举旗,而冯举旗也没有让我立即回答。他说:"你可以考虑一下,不过你得答应我,跟我一起参加咱们中学一位教师的婚礼吧。"对此我能怎么说呢?我说我又不认识人家。冯举旗说:"算我代他邀请你,怎么样?"我能怎么样?我答应了。

在镇中学,我与冯举旗通腿儿住了一个晚上。

听说我答应参加他们的婚礼,那位青年教师赶在我和冯举旗入睡前还找了来,给我发了一份请柬。从请柬上,我知道了他和新娘的名字,他叫李玉田,新娘叫李玉兰。我笑了,开了他们一句玩笑。

我说:"你们是兄妹吗?"

李玉田拿眼去看冯举旗,一脸的羞愧之色。冯举旗面无表情,他没接李玉田的眼光,而且也没有看我,他把他的目光从我们的头顶上越过去,以致越过了敞开的房门……我是糊涂了,猜不透我开的玩笑是不好笑呢,还是开得哪儿不对。但我没有多想,跟着我的玩笑话又加了一句。

我说:"兄妹可是不兴结婚的。"

想不到我的这一句玩笑,像是一声炸裂了的爆竹,把给我送请柬的李玉田吓得不轻,壮壮实实的一个小伙子,一下子站都站不稳,脚不是脚,手不是手,尴尴尬尬地拿眼又看了一眼冯举旗,然后仿佛蜂鸣似的给我说了两句感谢的话,便如一只受惊的兔子慌慌张张地溜了出去。

我责怪冯举旗:"当个校长,架子可是拿得够足呢!"

冯举旗解释说:"你不知道。"

我没有放过他,说:"我不知道什么?"

冯举旗依然不想告诉我,他说:"明天你就知道了。"

床不是很宽,我和冯举旗通腿儿躺下,侧着睡,腿想打个弯儿都不能。冯举旗拉灭了灯,黑暗中,他给我说,对不起了。他有什么对不起我的呢?是他刚才的态度吗?还是这窄窄的一张床?我不知道,却也不想使冯举旗的心里存着歉疚睡觉,那样是睡不踏实的。于是,我给冯举旗讲了我在镇中学代课时自己的一件事,我想让此事冲淡一下冯举旗心里的愧疚,让他可以睡得好一些。

所谓寒窗苦读,没经历过那样的情景,是绝对想象不出来的。我这么开了个头,但见黑暗中的冯举旗,把他闭上的眼睛又睁开了,很是期待地侧目看着我。

那是我到镇中学代课的头一个早晨,我到校很早,跨进学校大门的时候,校园里黑乎乎的,什么都看不见,但我听得见校园深处有斧子破着柴火的声音,有一下很脆,有一下却很闷,咔!扑……咔!扑……这个时候,是谁在破柴火呢?我循着那一声清脆、一声沉闷的斧子声,走近了看,发现干得一头汗水的人,正是把我抽调到中学来的老校长冯求是。我没说啥,但老校长已经发现了我。我想从他的手里接过斧子,也来破一阵柴火,却被老校长挡了回去。他嘱咐我:"头一天代课,你去吧,把你准备的讲义再熟悉熟悉,讲好了,学生就会服气你,听你的话。"我不听老校长的话,还想从他的手里夺斧子,但被他很坚决地推开了……我一步一步地离开,离得很远了,可我依然看得见老校长冯求是抡起来的斧子,在黑暗中闪动的亮光,以及斧子砍在柴火上的声音。

咔!扑……咔!扑……一下清脆,一下沉闷。

镇中学因为老校长冯求是的坚持,没有给老师分灶,都和学生混在一个灶上吃喝,早早晚晚,不说做饭,只是几百口人喝水,就是一个大问题。在灶房的一角,搭了一个开水锅,十桶八桶地添进去,烧得要滚起来,没有一捆像样的柴火,是不可能的……农村的中学就是这样,学生们少有在灶上搭伙的,多是从家里背着锅盔来,拿个搪瓷缸子,在开水锅里舀上开水,一口干馍,一口开水,一顿饭就这么打发过去了。因此,学校什么都能缺,就是不能缺柴火,缺了柴火就烧不出开水,没有开水,学生们就没法开饭。

还是老校长冯求是的倡议,一来为了节约学校本不充足的经费,二来为了减少学生们的经济负担,他带头顺着坡头沟进山,砍柴回来,给学校的大灶上用。我跟着老校长冯求是上了好几回北山,可我再怎么用力,砍回来的柴火,都不如老校长冯求是的多,而且一路往学校里运,肩挑背扛,更是不如老校长冯求是的多……我眼里的老校长冯求是,脸是黑燥的,手是黑燥的,不知道他的人,是不会把他看成一个中学校长的,只会把他看成一个道道地地的砍山汉子!

另有一次,我跟着老校长冯求是钻山砍柴火,回程的时候,他问了我一件小事情。

老校长问:"你把学生娃的火盆拿脚踢了?"

我点头承认了。要知道,其时正有一捆柴火小山似的压在我的背上,都快把我压趴了,肩膀头上火烧火燎地疼,头上脸上又汗珠子滚豆豆般地淌,我是咬着牙的,不咬牙就坚持不下来。因此,我开不了口。

老校长看着我没开口,就还说:"学生娃在教室里拢堆火,也是没办法的事哩。"

我踢学生拢在教室里的火盆子,已经过去好几天了。其实,老校长冯求是不说,我也知道了自己的不对,并和学生们进行了很好的沟通。

那时候的天,到了冬季,比现在不知要冷多少,而乡村似乎更甚,学生们摸黑来学校读书,除了背着的书包,还都提着一个火笼。这样的火笼,极为简陋,都是用破的脸盆、破的瓦罐等无用的东西,穿上几根铁丝,噗噗烧着暗火提着来的。乡村学校的教室,又低又破,窗户上没有玻璃,糊的纸,不几天就会被风刮得一个一个的洞眼。学生们提一个火笼进来,倒不觉得什么,但是你一个火笼,他一个火笼,几十个火笼提进了教室,教室里的情景就不一样了,仿佛一个巨大的炕洞,到处都是烟,一股一股地从学生们的脚下弥漫起来,爬到学生们的头顶上,又互相地纠缠在一起,肆无忌惮,没完没了。你被呛着了,咔咔咔,一阵咳嗽;他被呛着了,咔咔咔,一阵咳嗽……我把备了半夜的教案夹在胳肢窝里,到我代课的班上来,刚进教室,烟就把我也很重地呛了一口,我立即也如呛着了的学生一样,咔咔咔地咳嗽起来……我咳嗽着,学生们也咳嗽着,教室里满是嘹亮的咳嗽声。大家咳嗽着也就罢了,有个学生咳嗽着,还抬手指着我,又是笑,又是咳嗽,这使我本来就不痛快的情绪,仿佛架在学生火笼上的一把干柴,忽地大烧起来。我火冒三丈地赶到笑话我的那位学生身边,抬起脚来,一脚踢翻了他的火笼。

我踢得太冲动了,踢得也很不得法,结果惹火烧身,把几个烧得通红的火棍儿踢得反弹回来,烧着了我的袜子和裤脚。

当时我没有想到会那么严重,只一会儿便觉得脚面一阵灼疼,刚要弯腰下去收拾,那个被我踢翻了火盆的学生,先我一头,匍匐下去,用他冻得红肿的小手,在我燃着火的袜子和裤脚上捏着,直到把火捏灭……我的脚是肉长的,他的手也是肉长的,为了捏灭我袜子和裤脚上的火,他红肿的手也被烧伤了,但他没有吭声。我意识到他被烧伤了,抓起他的手,让他张开来,果然发现他的大拇指、中指和食指都有被火灼焦的地方。我的心疼了一下,拉着他的手,往教室外边去,到我的宿舍里。我的宿舍里有我从城里带来的碘酒和紫药水……我把他拉着刚出教室门口,便低头发现,他的脚上穿的还是草鞋,这让我吃惊不小,惊问了他一声:"大冬天的,你怎么穿着草鞋?"

我问话的声音大了点,教室里的其他同学听见了,就都一哇声回答了我。

同学们说:"一年四季,他都穿的草鞋。"

同学们说:"有棉鞋谁穿草鞋呀?"

我给冯举旗说着我在镇中学的往事,他有一句没一句地应着,都是模棱两可的样子,直到我说起那个冬天穿草鞋的学生时,冯举旗才认真起来,黑暗中,他盯着我说了一句话。

冯举旗说:"你下午的时候,没认出来?"

我说:"什么认出来没认出来?"

冯举旗说:"李玉田呀!"

我在额头上拍了一巴掌,恍然大悟地说:"那个学生是他?!"

对了,李玉田给我递他的结婚请柬时,他的拇指肚和中指肚上都有一块不太大的疤痕,那不就是我踢他火笼的时候留下来的吗?

一股沉重的负疚感袭上心头,我没就我在镇中学的往事说下去,可我不知道为什么,一点睡意都没有,一个身翻过去,没过一会儿,一个身又翻过来……我忍不住又跟冯举旗说起话来。

这次,我说的还是一个人,一个叫郎抱玉的人。

我说:"你知道吗?你发在《陈仓晚报》上的散文,可是都看了。"

我说:"郎抱玉看得认真,看得有她的心得哩。"

我只说了个开头,还想往下说来着,冯举旗却拿话堵了我的嘴。

冯举旗说:"睡吧,我困了。"

七

咔!扑……咔!扑……斧子劈在柴火上的声音,把我叫醒来了。

这种一声清脆、一声沉闷的声音,我是太熟悉了,原来在镇中学,常常都是听着老校长冯求是早起劈柴的声音,我才从被窝里爬出来。现在是谁呢?我在被窝里摸了一下,没摸着冯举旗,因此我想,那熟悉的劈柴声一定是冯举旗弄出来的。

父子两代校长啊!

昨晚睡得本来就晚,睡下了,又一会儿醒,一会儿睡的,直到天明才睡踏实了,但我不好意思再睡下去,在冯举旗的劈柴声里爬起来,胡乱地刷了牙,洗了脸,就从冯举旗宿办合一的屋子里出来,朝烟囱里冒着黑烟的灶房看去,发现冯举旗劈柴劈得正上劲,他把身上的长衣服都脱下来放到了一边,只穿着一件黑色的背心,黑汗黄汗地对付着一堆劈柴……在他的旁边,还有一个穿着碎花裙子的姑娘,把冯举旗劈下的柴火揽成一堆,抱到那口烧水的大锅前,往锅底下的火里架着。

这是个再熟悉不过的情景呢!

当年我在镇中学代课时是这样,二三十年过去了,怎么还是这个样子呢?我摇了一下头,想着我们国家,到处都在变,变得日新月异,让人目不暇接,却还有一个镇中学,似乎没有多少变化,因为变化不多,看上去就十分落后。

我向冯举旗走了去,冯举旗还埋头在他劈柴的劳动中,倒是从他身边抱柴到大铁锅前烧火的姑娘,眼尖得很,早早地看见了我,迎上来,招呼我了。

穿着碎花裙子的姑娘我认识,她就是向冯举旗告我是树贩子的任出息。

任出息一脸的红,冲我笑得极为腼腆,她说:"项老师好!"

我学着我在镇中学代课时的礼节,回了任出息一句:"任同学好!"

这是个久违了的礼节,不是在镇中学的校园里,我是回不出那一句话的。我给任出息回了一声,让我自己不好意思地乐了起来,也把任出息惹得上牙咬着下嘴唇,一脸的乐不可支。劈着柴火的冯举旗,正是听到我和任出息的一问一答,才直起身子,望着我也乐上了。

冯举旗调侃着我,说:"很地道啊!"

我也不谦虚,说:"稀罕了吧!给你说哩,在镇中学吃粉笔灰,我比你可还要早哩。"

冯举旗没在这个话题上与我争,他迅速地转换了一个目标,说我昨晚没睡好,他是想要我天明时,回笼多睡一会儿。他这么说着,还向我道了声对不起,说该不是他劈柴的声音把我吵醒来的。我不置可否地摊了摊手,向他走得近了些,把他握在手里的斧子接了过来,掂着试了试,发现这把斧子,不论斧柄,还是斧头,都还是老校长冯求是当年用的那把呀!虽然斧刃短了一点,可是依旧那么锋利,那么有分量。

我接着冯举旗的举动,照着一根柴棒就是一斧子,当下就把那根柴棒劈了一截下来。

冯举旗给我喝彩了:"行啊你!"

我老实地说:"都是跟着老校长学来的。"

在我与冯举旗一边劈着柴火,一边说着话的时候,任出息悄悄地把冯举旗脱在一边的长衣服拿在了手里,她的脚边有一个鲜绿鲜绿的塑料脸盆,脸盆里有任出息兑了洗衣粉的半盆水。她把冯举旗的长衣服,一半都泡进水里了,却不由自主地捧起来,凑在她的鼻尖下,轻轻地闻了闻……任出息的这个举动,冯举旗因为背着身没看见,而我正好面对着,便看了个仔细,这使我莫名其妙地想起"师生恋"这个词儿来。

与此同时,颜秋红、曹喜鹊俩人给我的提醒,一下子也涌上了我的心头。

任出息的那个举动啊!

我很是诡秘地扫了一眼冯举旗,发现他一脸的真诚与真挚,这让我很是不安,在心里责怪着自己,便在手上使着力,用心地来劈一根斧子下的柴棍儿。我劈得专心,却又不能自禁,还要偷眼去看给冯举旗洗着长衣裳的任出息。

是我的偷看引起了冯举旗的注意,他也回头来看了。他看见了被任出息洗在脸盆里的长衣裳,他的眉头皱起来了。

冯举旗的语气是批评的:"给你说过几次了,不用你给我洗衣服。"

任出息没有听冯举旗的批评,她依然认真地搓洗着冯举旗的长衣裳,洗得鲜绿色的脸盆里,原来清亮亮的半盆水,都成了黑乎乎的半盆汤了。

任出息洗着衣裳说:"你中午还说参加玉田老师和玉兰的婚礼呢,这身衣服你能穿着去吗?"

冯举旗的脸色,因为任出息的埋怨,蓦地泛起一层红晕,是那种让人揭了短还想掩盖的不尴不尬的红。我瞥了一眼冯举旗,把他瞥得更是不好意思。但他端着一个校长的架子,虎着烧红的脸还要批评任出息。

冯举旗说:"我给你说过了,你是学生!"

冯举旗说:"你把你学生的职责尽好就对了!"

冯举旗说:"不要操老师的心!"

冯举旗怎么说,都不能阻止任出息的手。她依然埋头在那个绿色的塑料盆里认真地搓洗着冯举旗的长衣裳,把那件失颜掉色的长衣裳,洗得现出了原来的亮色来。

任出息没听冯举旗的话,让冯举旗在我面前有点下不来台,他便撵到任出息跟前,想把那个绿色的塑料盆端过来,可他的手还没伸到塑料盆上,却又被任出息端着躲到了一边。

冯举旗的脸色难看起来了,有一种无可奈何的恼火。

我担心冯举旗给一个女中学生发火,就撵了他两步,拽了拽他的胳膊,把他拉开来,给他说:"劈柴!"

我说:"咱还有一堆柴棒要劈哩!"

没法发作的冯举旗,从我手里重新拿过斧子,照着柴棒子,没头没脑地就是一阵狠劈,把柴棒子劈得狼藉一片……任出息把冯举旗的长衣裳洗得真干净,她洗着,把面子翻着看了看,又把里子翻着看一看,看着如新的一样,她满意了,脸上笑笑的,泼了塑料盆里的水,拧干净了,把长衣裳搭在一边用来晾晒衣裳的粗铁丝上。

三三两两的教师,还有三三两两的住校学生,这时候端着这样颜色、那样颜色的洗脸盆,以及漱口的杯子和毛巾,陆陆续续地往烧得滚沸的开水房里来了。

我无意胡思乱想,但我眼看着在粗铁丝上旗帜一样飘舞着的长衣裳,还有走开的任出息,真的不知,冯举旗接下来和任出息还会有怎样的发展和冲突。

一声喜鹊的啼叫在我为冯举旗和任出息担心着时,钻进了我的耳朵。

我听见,喜鹊就在学校门口的梧桐树上啼叫哩!

喜鹊的啼声那么清脆,那么响亮。

八

在喜鹊一声一声的催促中,我和冯举旗从镇中学的校门里走出来,走过了梧桐树的浓荫,向一旁的凤栖镇镇街上走去。

李玉田和李玉兰的婚礼,选择的是一个星期日,地点就在镇街上规格相对高级的飞凤大酒店。我知道,很早的时候,凤栖镇就是镇了。凤栖镇之所以很早就成为镇,首先在于它的历史,再者就是它的规模了。上可以追溯到远古时期的青铜时代,我在凤栖镇西街村插队的时候,就见识过一窖青铜器的出土。出土地点,就在凤栖镇镇北的一处农田基本建设工地上。

什么是农田基本建设呢？

现在不这么说了，那时候是一项发展农业生产的政策，趁着农闲的时候，组织农民对原有的土地重新规划，重新修整，有一句当时流行的口号很能说明问题："立下愚公移山志，敢教日月换新天！"凤栖镇一带，包括我插队的凤栖镇西街村，距离乔山山脉非常近，山下有一条条深沟，夹在深沟之间的，就是坡度或大或小的一块块走水地，雨不能下得大，稍微一大，就会形成洪水，把地表上的熟土刮走。所以，这里进行的农田基本建设，就是以平整土地为主了。在平整土地的过程中，很偶然地挖出了一窑青铜器。消息传得很快，四乡八村的人蜂拥而来，一睹出土"宝贝"的芳容，我被裹挟在众人之间，非常幸运地观看了那个盛大的场景……后来，我在媒体的报道上知道，二百多件青铜器中，有件周厉王使用过的青铜簋，非常了得，是我国存世的唯一一件王器。因此证明，凤栖镇的历史是非常久远了呢！几千年发展下来，凤栖镇被公认为是古原上的第一大镇，南来北往的客商，繁荣着镇街上的商业。方圆百里之地，说起凤栖镇，任谁都是羡慕的，而且也是向往的。然而，过往的一切，让重新来到凤栖镇镇街上的我，还是顿然感到过去的落后，以及如今的发达。

过去的凤栖镇镇街是质朴的，甚至可是说是土气，而如今是洋气的、开放的，可我做不出孰优孰劣的判断，倒好像打心眼里怀念的，依然还是过去的质朴和大气。

有人招呼我和冯举旗了。

招呼我俩的是个穿着艳俗的青年女子，她问了冯举旗一声校长好。问过了，又还问我是城里来的大记者吧。她问出来后，也不等我们回答，就还问了我一声大记者好。这个女子快嘴快舌，问了我和冯举旗好后，依然小嘴不停地问我俩其他一些问题。

艳俗女子问的是冯举旗哩。她问："校长是去吃玉田、玉兰的喜宴吧？"

冯举旗阴着脸，没有回答艳俗女子的问话。但那女子一点都没见怪，脸上的笑像她的衣着一样,艳俗着又把冯举旗问上了。

艳俗女子说:"校长不公平哩!我和屈建文结婚时,给校长也是发了请束的,校长硬是不来。"

艳俗女子说:"玉田、玉兰和我们有啥不一样吗?他们的婚礼你倒来了!"

这是谁呀?女儿家家的,怎可以把校长冯举旗堵在镇街上这么说话呢?要知道,古风流传很盛的凤栖镇一带,人们是非常重视文化,非常尊重读书人的,而冯举旗不仅是个有文化的读书人,还是一个有文化的校长哩!无论如何,都不会有谁这么对待他的。艳俗女子让冯举旗十分尴尬而不快,但他好像又不能发作,于是就只有躲了,脚步匆匆,很是狼狈地落荒逃开。

我跟着冯举旗向前逃着,却逃不开那艳俗女子的追问。不过,她没有再追问冯举旗,而是追问我。

艳俗女子说:"大记者呀,你是主持公道的,你给我和屈建文评一评理。"

艳俗女子说:"校长他不公平呀!"

我被艳俗女子的追问拽回了头,认真地又看了她一眼,发现她的身后是一个装修得比她还要艳俗的洗头屋。她的追问是犀利的,因为犀利,不仅惹得我回了头,还惹得玻璃窗后挂着的粉色帘子一掀,透出一颗人头来,我看见那颗人头是我在镇中学认识不久的屈建文,这让我有点明白过来,口口声声说着屈建文的艳俗女子,与屈建文该是一对子呢!落荒逃窜的冯举旗把我丢下了十来步,我像他一样,不敢纠缠在艳俗女子的话里,便转回头,追着冯举旗而去,把他追上后,竟然不可思议地也向冯举旗问起艳俗女子问的问题来。

我问了:"那女子也是你们学校的学生?"

我问:"屈建文是怎么回事?"

冯举旗的脚下有一块西瓜皮,他不回答我的问话,却抬脚把那块西瓜皮踢得往前蹿了一大截。

我也没等冯举旗说话,就问:"屈建文就在女子身后的洗头屋里呢!"

我说:"他一个人民教师,咋好白天大日头地钻在洗头屋里?"

抬脚动步的冯举旗,把凤栖镇镇街踏得很响,三步两步地,就又撑上了被他踢着的西瓜皮,这一次他没有再踢,而是抬起脚来,狠狠地踩在西瓜皮上。他或许是用力偏了,在把西瓜皮踩成几小块时,也把他自己滑了一下,若不是我的手伸得及时,肯定会把他滑上一跤的。我们身后的艳俗女子,一定看见了冯举旗的这一险招,她不能自禁地笑了起来,是那种哈哈哈哈没有节制的大笑。

好在李玉田、李玉兰操办婚礼的飞凤大酒店不远,从艳俗女子的追问和笑声里逃出来,拐了一个弯,就是装饰得喜气洋洋的飞凤大酒店了。

穿着西服打着领带的李玉田,和穿着白色婚纱的李玉兰,双双站在飞凤大酒店的门口,笑靥如花地迎接着一波一波为他俩贺喜的客人。冯举旗和我的到来,使李玉田和李玉兰很有一种受宠若惊的欢喜,我俩离着他俩还有几步远,就见李玉田捉住李玉兰的小手,给我俩深深地行了个鞠躬礼……这于我俩,可是个特殊礼遇呢!因为我俩走来时,看见所有的客人在走来后,往酒店里进时,他俩都只是点点头、握握手,没有对谁行鞠躬礼。对这样的特殊礼遇,我虽然不能照样以还,但我仰着笑脸,很自然地恭喜着他俩,也祝福着他俩。但是冯举旗没有,脸色还是遭到艳俗女子追问时的那一种铁青,那一种冷凉。我伸手捅了捅冯举旗,他一定知道我捅他的用意,但他依然故我,铁青着、冰凉着他的脸色,对热脸相迎的李玉田、李玉兰,没说一句恭喜祝福的话。

冯举旗这是怎么了?他是从艳俗女子的追问里没有回过神来吗?

我是要猜想的了,但我的猜想被婚礼主持人的唱礼声打断了。新郎李玉田和新娘李玉兰,踏着《婚礼进行曲》的节拍,在婚礼主持人的引导下,以及众宾朋热烈的掌声中,携手双双走到装点得花红柳绿的婚礼台上,向来宾鞠躬致礼,向两家的老人捧茶换口,我就是这个时候被请出来,代表来宾祝词的。我有这个准备,在心里已打好腹稿。走上台来,我先说了新娘李玉兰,说她就像天使。父母生育了她,一定希望她像天使一样美丽,像天使一样智慧,而她自己在成长的过程中,也会给自己插上一双隐形的翅膀,这双翅膀,一只叫理想,一只叫爱……紧接着,我就又说了新郎李玉田,说他是一匹天马。父母生养了他,是想让他天马行空,扶摇直上的。而他也是,在成长的过程中,给自己插了一双隐形的翅膀,这双翅膀和新娘的一样,一只叫理想,一只叫爱。今天,天使和天马把他们的翅膀轻轻地合起来了,合起翅膀的天使和天马,站在婚礼的殿堂上,站在亲朋的面前,他们没有别的祈求,他们只为了一个让人心动的字,那就是爱!让我们祝福新人,祝他们爱得白头偕老,爱得地老天荒!

新郎李玉田、新娘李玉兰,在我的祝福声里落泪了,我还看见新人的父母也落泪了。

我从婚礼台上,享受着宾朋们热烈的掌声,走下来,坐到冯举旗的身边,我拿眼看他,以为他会为我的祝词夸耀两句的,但是没有。他站起来,没等婚礼主持人点他的名,他就以新郎李玉田单位领导的身份,走上婚礼台,发表他的讲话了。

显然,冯举旗此时的脸色与婚礼的现场是不协调的,而他接下来的讲话,就与婚礼的现场气氛更加不协调。

婚礼主持人把麦克风送给走上婚礼台的冯举旗,他吹了一口气,那口气吹得太大了,以致都爆了麦,让婚礼现场的宾朋没来由地都惊了一下。然后他说了,是掐着指头说的,说了镇中学的老师屈建文,说了镇中学另一位老师孙皓辉,下来便说了站在婚礼盛典上的李玉田。"接二连三,老师和自己的学生恋爱结婚,作为校长,我真的不知是该祝贺呢,还是应该脸红!"说到这里,冯举旗抬手在自己的脸上摸了一把,他说他的脸发烧了!话音未落,就又举手在自己的脸上很响地抽了两巴掌……他的这一举动,让李玉田和李玉兰,还有在场的宾朋,都感到特别意外和震撼。为此我还想起冯举旗的父亲冯求是,老校长当年当着学生的面抽自己的耳光,今天,也是校长的冯举旗,也抽起自己的耳光了!不过还好,冯举旗只抽了自己两耳光,就不再抽了,但他把声音提高了八度,把大家的耳鼓震得嗡嗡响着说:"从今往后,谁还在学校里与自己的学生谈恋爱,就不要怪我没有提醒你,哪怕你拿着刀子,以死相逼,在你丧命前,还是在我丧命前,我都要先把你的教师皮皮,给你扒下来!"

热闹的婚礼现场静下来了,是那种静得让人心惊、让人窒息的静……新郎李玉田的头低下来了,新娘李玉兰的头也低下来了,婚礼现场上,还有一些人的头低下来了,并且还有几声压抑着的抽泣,在静得叫人难受的气氛里传了出来。

九

鬼使神差,我改变了自己的初衷,决定来为镇中学的师生作一场报告。

冯举旗在李玉田、李玉兰的婚礼上的那一通讲话,在我听来,他是发自肺腑的,虽然不是太好听,甚至十分伤人,但又怎么样呢?难道在一个乡村中学,能让师生恋这样的事无休止地发展下去吗?为了给冯举旗搭把手,撑一撑腰,一个自觉有点资格的老新闻人破天荒地上了报告台来为师生们报告了。

我不敢妄自尊大,在镇中学师生的注目下,我开口说了自己心里的一个真实想法。我说我是听过一些报告的,在陈仓城里,谁要乐意听报告,哪一天都有的听,什么什么文化学者,什么什么社会名流,什么什么精英大腕,张大了嘴巴,这也报告,那也报告。听起来是热闹的,有没有用呢?又的确难说。我今天来,坐在老师们和同学们的对面,要向大家报告,我非常心虚,我不是名流大腕,更不是精英专家,我能给大家报告什么呢?我想过了,我是在咱们镇中学代过课的,我就说说我自己的一些生活经历,希望能对大家有所帮助。

我不是个会说大道理的人，很自然地把我给冯举旗通腿儿睡觉时说过的那些小事，核桃枣儿地报告给了大家，譬如我踢了李玉田火盆那样的事。因为心存愧疚，报告得十分真诚，大家也听得十分安静。在这样的氛围里，我更进一步地把自己打开来，说我羡慕在座的中学同学们，你们都是有中学的人，而我却没有。我没有不是我不想有，而是那个时代的问题，许多像我一样的知识青年，响应时代的号召，学工学农，上山下山，失去了在中学读书的机会，到今天想起来，还是莫大的遗憾。

人之一生，每一个阶段有那一个阶段的使命，特别是在中学读书的这一段时间，这是人生从幼稚走向成熟的时期，就像建筑师修建一座大楼，必须把地基打好，中学就是打基础的时期，人一生没有基础可不行，打不好基础更不行。

我把我自己打开来报告给了镇中学听报告的师生，我把我自己都说感动了，但我发现，听报告的师生并不如我一样感动。这使我有了一丝丝的慌乱，怀疑自己报告得平淡无奇，不能触动听报告的师生们。就在我慌乱着的时候，报告会进入了自由交流的阶段，我希望这个时候，听了报告的师生能踊跃地向我提出问题，而我来回答给大家，以弥补我报告的不足。

可是，出现了冷场。

因为冷场，我感到额头上很没出息地渗出一层细汗，我拿眼寻找着冯举旗，希望他宣布报告会结束，让我在众目睽睽下，较为体面地下台。可是，坐在身边的冯举旗没事人一样，不接我瞥来的眼神，也不宣布报告会结束。不过还好，听报告的任出息站起来，她带头向我提出问题了。

站起来的任出息，先还扭捏了一阵儿，等到她平静了自己的情绪，抬起头来提问时，提出的问题让我真是吃惊不小。

任出息说："项老师好！你说你在你该读书的时候，你没有中学读，但你发展得不是很好吗？"

这是个问题吗？我被任出息问得哑口无言，答不出一句话来。

任出息问出了她的问题后,稳稳地坐了下去,睁着她的一双清亮的眼睛,看着报告台上的我……我是难堪的,脸上有笑,但可以想见,我的笑比哭更难看。我回答不了任出息,但不影响镇中学的学生们提问,好像是,任出息的问题,就是许多中学生向我提问的一个导火线,他们跟着任出息,一个一个,站起来向我提问了。

是个男孩呢,他提问题时,可能因为激动,也可能因为害羞,脸儿红红的,声音不大不小,而且还有点儿慢条斯理,说他对凤栖镇富起来的人做了一个调查,发现富了的人都没怎么读书,反而是读了书的人都没能富起来。

他这么说,让我太吃惊了,虽然我不能同意他的观点,但也找不出反驳的理由,而他还在不紧不慢地说着。他说的是镇中学过去学习好的老学长们,一个个考上了大学,拿到了大学毕业的文凭,结果怎么样呢？找个工作都难,差不多都给没怎么读书的人打工去了！

这位男生的问题,让我想起我曾为报纸搞的一次调查,题目是这样的:"读书当下穷,不读书永远穷"。那个调查在《陈仓晚报》上刊登出来后,社会上的反映,超乎想象地大,打电话给报社的有,投书给报社的也有,各种各样的声音,讨论得热烈极了,许多讨论都超出了我那个调查报告的初衷。是的,我的初衷只是想要对一度甚嚣尘上的新的《读书无用论》,做一个调查和分析,让大家清晰地认识上学读书的成本尽管很高,但不读书肯定是错误的。

一个人,怎么可以文盲下去而不读书呢？

措辞着语句,我是要回答这位男生对我的提问了,但有另外一个女生站起来,用她的提问把我的回答堵在了嘴里。这个女生就坐在任出息一边,她站起来晃了一下脑袋,使她原来垂落在面颊上的长发飘起来垂落到了脑后。

她说了:"学生怎么就不能和老师相爱？怎么就不能与老师结婚？"

她还说:"许广平和鲁迅呢？他们是师生吗？"

一直以来,很能沉住气的冯举旗,在我身边霍地站起来,大声地宣布,报告会到此结束!

在陈仓城里,作为一个资深媒体人,我曾受邀作过几场报告的,对象有在区一级党校学习的学员,有报社组织的通讯员培训,也还有两所城市重点中学,效果不能说多么好,但都还是不错的,可怎么在凤栖镇这样的乡村中学造成如此不堪的局面……台下听报告的师生们听到冯举旗几近愤怒的指令,站起来,三三两两地走散了,而我还僵僵地坐在报告台上,仿佛一截没有灵魂的木桩,呆呆地,呆呆地坐着。

冯举旗提醒我了:"走吧。"

杂乱的脚步声散去了。报告台下已没有了一个人,可我还是一眼不眨地看着台下。我听见了冯举旗的提醒,我给他说:"对不起。我的报告演砸了!"

冯举旗没接我的话,再次地提醒我:"走吧。"

冯举旗提醒得不错,我是该走了,不仅是走离报告会的会场,还应走离镇中学。

我站起来,应了冯举旗一声,说:"走吧。"

我这么应着冯举旗,一站起来,就走出了镇中学……我和冯举旗是约定好了的,作完报告我就走,所以我头也不回地走出镇中学。冯举旗没有再挽留我,他跟着我一块儿走了出来,这便又一次地走到了梧桐树的浓荫下,要不是树上的喜鹊赶着点儿啼叫一声,我是会低头匆匆走过的,喜鹊叫了,我就仰起头来,但我没有看见喜鹊,看见的只是刻在梧桐树上的那双眼睛。

那双眼睛是老校长冯求是刻画上去的。

冯举旗给我说过了,说他老校长父亲冯求是把他叫回来,让他把梧桐树从他们家门口移栽到镇中学的门口时,老校长自己手拿刀子,亲自刻上去的。老校长那个时候已经病得很严重了,他在往梧桐树身上刻那双眼睛时,上牙咬着下嘴唇,用一把小刀认真地在梧桐树身上刻着一双眼睛,等到他把那两只眼睛刻好时,他的上牙都把下嘴唇咬破了。

当时的情景是,梧桐树上的眼睛流着青绿的汁水,老校长冯求是的嘴唇上流着鲜红的血水。

老校长冯求是看着儿子冯举旗把梧桐树移栽起来的,端端正正地移栽在镇中学的校门口,这就给冯举旗说出了他压在心底里的那句话。

老校长冯求是说:"你是我的娃娃,你就老实给我回来,当个老师好了。"

老校长冯求是说:"我的眼睛长在舞台上了,天天大睁着看你哩。"

这几乎就是老校长冯求是的临终遗嘱,不多几天,他就撒手去了。作为儿子的冯举旗,乖乖地从他工作着的陈仓市委大院回来,在镇中学做了一名中学老师,直到他也像老校长冯求是一样,做起镇中学的校长。

我看着老校长冯求是刻在梧桐树身上的眼睛,喃喃地低语了一声。

我说:"老校长的眼睛睁得可真大呀!"

我说:"睁得越来越大了!"

我不知道冯举旗看着梧桐树上的眼睛还有别的感觉没有。我看了一会儿,就觉得我的眼睛发酸,而且还模糊起来。我不敢再看,慢慢地往下挪着我的目光,挪到平视的时候,任出息的身影却鲜亮地闯了进来。

任出息是从校门口走来的,她走得很急,正走着,却突然站了下来,向梧桐树下的我和冯举旗看了一看,像她走来时一样,又迅速地转过身,匆匆地走了去。

她是想来向我道歉的吗?

我是这么看她的,因为我从她瞬间的那一眼里,看见她的眼里满是歉意,而且还充满了一个乡村中学女孩特有的清澈与单纯。她回头走着,只走了两步,却又抬腿跑了起来,飞快、大步,没有一点的扭捏、做作,也不担心我和冯举旗盯在她后背上的眼光。

我给冯举旗说:"你有麻烦了!"

我这么给冯举旗说着时,就还想起颜秋红、曹喜鹊他们对冯举旗的担

卷三 斧伐的眼睛　167

心,以及颜秋红有心帮助镇中学和冯举旗的话。我要走了,不能把人家托付我说给冯举旗的话贪污了呀。我应该毫无保留地给冯举旗说了呢。

我说了:"颜秋红和曹喜鹊都让我给你代话哩。"

我说:"任出息和你的事在凤栖镇上都已传开了!"

我说:"颜秋红让你有事就找她,她帮你解决问题。"

谁知我这一说,像捅到了冯举旗的心肺上似的,把他疼伤得几乎要跳脚。他痛苦地皱着眉头给我说了。

冯举旗说:"身正不怕影子斜,人家要说就说吧。"

冯举旗还说:"学校再有难场,我能求一个先生姐吗?"

没有什么好说的了。我告别冯举旗,都与他走得拉开了一段距离,觉得有一句话,似乎还得说给他听。因此,我便回头喊着他给他说了。

我说:"郎抱玉离婚了。"

十

我没有说错,冯举旗确实遇到麻烦了。

麻烦不在别人,就是他的学生任出息。

在我离开镇中学的那天晚上,任出息来找校长冯举旗了。过去来找冯举旗,她都是要喊报告的,便是那次我到镇中学搂抱着梧桐树,被任出息误以为是树贩子而紧急报告冯举旗时,她到他宿办合一的房门口,也都喊了报告的。但这一次,她没有喊报告,而是在木板门上,举手轻轻地敲了三下。冯举旗那个时候斜靠在床上,正在看一本名为《手铐上的兰花花》的书,这本书刚刚获得"鲁迅文学奖"。冯举旗抓紧时间,在灯下阅读得正是入迷,倏忽听到有人敲门,这便下床来,趿拉着鞋子,向门口走着,手都挨着门闩儿了,就又听到了三记轻轻的敲门声。

这是任出息第二次敲门的声音。

冯举旗把门拉开来,一股灯光打出去,打在任出息的脸上。作为一校之长，又兼任政治课老师的冯举旗，太熟悉这张朝气蓬勃的脸了，她被公认为是镇中学的校花，暗地里，很多人给她传过纸条子，写过信，但她那张白生生的脸儿，仿佛一块冻实了的冰板，对谁都没有好脸色。可是面对冯举旗，就不同了，每一次见他，脸不红不说话，冯举旗给他们班上政治课，她面对着他，脸儿能一直红一堂课。冯举旗不是看不出任出息给他表现出的红脸，他是懂得的，懂得了就只有回避。这让冯举旗好不苦恼，好像是，他越是回避，任出息越是主动，就在我到镇中学之前的一个晚上，做着复读班政治课代表的任出息来给冯举旗交班级作业来了。

"报告——"晚自习后，任出息到冯举旗宿办合一的门外如常给他报告了。

冯举旗也如往常一样，软软地说："进来。"

任出息一手托着作业本，一手推开了虚掩着的门。这与往常一模一样，不一样的是，任出息从门里进来，又还把门小小心心地掩了起来，然后小脚碎步地走到冯举旗坐着的办公桌前，把一摞卷角翘页的作业本搁到桌面上，站着没有走，两只空了的手相互纠缠着，揉一下，搓一下，又扭一下，目光不看冯举旗而是低头在自己的脚尖上，一声不响。

冯举旗微微地笑着，很温暖的样子。他伸手移来一把没有靠背的小几子，给任出息说："坐坐，你坐。"

任出息坐在了几子上，但她坐得很浅，差不多只有一半的屁股担在上面，依然低着头，说："冯老师，我那篇作业您看了？"

冯举旗的心咯噔跳了一下。他佩服这个复读生的措辞水平，什么她的那篇作业？凡是学生的作业，冯举旗自然是看了的，他所授课的学生作业，他怎么能不看呢？不仅看，而且看得十分认真，好的他还要批语表扬，不足的他要清晰说明。但是，任出息说的那篇作业可不是他授课的作业哩，是她夹在作业本里，对冯举旗的一份真切的表白。任出息在那份表白里，真诚地表达了她对冯老师的爱慕。她赞赏冯老师的敬业精神，崇拜冯老师的教学能力，热爱冯老师的人格魅力。但是冯老师太清苦了，年年如此,月月如此,日日如此,献身乡村教育事业,把自己的青春耽误了,如果……任出息把"如果"写得墨很重,仿佛写着时还流了泪,把两滴咸涩的泪水滴落在那两个字上,让那两个字洇开来,非常鲜明,非常醒目,她在给自己鼓着力气,下着决心,在"如果"两个字的后面,很谨细、很工整地写了这样一句话。

任出息写了:我想把冯老师的青春补回来。

任出息写:冯老师你呢? 你同意吗?

这份被任出息说成作业的表白,冯举旗在看的时候,他的脸是烧的,心也是烧的……他甚至想到了郎抱玉,那个他大学时的初恋女友,给他也写过一份表白。郎抱玉的表白,是夹在一本《鲁迅文集》中,于大学的图书馆里,交给冯举旗的。尽管郎抱玉表白的措辞与任出息的不甚一致,但所传达的那一份感情是一样的。他们都很大胆,也都很真挚地表达了她们内心的爱。冯举旗不是石雕的,更不是木刻的,异性的爱慕,自然会令他热血沸腾,并给予对方以应有的回应。譬如郎抱玉,冯举旗收到她的表白后,就很快地与郎抱玉好了起来,在大学的校园里,他们出双入对,卿卿我我,到大灶吃饭,谁到早了都打两份,并排放在饭桌上,等着另一个人来,来了一起吃……上图书馆阅读,谁到早了占两个座位,等对方来了,商量讨论他们的读书心得,以及下一步的阅读方向;要读沈从文,就都读沈从文,要读老舍呢,就又都读老舍。毕业分配在陈仓城,冯举旗被招录进了市委办公室,郎抱玉被招录进了《陈仓晚报》,工作在一个城市里,他俩还延续着大学校园里的恋情,而且还不断升温,相互商量着,都要租房结婚了,冯举旗被老父亲冯求是叫回了凤栖镇西街村,把他留下来,接了老父亲的班,当了镇中学一名青年教师,这便生生地把一对好姻缘拆了开来……看着任出息写给他的"作业",冯举旗想着郎抱玉,他的心里有种说不出的痛。

冯举旗知道,他老大不小了,他需要异性的爱,需要异性对他的抚慰,特别是在工作不是很顺心的时候,或者是在夜深人静的时候,就更加渴望异性的温暖,然而……拿着任出息写给他的"作业",冯举旗的手颤抖了起来,那片从作业本上撕下来的纸页,颤抖得哗哗作响。他闭上眼睛,不敢多看,拉开抽屉,将那张纸压在抽屉里的一沓文稿下面。

冯举旗是一校之长,他怎么能接受一个学生的爱呢?

不能够啊,绝对不能够,不仅他不能够,任谁都不能够的。此前,学校的老师,有两位和他们的学生谈了恋爱,结了婚,为此造成的社会舆论,是太不好了,这使冯举旗羞愧,脸上无光。他没有别的办法,对任出息,他只能装糊涂,装无知。

冯举旗给任出息说:"什么作业?你还有什么作业我没看吗?"

任出息笑了,她把低着的头抬起来看向冯举旗,看得大胆而热烈。她说:"你看了,你全都看了,你就说句话吧,甭使自己难受了。"

冯举旗的脸沉了下来,说:"你是一个中学生,中学生的任务是什么?好好复习,参加高考。"

任出息没被冯举旗的黑脸吓住,她更进一步地表白说:"我能考上吗?冯老师,咱们中学谁都可能考上大学,我不能,这我知道,你也知道,我有那个决心,但没那个力气……"

冯举旗打断了任出息的话,说:"没考你咋知道?"

任出息说:"几年了,这还不算考吗?冯老师,我实话给你说,我考一年考不上,还来学校复读;我考一年考不上,又来学校复读。你知道为什么吗?我是为了你,只要我能看见你,看见你在我的眼睛里,我就很满足,很幸福呢!"

冯举旗从他坐着的椅子上站起来,他绕过任出息,把虚掩的门拉开来,给任出息说:"时间晚了,作业上还有什么问题,天明后可以再讨论。"

讨论……冯举旗打发任出息的词是"讨论",这太有意思了。

任出息记下了冯举旗说的"可以讨论"的话,今夜再到冯举旗的房子里来和他再讨论。没喊报告,而是以敲门的方式跨进冯举旗房子里的任出息,自己动手,把她过去坐过的那把木几子拉过来,踏踏实实地坐在上面,开门见山地给冯举旗说了。

任出息说:"我退学了。"

冯举旗吃惊地应了一声:"退学?退什么学?"

任出息说:"退了学,我就不是你的学生了。我不是你的学生,我就不犯你的校规,我就能够爱你,获得你的爱!"

如此明目张胆,如此心迹坦荡,让冯举旗已不是吃惊了,而是震惊。他霍地站起来,声音压得很低,但充满了一种愤怒的意味,说:"胡闹!你简直就是胡闹!"

任出息却不示弱,说:"我没有胡闹,我是一片真心。"

冯举旗依然低吼地责备:"你如果还想让我当镇中学的校长,你就乖乖地出去,好好地复读,行吗?算我求你了。"

任出息骄傲地笑了一下,她从木几子上站起来,给冯举旗扮了个鬼脸,然后转过身去,走出了冯举旗的房子。

走出冯举旗的校长办公室后,任出息竟然还让人意外地找了我。

任出息是来日清晨找的我,那天清晨她没去老虎灶帮助冯举旗烧开水,一个人早早地等在拂晓前的操场上。她之所以等在操场上,是因为她发现我有早起操练身体的习惯。我被她等着了,在我小跑着在操场转圈子时,她跟了上来也跑了起来。礼貌使我不能不让她陪跑,那么跑了一会儿,她开口问了我一件旧事,也就是我刻画在合欢树上一箭穿心的图画,及"岁岁喜鹊"字样的事。她是这样问我来的,问得开门见山。

任出息说:"村里人都说一箭穿心是你刻画在合欢树上的,'岁岁喜鹊'也是你刻画在合欢树上的。"

任出息说:"你给岁岁、喜鹊帮了大忙咧!"

任出息说:"我有忙你也能帮的。"

任出息说:"你帮我吗?"

我能说什么呢?啥啥都不能说。我只能加快步幅,如飞一般向黎明前朦朦胧胧的晨雾里,快速地跑了进去。

十一

曾经的恋人郎抱玉,也突然地关心起了冯举旗。

我把冯举旗撰写的乡村中学实况拿回报社,结合我在镇中学两日的调研,以及后来又跑了几个乡村学校的情况,写出一篇分析发在报社主办的内参上,郎抱玉看到了,就手里拿着当期的内参来找我。报社的办公场所,不像政府或是别的什么机关,都是一间一间隔得很封闭的小房子,有什么秘密能够很好地关在房间里,不为他人所发现。报社的办公场所是开放式的,在一间大平台里,用标准化的塑钢隔断和玻璃格挡,整齐划一地隔出一个一个的小空间,几十个人,一人一个小空间,张望着面前的电脑屏幕,苦心孤诣,斟字酌句,敲打着自己的新闻稿,在这样的环境下,谁能有什么秘密和遮掩的呢?因此,郎抱玉拿着内参来找我的那一种急切,很自然地被报社的同人看见了。

表现总是淡定的郎抱玉,拿着内参找我时不仅是急切的,甚至还有那么点儿失态。她匆匆向我走来时,因为急切,还因为失态,把与我相邻的几位同人撞得都抬起了头,睁眼望着她,不晓得她是怎么了。抑或什么事让她受到了刺激。她倒好,对大家追着她而来的眼睛,不管不顾,直扑到我的侧旁,把内参往我的眼前一推,这就问我了。

郎抱玉问:"你去镇中学了?"

我应着她,说:"去咧。"

郎抱玉问:"镇中学的情况是你内参写的那样吗?"

我回答她:"不仅镇中学,现在的乡村学校,哪一家不是那样?"

郎抱玉却似信非信地像是问我,同时又像是问她自己,呢呢喃喃地说:"怎么会呢?"

郎抱玉说:"怎么会呢?"

呢喃着的郎抱玉,这时感觉到了她的失态,同时也感觉到采编室里众多同事投射到她身上的眼光,她把推到我面前的内参轻轻拿起来,在手上捋了捋,没再问我什么,轻轻地转过身,离开我向一边走了去。这时的她,又恢复了平日里的淡定,一步一步,走得安安稳稳,没再撞上一个人,也没再撞上一件物……郎抱玉的编稿平台不在我们这一块,大家目送着她,我也目送着她,直到她的身影在我们的眼光里消失。

我不知道别的同事此刻是怎么想的,但我意识到,郎抱玉和我没有完,她还会问我一些情况。果然,要下班时,郎抱玉把电话打给了我。

在电话里,郎抱玉问我:"有时间陪我喝茶吗?"

我回答了她,说:"如果不叫我掏钱,我乐意留出时间陪喝茶的。"

郎抱玉说:"我现在最不缺的就是钱。"

本来我还想说弄得这么正式,咱们是要谈情说爱吗?但我听出了郎抱玉话里的话,就没再调侃她,便问了她喝茶的地方,收起了电话,把手头上的活儿搁下,就赶去喝茶了。

出了报社的院子,往右一溜子,都是装饰得古色古香的茶馆。货卖堆山,"三多"分野扎堆在报社两侧的大街上,使这一段街市特别地繁盛,红男绿女,摩肩接踵,要多热闹有多热闹。郎抱玉选择的茶馆,是距离报社最远的一家。

我把他人撞了许多次,他人也把我撞了许多次,这才走到那家茶馆门前,透过宽大的玻璃窗,我看见了郎抱玉。

郎抱玉比我早到,就坐在茶馆拐角的一个地方,手里依然拿着那份写了乡村教育的内参,低头认真地看着……在报社,郎抱玉是公认的美女记者,她不仅人样儿美,出手的文章像她的人一样美,却还非常低调,从来不事张扬,默默地做她的人,做她的事,所以,她在我的眼里,是要比别人高出一些的。这些年,报社的中层实行竞争上岗,以郎抱玉的业务能力,还有她的好人缘,只要她参与竞争,我相信,她是会竞争到一个自己的位置的。可她偏偏不出手,为此我还私下问过她,她的回答清清淡淡,说:"我这样不是很好吗?"

想到此,我真是为她而遗憾了,同时又还为冯举旗遗憾。

常言说,好男难娶好女,好女难嫁好男。唉,我在心里重重地叹了一声,不晓得这是怎样一个道理,真是太悖谬、太荒唐了。阴差阳错,冯举旗回乡教书至今未娶,郎抱玉把自己嫁出去了,嫁了几年,离了婚,又是单身人了。这样的结果对于他俩来说,是喜是忧,我说不清楚,想来便是冯举旗和郎抱玉他们自己也是说不清楚的。

不过,我可以为他俩努力的,他俩自己也可以努力啊!

身穿素色旗袍的门迎小姐,对我欠着身子,轻轻浅浅地问了声先生好,便欲给我领台,我摇手拒绝了,径直走到郎抱玉的跟前,坐到了她的对面。

我给她说了:"抱歉,我手头还有些活,弄完才来,让你久等了。"

郎抱玉笑了笑,算是对我抱歉的认同。

郎抱玉没有接着我的话往下说,她就那么浅浅地笑着,把一盏茶推到我的面前,我端起来,正要往嘴里倒的时候,郎抱玉也把她面前的茶盏端起来,向我伸了过来,与我端着的茶盏碰了一下,这才一仰脖子,倾进了她的嘴里。我慢了半拍,但我也如郎抱玉一样,把茶盏搁在嘴唇上,仰脖子灌了下去……我的味蕾刚一接触倾进嘴里的茶汁,就很清晰地知道,我喝进嘴里的东西不是茶,而是在茶盏里斟着的酒。我吐了一下舌头,很夸张地出了口气。

我说:"郎抱玉呀,你可真有创意,在茶馆里约人喝酒。"

郎抱玉说:"喝酒不好吗?"

我说:"好好好,有美女作陪,喝啥都好。"

真真假假地说着,郎抱玉端起茶盏,和我又满满地干了一下。

喝过了酒,郎抱玉收起脸上浅浅的笑,以祈求的口气对我说:"把你见到的冯举旗,给我仔细说说。"

茶几上有郎抱玉叫来的酥脆花生、干炒葵花籽以及酸辣小白菜等几样可以下酒的东西,我抬手捏起几颗酥脆花生,脱去外边的薄皮,把白白净净的花生仁儿扔进嘴里,嚼了嚼,思谋着给郎抱玉说冯举旗的,却一时不知说什么,怎么说。

没奈何,我掩饰着对郎抱玉说:"冯举旗……对,我把知道他的事都写进内参里了。"

郎抱玉说:"我看过几遍了,知道那只是冯举旗的一部分,而不是他的全部。"

我还想狡辩的,嘴张开来,还没发出声,就被郎抱玉看破了,她便插话进来给我提示了。

郎抱玉说:"你给我说说他的生活吧。"

也许是酒的作用,郎抱玉的脸红扑扑的,她给我又斟上一盏酒,也给自己斟了一盏酒,这一次她没和我碰盏,而是自己端起来,慢慢地吸进她的嘴里,吸空了茶盏,放在茶台上,拿起酒壶,又给自己斟酒了……郎抱玉是能喝一点酒的,但我没见她这么喝过,怕她在茶馆里喝伤了身子,就伸手挡住了她。

我给她说:"酒多了伤身,你知道吗?"

郎抱玉却不听我的劝,躲着我的手,坚持要把她端在手里的酒再喝下去。我能怎么样呢?我大概只能依着郎抱玉的请求,把我知道的冯举旗核桃枣儿地都说给她了。

我开口说的第一句话是:"他到现在还单身一个。"

郎抱玉想要知道冯举旗的生活,可能就是我要说的这一句话。她听我刚一说出口,眼里便喷出泪花儿,愧悔不已地责怪起了自己,说:"都是我的错,我把冯举旗害了。"

我劝起了郎抱玉,说:"两个人的事,咋能都怪你呢?"

郎抱玉说:"就是只怪我!"

恰在这时,我的手机响了起来。我拿出手机,把手机盖子一翻起来,就看见"冯举旗"三个字,硬邦邦地撞进我的眼睛。我把手机贴到我的耳朵上,眼睛从茶几上越过去,直视着郎抱玉,而郎抱玉敏感地看着我……

手机是通着的,我都听得见冯举旗在那边的喘气声,可他不说话,静静地持续了一阵子,我等不来他的话,便打算自己来说了,却听见对方收线后的一片忙音。

郎抱玉看出了电话里的蹊跷,她问我了,说:"是冯举旗打来的电话吗?"

我点了点头,说:"是他打来的。"

十二

"他遇到什么困难了吗?啊,你说,他把电话打给你,又什么话都不说,还把手机挂了,你不觉得这里面有问题吗?"郎抱玉的问题一个接一个,问得我一头雾水,因为我如郎抱玉一样,冯举旗主动打电话给我,又啥话不说挂断了电话。他是怎么了呢?我把电话回给了他,可我听到的,依旧是无人接听的忙音。

起初,我还以为冯举旗的手机没电了,等了一阵再打,还是旧样子,我就知道冯举旗是故意的,他把手机关了。

冯举旗为什么要关手机呢?

我是这么想的,并决定着再去镇中学看望冯举旗。我把我的决定告诉了郎抱玉,她也毫不犹豫地表达了自己的决定。

郎抱玉说:"我跟你一起去。"

有了许多日头的熬煎,虽然积攒了些年纪,但依然青春靓丽的郎抱玉明显地暴露出些许憔悴感来。她表示了要跟我一起去看冯举旗的决心后,就还加重了语气,重复地说了这样一句话。

郎抱玉说:"我要帮助他。"

郎抱玉说:"我一定要帮助他。"

郎抱玉没有我自由,我是跑外的记者,该走就能走,她是坐班的编辑,要走开几天,就得加班把要干的活都干出来,再找个人为她顶班,她才能脱出身来。便是如此,郎抱玉也顾不得那么多了,向值班的老总说了一声,没等人家批准,就催着我上路了。

我们那时出行,还没有自驾汽车而去的能力,我们只有搭长途客车,先到扶风县城里,再在那里搭短途客车,往凤栖镇去……旅途中,我还把我知道的关于冯举旗的事,断断续续,都说给了她听。这是因为我有一些顾虑,怕郎抱玉见到冯举旗后知道了那些事,会回过头来怨我的。

我说着,就说漏了嘴,把中学生任出息追求冯举旗的事也说了出来。

我说:"现在的中学生真是大方。"

郎抱玉说:"大方?怎么个大方?"

我说:"他们同学之间,自个早恋。"

郎抱玉说:"你说的不是新闻了。"

我说:"对着哩!中学生自己早恋确实不新鲜了,可中学生向他们的老师求爱,你说,可还是新闻?"

郎抱玉说:"好像也不能算是新闻呢。"

我说:"搁在冯举旗身上呢?有学生向他求爱,你觉得……"

我的话没说完整,即被郎抱玉打断了。她说:"你真会胡编,冯举旗是啥人,我比你知道,中学生恋老师,恋谁我都相信,但要恋冯举旗,你来打我,打死我都信不过。"

郎抱玉坚决否定着我说的话,但我听得出来,她嘴上的否定并不说明她在心里也是否定的,反而是嘴上的否定暴露的却可能是心里的承认。

话题在这里僵下来了,我没向郎抱玉再说什么,而她把头偏向汽车窗外,也不说啥,看着从汽车窗口掠过的一棵棵树木,以及远一点儿的村庄和村庄里的零零星星蠕动的人影,拴着的牛马,乱跑的鸡狗……这么僵着,一直僵到公共汽车减速停在凤栖镇上,我和郎抱玉一前一后地走下车来,都没有互相说话。到了这时,我蓦然怀疑起自己来,为什么要给郎抱玉说女中学生爱恋冯举旗的事情?

是啊,我说得可太不合时宜了。

我这么说给郎抱玉,是想发挥怎样的作用?起到怎样的效果?这么一想竟想得我头昏脑涨,糊里糊涂的。我陪在郎抱玉的身后,向凤栖镇东街村村口上的中学方向走去。我们走了几步,便觉得凤栖镇上有股躁动不安的情绪在涌动。是个什么样的情绪呢?这时的我是不知道的,郎抱玉肯定也不知道。我只是感到,走得离镇中学的方向越近,人群越是密集,散发出来的那种情绪表现得就越浓厚……我身后的郎抱玉像我一样,似乎也有所感觉,她回过头来看我,目光里透露着几分慌乱,她的慌乱也立即引起我的慌乱,我想到了镇中学,想到在镇中学当校长的冯举旗,难道是镇中学出了什么问题?冯举旗出了什么问题?

啊啊啊……我和郎抱玉都在媒体工作,知道和接触过的关于学校里的问题还真是不少。

我不想别的事什么了,只想凤栖镇中学和冯举旗会出一个怎样的事情。

慌乱的我和郎抱玉,目光在空中碰了一下,便都不约而同地问起身边的人来,那些躁动的、不安的人,不等我们把一句完整的话问出来,就都毫无戒备、毫无掩饰地给我们说了。

他们七嘴八舌,说:"撤点并校,上边把镇中学撤并到另外一所学校里去咧!"

七嘴八舌的人群里还有人说:"好好的一所中学说撤就撤了。怎么就不征求我们的意见呢?以后娃读书,要多跑多少冤枉路呀!"

躁动不安的人群,从这一话题里扯进来,抢着都想说几句,呜里哇啦,吼叫成了一锅粥,但我和郎抱玉听得明白,大家的意见是一致的,都愿意保留镇中学的编制,而不愿撤并到别处去。大家说得热烈,说得激愤,正说着,有人认出了我。认出我的人可能是凤栖镇西街村的,也可能是我参加那次婚礼见过面的,因此,这些人就挤出人群,冲到我跟前来了。说我是大记者,一定要帮他们把意见反映上去,保住他们的镇中学。

当他们向我提出要求的时候,有人还不时地夸赞冯举旗,他们说:"多好的一个校长啊!"

　　一个人夸赞起来,跟上就是众口来夸了,他们说:"为了办好我们镇中学,他把自己亏下了,到了今日,连个家都没成!"

　　我知道我的嘴在众人的反应声里,也是不停地说着的,但我说了什么,自己却一点印象都没有,只记得我推着身前的郎抱玉请求大家让一让,让我们到前边去……对于我的请求,大家给了面子,自觉让出一条通道,让我和郎抱玉很容易地穿过人群,走到了镇中学的门前。

　　撤点并校……我从躁动的人群里获得这个消息时,我还不知道造成这一结果的根本原因,就是我写的那篇内参消息了。

　　当期的内参,送达市委、市政府以及相关部门,市委和市政府的领导当即批示给教育主管部门,指示他们做进一步的调查,并拿出整改措施来,以便很好地解决像凤栖镇中学这样的乡村学校的办学困难。教育主管部门没敢怠慢,立即组织力量,深入凤栖镇中学来了,满心欢喜的冯举旗笑脸迎接着调研组的人,但是半天不到的调研,回去后拿出的整改措施,用红头文件送到冯举旗的手里的,竟是这样一个结果! 当时,手拿文件的冯举旗把他期待的笑脸蓦地换成一副哭相,给上级主管部门打电话,回答是斩钉截铁的,撤点并校是在充分调研的基础上做出的决定,是彻底解决镇中学问题的唯一办法。

　　冯举旗打电话不行,还去找了上级主管部门,结果他连主管领导的面都没见上。百无聊赖时,他想到了我,那次我和郎抱玉在茶馆里喝酒时,接的正是他的这个电话,但他没说什么,把电话挂了,然后还关了机。

　　绝望了的冯举旗回到镇中学,很沮丧地向全校师生宣布了上级的这一决定,其时,师生们莫不震惊愕然。

　　不过还好,大家在冯举旗的安排下,冷静地进行着每一日的教学工作,好像是,最后的日子里,教师们教得比平时还认真,学生们学习得比平时还扎实。挨到今日,上级教育部门来了人,镇委和镇政府也来了人,大家要进行一个仪式,一起摘下镇中学的校牌,由并过去的那所学校来人,接过去。有着半个多世纪办学历程的凤栖镇中学,在这一带人们的心里成为一个过去了的记忆。

我和郎抱玉从人群里挤到校门口时,摘除校牌的仪式已经结束,可是站在校门口,齐茬茬穿着校服的学生们都还没有散去,还有镇中学的老师,也都静静地站在同学们中间,望着摘牌后的上级领导和镇委、镇政府的领导,端着似笑非笑的脸孔,鱼贯地一一离去。

冯举旗就站在列队的学生和老师的前面,他伸着手,和离去的上级领导以及镇委、镇政府的领导,有礼节地握着手……一一地握着,送走了一长串的领导,他把自己的手收回来,同时也把自己的目光收了回来,他去看原来挂着校牌的地方,那地方已空得只留一方被校牌长期遮盖着的白斑。冯举旗的眼光从那片白斑挪起,慢慢地挪到了依然郁郁葱葱地挺立在校门口的梧桐树上,他仰起头,从梧桐树蓬勃的树冠上一点一点地往下看,他看着,就看见了梧桐树上的那双眼睛。父亲冯求是说的他的眼睛,冯举旗不知道他流泪了,看上去,却发现像是梧桐树上父亲的眼睛在流泪!

任出息此刻不知从哪儿掏出一方绣着碎花的手帕,举起想给冯举旗擦去脸上的泪水,她举着手帕,都已举到冯举旗的脸上了,却被冯举旗粗暴地拨开来。

任出息几天前就把学生服换掉了,她今天穿了一身非常合身的连衣裙,素白的底色,印着星星点点的碎花……郎抱玉这时可能相信了我在路上给她说的话,她望着冯举旗和任出息,有点不能自持地软了一下,但她迅速地挺了挺身子,随之还张口叫了一声。

郎抱玉叫的声音不是很大:"举旗,冯举旗!"

郎抱玉的叫声虽然不大,冯举旗还是听到了,他把注视在梧桐树上的眼睛收回来,往他的身后瞥了一眼。他一定看到我和郎抱玉了,可他没对我俩做任何表示,他匆匆一瞥,便又转回头去,冲进了已摘去校牌的镇中学,把他父亲冯求是原来为学校的老虎灶劈柴,后来他又为老虎灶劈柴的斧子掂了出来，对着树干挺拔、树冠葱茏的梧桐砍了去！

　　冯举旗砍树的举动，弄得大家都惊住了，大气不出，小气不喘，恭呆呆地看着他，一斧沉闷、一斧脆亮地砍着梧桐树，砍飞起来的树屑，白蜡蜡地溅起来，在空中划过一道白光，然后又落下来，落在冯举旗的脚下，惨白惨白，让人不忍直视。

　　咔！扑……咔！扑……冯举旗的斧子砍动着梧桐树，他每砍一斧，刻在梧桐树上的眼睛也动摇一下！

卷四 易婚记

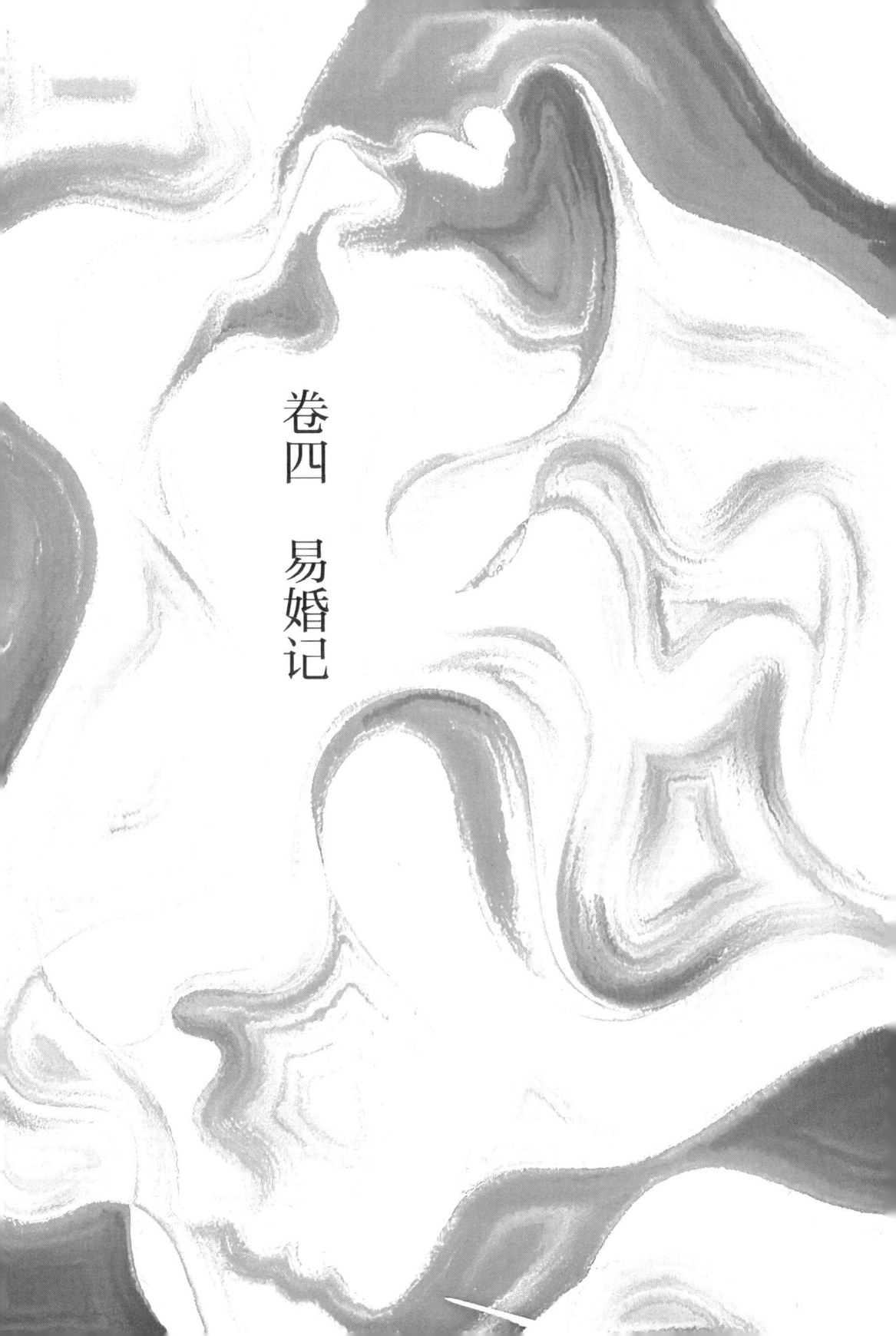

一

"你请等着,有一天我非把你离了不可!"

孙天欢把这句话给他女人乌采芹不知说了多少遍。乌采芹把他说的话,当他放的屁一样,从来都没当回事。乌采芹不仅不把他说的话当回事,还会毫不客气地撑他几句。乌采芹撑他的话非常有趣,如诗如画一般。

乌采芹是这样撑的呢:"猫念藏经,你都念了一辈子了。"

乌采芹继续撑:"天天说要离了我,你倒是离呀!"

必须承认,乌采芹说的话全是真话,当年我返乡回到凤栖镇西街村插队时,就听孙天欢这么说了。孙天欢开始说的时候,我还想了,他咋能这么说自己的女人呢!后来常听他那么说,就以为是他们夫妻间的一种游戏了。因为我发现他的女人乌采芹听了,是一点都不以为意呢!她该干什么还干什么,连和他顶个嘴的表示都不会有。然而时隔几十年,我回凤栖镇西街村来,就又听孙天欢这么给我说了,而我听了,就像在听一个老掉牙的笑话,觉得既无聊又无趣,便不怎么理他。

再这么听孙天欢说这些话,是我前次回凤栖镇的时候。我有我的事,就不把他说的话当个话,而孙天欢不依不饶,非得给我说不可。

我记得他逮住我的时间,恰恰就是参加李玉田、李玉兰婚礼的时候。来给新婚的他们随礼的孙天欢抓住了我,很是认真地再次给我强调,他是要离婚的,一定要离婚。

我一脸的模棱两可,这就惹得孙天欢有些急。因此,他说我了。

孙天欢说:"你不相信我?"

我有意调侃他,说:"我如果没有记错的话,今年你五十八岁了吧?"

孙天欢说:"我心说,你是知道我的。"

我说:"我当然知道你,知道你有多大年纪了。"

孙天欢是敏感的,他敏感到我话中有话,就又带着些强调的意味说:"这和年纪没有关系。"

冯岁岁、曹喜鹊因为寻找命中的合欢树,随着一对可爱的喜鹊撵到陈仓城里后,孙天欢的女人乌采芹在凤栖镇西街村与曹喜鹊算是比较好的姐妹呢。乌采芹看到了我在《陈仓晚报》上的报道,就撵到合欢酒店来,看了她的好姐妹。她是来了,但是孙天欢没有来。孙天欢那个时候在陈仓城里经营着一家农特产贸易公司,经营有些年头了,不死不活,经营得算是过得去!用他的话说,他没有闲时间操心闲事情。

然而颜秋红的事情出来了,他听到后,倒是没有袖手旁观,放下他的农特产贸易生意,撵着来帮忙了。

其实,他又能帮上什么忙呢?

作为生意人的孙天欢,可能在颜秋红的事情上,发现了一个大可作为的商机吧!那就是包装颜秋红,让她接她娘的班,做新一代的先生姐。不过,他这么做来,还是有点儿自知之明的,因为颜秋红、孙二平在村里时就不怎么待见他。所以他就躲在背后,指使着冯岁岁、曹喜鹊,还有他女人乌采芹,想方设法把颜秋红弄回了凤栖镇,住进了西街村大皂角树背后她的家里。他这就把陈仓城里的生意收拾了一下,交给了乌采芹,自己则回到了凤栖镇的西街村。

孙天欢有此谋划,我想可能因为他曾经在凤栖镇西街村伤过脸面。他忘不了,就寻找机会要把他伤过的脸面在凤栖镇捡起来,补上去。

孙天欢的谋划是成功了,但他要达到的目的呢?

似乎并不怎么理想。我因为冯举旗和镇中学的事,再回阔别数日的凤栖镇,见识了镇中学被撤裁的情景,心里有股说不出的难受……而孙天欢倒是会抓机会,现场拽住我的袖口,说他看见了,还说我心里有疙瘩,不快活,拉着我要去喝几杯。孙天欢这么弄,我连还嘴的理由都没有,就被他拉着走了。

与我同来的郎抱玉,看到我被人死拽活拉,还有点吃惊,我就给她说了实情,让她尽管照顾冯举旗去好了。

孙天欢与我往西街村里走,不断有人走到我的面前,截住我的去路,和我拉几句话,因此我和孙天欢走得就很不顺畅,走走停停。好不容易走到凤栖镇西街村,走到孙天欢家门前的苦楝树下,正要往他家里去,他就急不可待地又给我说了他要离婚的事。孙天欢这么给我说,我就不只是不愿意听,而是连他家的门都不愿意进了。想来不止我,一个正常的人,多少年了,很少回旧村子,回来了,谁愿意听别人说他离婚的事?这有违人性,同样还有违世情。但我能有啥办法呢?孙天欢扯着我,我们僵持在他家门前的苦楝树下,他说他的,我没办法,就只有硬着头皮听他说。

我听着,觉得孙天欢这一次不像过去,只是吊在嘴皮上说一说,看来他是真要和跟他过了大半辈子的女人乌采芹离婚了。

他有什么资格离婚呢?

在凤栖镇西街村,孙天欢实在算不上个人物,甚至连农夫们与生俱来的质朴勤快、吃苦耐劳的品质,他都十分缺乏,嘴馋身懒,油腔滑调,没有多少人待见他。当然,这只是道地农夫的看法,到了他的女人乌采芹眼里,就都不是缺点了,而是一种优势。孙天欢爱好戏曲,向往一种体面的生活,对有文化的人,他无条件地喜爱和尊重。

凤栖镇西街村有个下放回村的右派,原在陈仓师范学院教语文,在村里接受劳动改造,孙天欢不管这些,以为他是大文化人,就对他亲得不得了,有事没事,都愿意和他黏在一起。运动来了,老右派不可避免地要被拉出来游行,孙天欢看不过眼,在别人斗争老右派时,他随在老右派一边,陪着老右派一块走。村上人说他了,说他凭什么来陪人家老右派。他理直气壮地和他们争辩,说他怎么就不能陪?村上人说老右派有文化,有文化的人反动!孙天欢就很自豪地说:"我也有文化呀!"村里人奈何不了他,就由着他去了。每一次都是这样,他陪着老右派游斗结束后,别人一哄而散,唯有他不走,小心地照顾着老右派,搀着扶着把老右派往家里送。也是老右派的年纪大,有一次,挨斗争的时间长了,脚不能挪,手不能动,一下子瘫在台子上。孙天欢见状,就爬到台子上背起老右派,一个手里拿着老右派戴在头上的高帽子,一个手里提着老右派挂在脖子上的大木牌,一脸的无怨无悔,很是愉快地送着老右派往他的家里去。

　　我那时年轻,不懂得人情利害,看着孙天欢既要负重背着老右派,还要拿着老右派挨批斗时必不可少的高帽子和木牌子,只觉他手忙脚乱,很是好笑。我便突发奇想,跑到孙天欢和老右派的身边,把高帽子和木牌子从孙天欢的手里接过来,嘻嘻哈哈地乐着,给孙天欢戴在头和脖子上。

　　纸糊的高帽子可是不好戴呢!粗粗拉拉几根竹片,胡乱扎个样子,糊上纸,写上字,戴在头上是极不舒服的。何况木板钉的大牌子,系在一根细细的铁丝上,挂在人的脖子上,还不像刀子一样,直往人的肉里割?

　　这是我的恶作剧了,孙天欢没有因此而恼我,依然一脸快活地坚持背着老右派,往凤栖镇的街巷里走……好像是,把高帽子和木牌子从他的手里解放出来,他不仅能把老右派背得扎实稳妥,而且还能享受头戴高帽子、胸佩大木牌的待遇,感觉那是一种多大的荣誉似的。

　　刚刚开过老右派的批斗会,村子里的人,无分男女,无分老少,其时也都在街巷上散散地走着。孙天欢的举动,让大家一时不知如何是好,投向他的目光,便也十分茫然,直到我把老右派的高帽子和木牌子戴在孙天欢的头和脖子上,茫然的人群,才不知所以地爆发出一阵哄笑来。

　　哄笑声是我期望的,但是来得突然,去得亦很突然,都在一瞬间,便又安静下来,相互招呼着,为孙天欢让出一条道,使他顺顺当当背着老右派从大家的眼皮底下走过。

　　我敏感地觉出村里人对于这件事的变化,那绝对是发自情感深处的变化呢!

　　大家乐意孙天欢帮助老右派,并为此而敬重他。

　　在那一刻,我有一种良心发现般的羞愧,于是,我再次跑到孙天欢的身边,想要从他的头上和脖子上摘下高帽子和木牌子,却被孙天欢强硬地拒绝了。

我为此悔恨而难堪,在以后的日子里,都不敢再见孙天欢,偶然相遇,我也是低着头,匆匆地走过。孙天欢不想我难堪,找着机会与我接近。这个机会在一个晚霞灿烂的傍黑毫无预兆地来了。那天,他扎势坐在他家门前苦楝树裸露在地面上的一条大根上,扯着他的胡琴,自娱自乐地唱他深爱的一折秦腔。

孙天欢唱的那折秦腔,我至今记得其中几句:

陈老大我不怕腰痛腿酸,
为只为小兄弟能把书念。
虽受苦但觉得心中喜欢,
急忙儿担柴担赶回家园。

我后来查了孙天欢那晚唱的这几句,知道来自《打柴劝弟》一折戏。

那个傍黑天,孙天欢很努力地哼唱着,身边围了许多人。我从他们的身边过,原想默默地躲过去,不承想,人圈子里的孙天欢用秦腔白口叫住了我,而且还用秦腔白口劝了我几句。原话被他的秦腔白口说得抑扬顿挫,极富感情色彩,要我放宽心,天下的事都别往心上挂,他相信知识,知识不是喂猪,吃饱了只知道睡觉,有一天是会醒来的,醒来在有准备的人身上。

我把孙天欢劝我的话,一字不落地记在了心里……回味他的秦腔白口,忍不住抬头看天,我看见了头顶上的苦楝子花,蓝莹莹的,微微地散发着一种苦涩的芬芳;透过繁盛的花色,我还看见遥远的天空,正有无数的星光闪闪烁烁,似乎也微微地散发着一种苦涩的芬芳。

因此,我和孙天欢便也成了好朋友。

我不仅和孙天欢成了好朋友,通过他,还和老右派交起了朋友。我是好读书的,有一些学习上的困难,就去找老右派请教。后来右派平反,我参加高考,老右派重回陈仓师范的课堂,我进入陈仓师范读书,获得了老右派非常多的帮助。每每想起这些往事,我都对孙天欢有种无以报答的感动。不过,这不能掩盖孙天欢其他方面的问题,譬如他好赌博,还好钻别人家女人的热被窝。

让我怎么说他呢?

他孙天欢老了,还闹什么离婚?

如果真要闹离婚,倒是他的老婆乌采芹比他更有资格。

二

乌采芹按照凤栖镇西街村的话来说,没出嫁时乖爽,嫁给孙天欢后干淑,有了孙娃后齐整。

怎么就是乖爽?怎么就是干淑?怎么就是齐整?

对此我是要做些解释的。回乡插队在凤栖镇西街村的日子,我注意到,在凤栖镇人的语言体系里,没有漂亮、美丽那种挂在人们嘴上的形容词,有的是他们习惯了的说法,很家常,也很得体。村里人夸奖乌采芹乖爽,是说她做姑娘时是懂事听话的,是单纯爽快的。嫁给了孙天欢,她的身份一变,既为人妻,又为人母,进了家门,要养孩子要做饭,还要侍候老人和男人,喂猪、喂鸡,脚不闲、手不闲,出了家门,下地侍弄庄稼,与亲戚邻人交往,有做不完的活,有说不完的话,却还能保证自身的整洁与淑仪,实在不易。而到她怀里抱上了孙娃,眼见儿孙绕膝,不论他们对错,她都一脸的包容与愉悦,不愠不火,可就更是不容易了。

所谓齐家、治国、平天下,乌采芹不操心治国的事,更不操心平天下的事,可以齐家就是她最大的理想了。

乌采芹一生这三种境界,于凤栖镇西街村的女人来说,是绝少体验的。

她这样一个身子勤快、心眼儿活泼的人,却是那么奇怪,倒像对身懒嘴馋,而且好赌花心的孙天欢很有感觉。在别人的眼里,孙天欢是不怎么受待见的,但在她的眼里,是怎么看怎么舒服。譬如她就十分欣赏孙天欢身上那种读书人的做派。说来有趣,凤栖镇西街村的开创者原来就是一个读书人,明朝末年的时候,还有幸考取了使其家族荣耀的功名,做过州府一类的官员,具体的政绩史无记载,只是传说他愤恨政权的变易,而且又深蕴一股子强烈的乡土情结,这便返身故里,隐居不出,过着耕读传家的日子。这让后来的凤栖镇西街村人对他们的这位老祖宗颇多微词,说是城市多好啊!他咋就不喜欢城市,而喜欢农村呢?微词奈何不得躺在坟墓里的老祖宗,大家就只有遗憾地在凤栖镇西街村讨生活了。可是,后辈儿孙不懂得老祖宗的深刻理想,他们不断地退化着,退化到后来,就只剩下了一个耕,而没有了读。回乡插队在凤栖镇西街村里,我没少听人讲那位远去的老祖宗,我虽然听出了凤栖镇西街村人叙说中的微词,却也听出微词背后的骄傲。不过,我也看得出来,在这个时候的凤栖镇西街村,读书是件多么奢侈的事情,既奢侈又无用。出现一个孙天欢这样的人,实在是一个例外。不知是谁,称呼孙天欢是村里的一只"马犄角"。

马长犄角吗?没有。

这充分说明了孙天欢的稀有,而且,在他十多岁的时候,有位游方道士到凤栖镇西街村来,向村里讨了口吃食,吃的时候,看见了蹦跳戏耍的孙天欢。游方道士惊讶得放下碗,喊孙天欢到他跟前来,双手捧着孙天欢的脸,嘴里念念有词,说了一堆"天庭饱满,地阁方圆"的话,最后很是恭敬地称呼了孙天欢一句:"县长。"

县长……啊啊,孙天欢有县长的命吗?

有没有这么贵气的命相?不到最后,谁能料得准呢?但他"县长"的外号,从此吊在了凤栖镇西街村人的嘴上,很是叫了一段时间,直到"文化大革命",孙天欢不畏造反派,而善待一个老右派的事不断演绎着,他"县长"的外号被人渐渐地淡忘了,一直到现在,几乎没有谁再说起,他还有那样一个绰号。

乌采芹之所以嫁给孙天欢,不知可与游方道士的预言有关。但她处心积虑地嫁给孙天欢,肯定与他的做派关系甚大。乌采芹说过,她喜欢有文化的读书人,而孙天欢正好具有乌采芹所喜欢的那种潜质。在凤栖镇西街村,孙天欢是继老祖宗之后,很少有的一位读书人,他像模像样地读着,都已读了初中,升到县城高中,一路读着书,几乎只差一次高考,就能顺利跳出"农"门,却被突然爆发的"文化大革命"断送了前程。不过,他读书人的习惯没有变,从头到脚都时刻注意,唯恐沾染上别的什么……那时,凤栖镇别说西街村的人只穿家里纳底子上帮的布鞋,想都不去想皮鞋。孙天欢却不,他下地时穿布鞋,回到家里,就脱了布鞋穿皮鞋。

老祖宗是个读书人。老祖宗开创了凤栖镇西街村。孙天欢是读书人,孙天欢穿皮鞋无可争议,而且是开天辟地第一人。

在凤栖镇西街村,孙天欢创造的第一多了去了,刷牙是一项,理发又是一项,而且在穿衣上,也是一定要出新的。

村里人都还包裹在棒棒袄儿粗布衣之中时,孙天欢却时常穿得与公社干部一模一样。那时的公社干部,都流行四个兜的中山装,孙天欢上了三次北山,砍来柴火,用架子车拉了,卖给凤栖镇上的国有食堂,换来钱票子,数都不数,捏在手指尖上,立时去街上的裁缝铺,给自己裁制一身中山装回来。每日清晨的时候,凤栖镇西街村人睁眼就会看见,孙天欢在他家门前的苦楝树下,满嘴白沫地刷牙,然后又涂上肥皂,用专业的剃须刀,小心仔细地来回刮脸……孙天欢的做派,凤栖镇西街村还有第二个吗?没有了,他是唯一的,他理所当然地成了凤栖镇西街村难得一见的风景。刷了牙,剃了须,回到家里,孙天欢就对着家里那面破了两道裂缝的镜子,来穿中山装了,仿佛一个神圣庄严的程序。他穿得很谨慎,很慢,先把一个袖子穿上,抻一抻袖口,再穿另一个,再抻一抻,然后就是系扣子了。系扣子时依然神圣庄严,每系好一颗扣子,他都要侧脸这样一瞧,侧脸那样一瞧,瞧好了,还不忘用手把扣子拍一拍……总之,他穿中山装要用去很长时间,那些时间里,消耗给自我欣赏的部分似乎更多一些。

孙天欢本身确有自我欣赏的条件,正如游方道士所说,他五官端正,脸型方正,加之避免不了的田间劳动又给他涂抹了一层黑里透红的太阳色,这便显得更有气质。

喜欢有文化的读书人,乌采芹没有不被孙天欢折服的理由。

孙天欢的形象和做派,不只乌采芹看在眼里,喜在心上,还有些如乌采芹一般女子,也喜欢有文化的读书人,也都昼有所思、夜有所梦地喜欢着孙天欢。乌采芹感觉到了那样的危险,她比那些觊觎孙天欢的女子多了一个心眼,早来了一手,抢先把孙天欢拉进她的怀里,让孙天欢别无选择地成了她的人。

机会来自一场电影,凤栖镇放映一部从朝鲜引进的电影《卖花姑娘》,孙天欢去了。

孙天欢去得不算很早,但也一定不晚,差不多刚好赶在快开映时,出现在人山人海的电影场上。他不往人群里靠,更不往人群里挤,他就那么孤傲地站在一边,离着人群两三步的样子,举目去看高杆上的银幕……正是他的这一姿态引起许多女子的青睐,他鹤立鸡群似的注目于前头的银幕,青睐他的女子,则你偷看他一眼,她偷看他一眼。他或许知道,或许不知道,他笔挺的中山装上,挂满了女孩子偷看他的眼睛……也是《卖花姑娘》的剧情太悲惨,现场观看的人群里,就有了一阵一阵的抽泣声,孙天欢知道自己眼睛也湿了。恰在这时,有一只雪白的小手拈着一方同样雪亮的手帕,移到了他的脸上,替他来擦扑出眼眶的眼泪了。

孙天欢愣了一下,他抬起手来,猛地捉住那只手,低头从手上看起,这就看见了也在流泪的乌采芹。

乌采芹想把她的手从孙天欢的手里抽出来,抽了几下没有抽动,也就不抽了,任凭孙天欢抓着,双双退出抽泣声一片的电影场,去了凤栖镇外的一片芦苇地。在那里,他俩抱在了一起,抱得很紧很紧,抱成了一个人。

三个月后的一个晚上,两人在凤栖镇看一部名叫《南海儿女》的国产电影,看了没有多长时间,看不进去,就一前一后地又出了电影场,一前一后地又去了镇外的那片芦苇地。头一次去芦苇地,还是酷热的夏季,他俩相拥在芦苇地里,总有一种青草生长的气息,浓一股淡一股地往他俩的鼻孔里钻。这一次再来,就已到了秋天,芦苇生得很高,他俩钻到里边,就如埋身在一片碧翠的湖水里,而他俩看不清楚的湖面上,正有白色的芦花,在风的鼓动下,起起伏伏,泛滥出一波一波的雪浪……钻进芦苇地的孙天欢和乌采芹能干什么呢?像头一次一样,紧紧地搂抱成了一个人。

孙天欢给乌采芹说:"你别不是眼瞎了?"

乌采芹抱着孙天欢不出声。

孙天欢就还说:"我会叫你吃苦的!"

乌采芹把孙天欢往紧里又抱了抱,还是抿着嘴不出声。

孙天欢就又说:"你难道乐意吃苦?"

乌采芹紧抿的嘴再也抿不住了,她在孙天欢一声又一声的追问中,刚刚张开一道缝,就有一股憋在肚子里的酸水,哗地喷射出来,糊在了孙天欢的胸膛上。

孙天欢不知缘故,把乌采芹推开半步,问她:"你……不舒服吗?"

从呕吐中缓过气来的乌采芹,把孙天欢顶了一头,怨喜地说:"你装傻吗?"

怨喜的一句装傻,把孙天欢像尊石雕一样,焊死在芦苇地里了。他不敢再看乌采芹,抬起头来,发现秋日的夜空,是那么纯净,有几绺薄云缓缓地飘移着,有灿烂的星光正在云缝里闪烁。

乌采芹怯声地问孙天欢:"你害怕了?"

孙天欢没有出声。

乌采芹就还说:"我不叫你害怕。"

孙天欢依然抬头看着高远的天空,抿着嘴不出声。

乌采芹就又说:"是我愿意的,你害怕啥呀?"

怎么才能不叫孙天欢害怕呢?乌采芹在发现她怀上孙天欢的种子后,已经想好了主意。她为自己定制好了嫁衣,也为孙天欢定制好了礼服。她甚至不与孙天欢商量,就在她吐了孙天欢一胸膛的那个秋夜后,自己把自己穿戴起来,大红的袄儿,大红的裙子,大红的花儿插在头发上,她一个人进了孙天欢的家,把孙天欢也穿戴起来,拉着孙天欢的胳膊,招招摇摇地走出家来,在凤栖镇西街村的街巷上款款地走着,见人先鞠一个躬,然后再给两颗喜糖,就这么把自己嫁给了孙天欢。

是夜,村里的小伙、女子来耍房,大家要孙天欢和乌采芹交代他们相好的秘密,孙天欢闭口不说,乌采芹说了。

乌采芹很坦率地说:"我喜欢有文化的人。"

问的人不说话了,乌采芹却还说:"我家孙天欢穿着中山装多好看呀!"

乌采芹话跟话地还说:"以后,我就养一个孙天欢那样的娃娃。"

满意得自己管不住自己的嘴,说出自己心里秘密的乌采芹,可是不知道孙天欢满不满意。孙天欢好像觉得他的婚姻来得太容易、太突然了吧,所以就不怎么珍惜。他原来只是好端一副读书人的架子,身懒嘴馋,不侍农事;乌采芹自己梳头,把自己委身在他的炕头上,他就更是身懒,更是嘴馋,更是不愿意下地侍弄庄稼了。乌采芹不和孙天欢计较。便是在她生下他俩偷情得来的娃儿,虚弱地坐着月子,孙天欢依然不改他的毛病,依然故我地身懒着、嘴馋着,而乌采芹也还是尽量地袒护着他,娇宠着他,仿佛他也是她生育出来的小娃儿一般。

孙天乐是孙天欢的长兄,他看不惯孙天欢的做派,逮住一个机会说他了:"你就不能改一改自己?"

孙天欢望着他的长兄,很是有些不解地说:"我改……改啥呀?"

孙天乐的老婆万秀娥不好说孙天欢,但她作为长嫂,说一说乌采芹是可以的。万秀娥找寻着机会,找到了就说她:"自己的男人,你那么惯他?"

乌采芹毫不含糊地说:"我愿意!"

三

周瑜打黄盖,一个愿打,一个愿挨。即便是亲兄热弟的孙天乐、妯娌的万秀娥又岂能奈何?他们很快地分门立户,盘灶另过了。

夫妻俩钻进被窝里说的话,后来也传得凤栖镇西街村尽人皆知。孙天欢太能折腾了,斯斯文文的一个人,熬过了一个大白天,到了晚上,就变得像个土匪一般,把乌采芹就不当个人待,仿佛她就只是一个供他发泄欲望的工具。他很粗暴地扯下乌采芹的裤子,掰着乌采芹的肩膀,把她粗暴地放展在炕头上,这便虎势地骑上去,就是一场震天撼地的折腾……他把自己折腾得呼哧气喘,再看他身子下边的乌采芹,死死地闭着眼睛,死死地咬着牙,一脸烈女受刑时的样子,说不清楚痛苦还是受活。孙天欢看不过眼,他问乌采芹了。

孙天欢气喘吁吁地问:"受活吗你?"

乌采芹从牙缝里挤出一句话:"受活。"

孙天欢依然气喘吁吁地问:"受活?你咋不呻唤?"

乌采芹就从牙缝里挤出一句话:"孙天欢×人哩!"

微弱得只有他俩才能听见的话,不知怎么传了个满世界。有那么一段时间,能和孙天欢开玩笑的人,与他碰了面,便都要阴阳怪气地呻唤一声:"孙天欢×人哩!"不能和孙天欢开玩笑的人,则旁敲侧击地也要呻唤一下:"孙天欢×人哩!"你呻唤一嗓子,他呻唤一嗓子,把孙天欢呻唤得脸红心躁,晚上回家,就更匪势地折磨乌采芹,而乌采芹俨然又是烈女受刑般的样子,死死地闭着眼睛,死死地咬着牙,死死地不呻唤不说话。

拉得一手胡琴、吼得一嗓子秦腔的孙天欢,想起传统的秦腔戏里,夫妻们相称,可没有现在人们那么肉麻的"爱人"一说,情急之中,都是破口而出的两个字:冤家!

这太形象了,不是冤家不聚首,夫妻可不就是一对冤家吗?

孙天欢想到这一层,他心里释然了,而且一夜一夜地复制。他和乌采芹一起努力,在他们折腾的热炕头上添了一儿后,过了些日子就又添了一女,自然地,又在锅灶上也添了两只碗……儿女的到来,影响了孙天欢和乌采芹在热炕上冤家对头似的折腾,但浇灭不了孙天欢腹腔里燃烧着的火焰,他怀疑自己就不是个人,而是一只装满了燃油的大皮囊,随便什么时候,遇着火星儿就会燃烧起来。

有使孙天欢压制自己不燃烧的方法吗?

别人也许捉摸不出来,配合着孙天欢折腾了几年的乌采芹,探摸出一个规律来了。她发现,孙天欢只要操起胡琴,往家门口的苦楝树下一坐,摇头晃脑地扯着,哼哼呀呀地唱着,他腹腔里燃烧着的火苗儿就会弱下来……除此之外,还有书,也能使孙天欢腹腔里的火苗儿弱下来。这很好啊!乌采芹乐见孙天欢扯胡琴吼秦腔,也乐见孙天欢手中一本书,凝神静气地读。她之所以引诱孙天欢上她的身子,未婚先有子,嫁给他,让他匪势地折磨她,可不都是因为孙天欢扯得了胡琴,吼得了秦腔,读得了砖头厚的书吗?

这可都是文明人才有的东西哩!

孙天欢有了,别的人有吗?原谅乌采芹的眼界小,她生活在凤栖镇西街村里,千百号的人马可不就是马头上的"犄角"——她亲亲的孙天欢一个吗!

儿子孙飞龙吊在乌采芹的乳头上,像摘一颗熟透了的大石榴,刚把他的嘴摘下来,女儿孙飞雁的嘴巴就又吊在乌采芹的乳头上了……孙天欢不能在乌采芹的身体上淋漓尽致地施展手脚了,而且呢,扯胡琴、吼秦腔、读书也不能消除他心头上的烦闷,腹腔里的火就又滚翻起来了。等到他按捺不住时,他还恶狠狠地对着含辛茹苦为他拉扯一儿一女的乌采芹吼叫。

孙天欢吼叫最多的一句话是:"烦死了,乡村!"

连珠炮般吼叫的另一句话是:"烦死了,土地!"

吼叫在乌采芹耳朵边的这些话,像他逼迫乌采芹在他俩折腾时呻唤出的那句"孙天欢×人哩"一样,很快在凤栖镇西街村也传得尽人皆知。前边那句话,犹如喜剧台词,逗弄得起众人调笑的热情,而不会产生别的什么影响。但后边这两个词是不同的,他孙天欢烦乡村?他孙天欢烦土地?凤栖镇西街村的人是不能理解他的,集体无意识的,大家都会来想这样的问题了。

孙天欢凭什么烦乡村?

孙天欢凭什么烦土地?

孙天欢不是在乡村出生的?

孙天欢不是土地喂养出来的?

有了这许多的不理解,凤栖镇西街村人就想起游方道士给孙天欢算的那个卦了。县长……啊哈哈哈哈……啊哈哈哈哈……凤栖镇西街村的乡邻们,把孙天欢很是嘲笑了一些日子,很是冷落了一些日子。可是不久后,也许是因为村子的无趣、村子的寂寞,不知是谁起的头,来拿孙天欢逗乐儿,见了孙天欢的面,都要没头没脑、莫名其妙地冲着他嘲讽一嗓子:

县长好!

县长吉祥!

县长还×人吗?

县长你烦乡村?

县长你烦土地?

孙天欢心知肚明,凤栖镇西街村的乡邻是在嘲弄他,但他又能奈何谁呢?与人大吵大闹吗?这可不是他的长项,而且有失他斯文的身份。孙天欢没有办法,别人嘲讽他,他听见了,就都装着没听见,像耳边风似的,让那不绝于耳的嘲讽飞过去。但是,日复一日,月复一月,甚至年复一年,孙天欢感觉得到,他耳朵眼儿里都被凤栖镇西街村人的嘲笑磨出了一层厚厚的茧子……恰在这个时候,胞兄孙天乐逮住他,也以嘲讽的口气来劝说他了。

孙天乐之所以也来嘲讽孙天欢,绝对不是他的原本意思。

我相信,二人是在同一个母亲乳头上吊大的兄弟,胞兄孙天乐也旁听了凤栖镇西街村人对孙天欢的嘲讽,他也是听得烦烦的,不能再听了,才以同样嘲讽的口气来说孙天欢了。

孙天乐嘲讽孙天欢的地方,还就在他们家门前的苦楝树下。其时已是秋尽时分,秋收已毕,秋种已过,就只剩下秋的尾巴,来做最后的秋藏工作了。苦楝树下,一边堆着胞弟孙天欢家分来的玉米棒子,他们兄弟妯娌各自坐在自己家的玉米堆前,剥着玉米棒子上的皮子,留下内中比较柔韧的几绺,然后再一个一个地编成串儿,挂到苦楝树的横杈上……胞兄孙天乐是一个勤劳的庄稼汉子,妻子万秀娥夫唱妇随,天生是一个勤劳的庄稼女子。两口子齐心协力,把分配给他家的玉米棒子,好像没怎么收拾,就已很快地剥下厚厚的皮子,一个往一个的手里送,一个接过来往玉米串儿里编,一串一串,编得又紧又密,灿亮金黄,先是整齐地横陈在苦楝树下,然后又挂到靠他家一侧的苦楝树树杈上,这就又整齐地竖排在空中,依然灿亮金黄,让人看了,满眼的欢喜……孙天欢就不一样了,他虽然成了家,有了儿,有了女,但依然懒于劳动,不好动手。像他在苦楝树下和乌采芹收拾玉米棒子,剥不了几个玉米皮子,就要操起他的胡琴,扯一扯,再吼几句秦腔……一大堆的玉米棒子,差不多就只有乌采芹一双手来收拾了,而在她的身边,还缠绕着帮不了忙却都会添乱的儿子孙飞龙、女儿孙飞雁,活儿就做得慢,做得很不利索。胞兄孙天乐实在看不过眼,他把自己家的玉米棒子都收拾停当后,看着胞弟孙天欢堆在脚下的一大堆玉米棒子,而孙天欢又不怎么上心,一次次放下手上的活,坐到苦楝树的树根上,扯起胡琴唱秦腔,胞兄孙天乐忍无可忍,他要开口说话了。

孙天乐说:"你真把你当县长呀?"

孙天欢没理胞兄孙天乐的话,他扯着他的胡琴,好像有了胞兄孙天乐的叫板,他扯得胡琴上的两根弦,更是投入,更有感觉。

孙天乐说:"你不是县长!你什么都不是!"

孙天乐说:"你还说厌烦乡村,你还说厌烦土地,我看你别的啥都甭厌烦,你就厌烦……厌烦你自己去吧!"

孙天欢扯着胡琴,从西皮二六的板路,突然滑到了高亢的尖板上,刚扯了一段过门,他就唱出秦腔的戏词儿来了:

叫兄弟你莫把主意改变,
耐着心听兄弟苦口良言。
只要你树雄心来把书念,
为兄弟纵受苦也是心甘。

古周原的乡村,谁听不懂秦腔呢?在那种独一无二的艺术环境里,便是三岁的孩娃儿,也听得懂几出秦腔戏。孙天乐半老不老,他不像胞弟孙天欢那么痴迷秦腔,但也深得秦腔的韵味。孙天乐听出来孙天欢唱的是《打柴劝弟》一折,家里的老人离开他们兄弟早,临终时给作为兄长的他有过嘱托,要他照顾弟弟。胞弟孙天欢好读书,他也决定供养孙天欢读书的,然而大形势使然,孙天欢没有读书的机会,回了凤栖镇西街村,身为胞兄的他又能怎么办呢?没有别的办法,胞兄孙天乐就只剩下一个希望,希望腹腔里装下的墨水,可以滋润孙天欢的心智,使他成为一个比自己更出色的庄稼汉。

唉!唉!唉!

孙天乐听得懂胞弟孙天欢几句《打柴劝弟》的唱,他嘴上哀叹着,手在自己的额头上击了三掌,用眼睛瞪着收拾完自家玉米棒子的万秀娥,腾出手来帮助弟媳乌采芹剥起了玉米棒子的皮子……古周原的民间,有长嫂比母的说法,长兄孙天乐拿胞弟孙天欢都没有办法,可以比母的长嫂自然更没有办法,她能做的,也许就只是帮助他们做些农活了。

孙天欢好像并不买长兄、长嫂的账,他们帮他家收拾玉米棒子,而他一声谢也不道,依然忘情地扯着胡琴,依然忘情地唱着秦腔折子戏《打柴劝弟》，唱到动情处，他不知为什么，眼角涌出晶晶莹莹的泪珠来，但他没有停止扯胡琴，没有停止嘴里的吼唱。

孙天欢最后唱的是戏里胞弟的两句词：

> 假若是劝不成才学又浅，
> 我何必累哥哥常把柴担？

四

破罐子破摔吗？

好像还不能这么说孙天欢，虽然他身懒嘴馋，但他也不是一只破罐子呀。他只是读了些书，读出毛病来了，自视有点清高，烦死了乡村，烦死了土地，除此之外，他有许多人所没有的优势哩。譬如他胡琴拉得好，秦腔唱得好，心里高兴时，编一段快板词，说出来也是叫人佩服的呢。

当年，他在凤栖镇西街村随便编说的一段快板词，我到今天都还记得：

> 打竹板，说快板，
> 今天不把别的说，
> 只说咱的五大伯。
> 大伯今年六十多，
> 从小是个双失目，
> 什么东西看不着，
> 拄根拐杖满街走，
> 忽然想着上茅房，
> 闻着气味往前摸，
> 一摸摸进厨房门，

……

　　这么搞笑的快板，孙天欢是弹着他的胡琴弦子来说的，他说的时候，就在他家门前的苦楝树下。因为有他，苦楝树下就几乎是凤栖镇西街村独一无二的娱乐场，什么时候都有人群聚集在下面，来听孙天欢扯胡琴，来听孙天乐唱秦腔。岂料他突然说出一段快板，大家没有不乐的理由。说出来更是别有一番韵味，凤栖镇西街村人尽管被农活压得直不起腰，可听了他的快板，忍不住都要撂下手头的活儿，直起身子，撩起衣襟，抹着脸，跟着他快板的节奏，开心地笑一笑。私底下，和乌采芹走得近的曹喜鹊、颜秋红，会不无羡慕地恭维一声她了。她俩恭维孙天欢的话，与她嫂子万秀娥说的一个样。

　　曹喜鹊、颜秋红说了："天欢那货，大概不能叫你手上有多少彩，但会叫你脸上多挂彩的。"

　　嫂子万秀娥说了："我的弟弟呀，手上的彩实在哩，不比脸上的彩，只是给人看的。"

　　乌采芹装不住话，她把姐妹妯娌们翻的话，在家说给了孙天欢听。孙天欢听了，没咋搭腔，但他听得懂手上的彩是什么，脸上的彩是什么。前者所指就是一个"钱"字，后者所指就是一个"乐"字。

　　这可有点小看孙天欢了！别人因为他快乐，而他心里是不快乐的。听了乌采芹给他传来的话，他没有高兴起来，而是又提着他的胡琴，从家门里走出来，走到苦楝树下，仰头把苦楝树看了好一阵子，然后一步一退，一步一退，退出苦楝树的阴影，退到凤栖镇西街村的村口上，还死盯着苦楝树，死盯了好长时间，最后慢慢地转过身子，走出了凤栖镇西街村。

　　孙天欢这次走出凤栖镇西街村，很长时间就没再回来。

　　苦楝树下没了孙天欢，凤栖镇西街村人还要到树下聚集，不过，这样的聚集是沉闷的，自然也很单调，这让大家不免想起孙天欢，不知道他去了哪里。

一日复一日地沉闷着……

一日复一日地单调着……

凤栖镇西街村的人甚至都要胡想乱猜了,猜想身无分文的孙天欢,仅仅手提一把胡琴,在外面吃什么,喝什么。一母同胞的长兄孙天乐,还打发万秀娥问乌采芹,问她可知孙天欢的下落。这样的问题,初听是平淡的,不敢深想,深想便使人心惊肉跳!

赶着年的脚步,一场铺天盖地的大雪把凤栖镇西街村严严实实地捂在了厚厚的积雪下面……凤栖镇西街村一会儿响起猪挨刀子的惨叫,一会儿响起羊挨刀子的惨叫,家家户户蒸年馍、擀年面,就等着年初一时大嚼大咽了。

让人心惊肉跳的孙天欢,赶在这个时候,顶了一头一身的雪花回村里来了。

那把大家熟悉的胡琴还在他的手上提着,他头发特别长,脸却刮得特别净,从大雪弥漫的街巷口,一步一步地走了进来,走到了苦楝树下……这成了他的一个习惯,走的时候,他在苦楝树下就停了停,回来了,又自然地停了停,仰头把苦楝树看了一阵……深冬里的苦楝树,没了他离开时的繁茂,那时满树还都是碧绿的叶子,这时树上的叶子都落没了,光秃秃的,显得特别枯疏。不过呢,苦楝树的果子像被梳理过的干葡萄似的,还都一串一串地悬垂在树枝上,裹着一层绒绒的雪花,看上去倒是十分有味。

还是自家女人的眼睛尖。乌采芹从生产队分了一吊子猪肉,往家里走着,看见了苦楝树下的孙天欢,她把提在手上的肥猪肉往雪地里一撂,撒开丫子朝他跑了来。跑到苦楝树下,面对面站在他的跟前,什么话都没说,乌采芹就哇的一声号哭了起来。

儿子孙飞龙、女儿孙飞雁听到他们妈妈乌采芹的哭声,也从家里飞跑了出来。

兄妹俩看见了苦楝树下的父母,一对长高了的儿女,跑出头门后,把脚都收起来,站在门口,怯生生的,望一眼号哭的母亲乌采芹,然后又去望他们久别归来的父亲孙天欢……长兄孙天乐和他的女人方秀娥,在家中听到动静,也脚跟脚地从他们分家后另开的一扇门里急急地跑了出来。长兄长嫂没有发愣,他们是欢喜的,欢喜孙天欢在过年前夕回到家里来了。因此,他们二话不说,一个拉了孙天欢的手,一个拉了乌采芹的手,并且招呼着孙飞龙和孙飞雁,回了他们的家。

凤栖镇西街村的人,真是眼冒金星了!

年初一的早晨,孙天欢和乌采芹把自己穿得像新郎新娘一样,那么齐整鲜艳,那么不同寻常;还有他们的儿子孙飞龙、女儿孙飞雁,就更像皇帝的儿女一般,极端地俊朗,极端地秀美……惹人眼目的衣裳料子是什么?款式又是什么?在凤栖镇西街村人的生活经验里是没有的,大家一时还说不清。但他们一家四口脚上蹬的鞋子大家都是知道的,那是下乡到村里来的公社干部都不一定能穿上的皮鞋哩!孙天欢和他儿子孙飞龙各穿一双黑色三接头的,乌采芹和女儿孙飞雁则穿棕红色长靿的,因为打了油,走到街巷上来,便都锃光闪亮,仿佛遗落在地上的太阳和月亮一般。

眼红的凤栖镇西街村人,是要打问和猜测了。

他们百般地打问,他们百般地猜测,却都没能从孙天欢的嘴里打问出什么,猜测又不着边际。而且,过去爱显摆的乌采芹,穿着时兴好看的衣裳鞋子,从家里出来了,探头探脑了那么几下,就又缩了回去。不过这不要紧,大家撑到她家来,想着要从她的嘴里知道些底细,但什么都没得到。他俩瞒着村里人,倒也情有可原,可他俩还瞒着大哥孙天乐、大嫂万秀娥,这让大哥、大嫂怨声不断,很有些不可思议。然而,待到大年过去不久,家门前的苦楝树再次开满一树紫色花儿的时候,孙天欢就更让大家百般猜测,也更让大哥、大嫂不可思议了。

他再一次地走出家门,走过苦楝树,走到凤栖镇西街村以外的地方去了。

孙天欢到凤栖镇西街村以外的地方干什么呢?

他是去抢银行吗?

他是去盗宝、贩卖人口吗？

他是……凤栖镇西街村人的猜测形形色色，每一种猜想出来，不多久立即就会被否定掉，特别是抢银行、盗宝、贩卖人口这样的行径。大家猜想着，想他们中某个人或许干得出来，但孙天欢干不出来，借他十个胆，他都干不出来。那么，他能干什么呢？大家猜想到后来，有了一个统一的看法，坚定地认为，孙天欢在搞投机倒把……那时所谓的投机倒把于今天没有问题的，而在那个时候，可就是一项大罪了，是要与"地、富、反、坏、右"分子同等论处的，逮住了一顿批判是少不了的，严重者还要法办判刑呢！

凤栖镇西街村人有了这样的猜测，并达成这样一个共识后，就耐心地等着他，等他再次回到凤栖镇西街村来，便毫不客气地把他揪出来批斗了。

那次批斗会我也参加了，会场就设在孙天欢家门前的苦楝树下。

凤栖镇西街村人群情激愤，高呼着口号，把孙天欢押在苦楝树下，要他交代在外地投机倒把的罪行。他倒是沉得住气，任凭大家的口号喊破了天，也不承认他搞投机倒把，只说他是马列主义毛泽东思想的宣传员，走到哪里，宣传到哪里。他为自己辩白着，还弹拨着他的胡琴，现场给大家表演起他自编的一段快板：

  火眼金睛孙悟空，
  跟随师父取真经，
  路上遇到白骨精，
  悟空有智又有勇，
  敢争敢斗敢交锋，
  铁棒在握妖雾除，
  扫尽天下害人虫。

批斗会开得很不成功，只有猜想，没有证据，而孙天欢又泰然自若，脸不红,心不跳,自编自说了这样一段快板,便使批斗会败得稀里哗啦,主持人没说散会,大家便已经七零八落地散去了。

批斗会没能阻挡住孙天欢出村乱跑的脚步,倒是我出的一个主意,非常轻松地绊住了他的脚……暑假期间,我被抽调到人民公社的机关里,参加了毛泽东思想宣传队,我提议孙天欢也到宣传队里来,这是因为,我觉得孙天欢的才华是适合宣传队的,而且也能提高宣传队的宣传水平。我把我的想法向宣传队的负责人一说,负责人当即让我回到西街村,协调孙天欢到公社宣传队的事宜。

结果非常顺利,孙天欢高兴,村里爽快,他当即跟着我到公社宣传队来了。

在这里,孙天欢可谓如鱼得水,他后台拉得了胡琴,前台唱得了角色,更重要的是,他还能编新词儿……那个时候,热火朝天正"革文化命",旧的戏曲本子都不能唱了,八本样板戏都太大,公社一级的宣传队规模小,拿不下来,就只好自编自演一些又精又短的小演唱,快板是其中最简便的一个品种,此外还有三句半和对口相声。结合当时的形势,孙天欢现蒸现卖,在宣传队编写了十好几个小段子,其中就有那个他在村子里受批斗时说的快板书,他给起了个《扫除一切害人虫》的名称,拿出来正式演出了。正是这个快板书,在公社所辖的生产队巡回演出,竟然走一处就能获得一处的欢迎,连演三场几乎是家常便饭。这样的好处可是不少,使孙天欢不仅浪出了大名声,而且还饱了他好吃的口福,到哪个村子演出,哪个村子就都想着办法给他们做好的吃!割肉、烂臊子、臊子面、发面、油饼、油馍馍……很自然的,还要弄几道菜,有凉有热,再灌了几斤散酒,让宣传队的人喝。孙天欢喝得最愉快,有一次,他一杯一杯地和人碰,把自己碰了一个半醉,拉着我的手,和我转出巡演所到的村子,在荒天世界里瞎逛。

我与他就这么在宣传队里逛荡着。有一次他逛荡得收不住自己的嘴,给我说了他一次次走出凤栖镇西街村后的经历。还别说,他真如凤栖镇西街村人猜测的那样,是在搞投机倒把。他到陕北去,陕北的大红枣便宜,他贩在手里,倒运到陕南去,赚一笔差价,又把陕南便宜的木耳、黄花菜贩在手里,倒卖到陕北去,再赚一笔差价……孙天欢说得开心,说着把他投机倒把时在陕北、陕南的风流韵事,也都核桃枣儿地倒了出来。

孙天欢满嘴酒气,说:"陕北的女子啊,可真是浪!"

孙天欢满嘴白沫,说:"陕南的女子啊,可真是水!"

我辨不清孙天欢嘴里的真假,在他腰上捅了一拳,说:"你把你给我说的,敢给乌采芹说吗?"

孙天欢躲着我的拳头,说:"我给她说了呢。"

我吃惊得睁大了眼睛,说:"你真敢?"

孙天欢说:"这有啥敢不敢的?"

孙天欢大笑起来,我跟着也不能自禁地大笑了。我相信孙天欢所说陕北、陕南女子,都不是没有影儿的谎言,他在这方面,确有别人不及的地方。就说公社组织的宣传队,他来的时间最短,但是宣传队一个叫梁秋燕的小女子,已跟他眉来眼去,让大家议论纷纷。他跟我说了那么多事,我知道他没把我当外人,而我也以为,他是我推荐来宣传队的。我可以不管他在投机倒把的路上如何风流,但他在公社宣传队里的风流事我是一定要管一管的。

我试探着说他了:"你给我老实交代,你和梁秋燕怎么回事?"

孙天欢的酒一下子醒了大半,说:"什么梁秋燕?我……我和她没事。"

我警告了他,说:"没事就好!"

五

日子过得真叫一个快呀!

要不是孙天欢把我纠缠在他家门前的苦楝树下,跟我说他要离婚,他那些陈年老套子的事情,都已埋进时间的灰烬里,化作了虚无。他一说他要离婚,就都复活过来,鲜鲜艳艳地出现在了我的眼前。

见婚姻说合,见打架拉散。

古周原上千百年的老话哩,我才不想纠缠在孙天欢离婚的话题里,被他牵着鼻子走,我要找出一句话,把他离婚的话题岔到一边去。

我说了:"你……还拉胡琴吗?"

孙天欢大概没有想到,我会向他没头没脑地提出这样一个问题,但他很配合地摇了摇头,说:"早不扯了。"

我不想放弃这话头,就说:"多好的手艺啊,怎么能放弃呢?"

孙天欢就还摇着头,说:"那有用吗?顶得了吃?顶得了喝?"

过去,他是多么浪漫的一个人,如今变得这么实际,倒是让我吃了一惊。我很有些不解地看着他,一时竟然不知怎么继续我们的交谈,然而又怕被他扯进离婚的话题里,心中慌着,脸上就也慌了起来。不过还好,有人来救我了。

从困境中把我救出来的人,不是别人,正是孙天欢的胞兄孙天乐,他悄没声儿的,什么时候站在了我的身后,我一点都没有觉察,直到他出声叫我,我才回头看见了他。

孙天乐说:"是治邦吗?"

我赶紧应声,说:"是我。"

孙天乐说:"咱村知青,就你还知道回来。"

我说:"我和人家不一样嘛,我原本就是咱凤栖镇西街村人。"

孙天乐说:"你说得对,你爷爷的坟可不就埋在咱西街村的祖坟里?我也老了,也该到祖坟里排队去了。"

我得承认,孙天乐说得不错,他看上去的确老了,身子缩得比我回乡插队时几乎矮了半头,脸上没了一点水分,干得像一个蔫核桃。这和拦住我说话的孙天欢形成了天壤之别,比他小不了几岁的胞弟孙天欢,白白胖胖,头光脸净,倒好像比我回乡插队时相熟的他,还要精神几分,同样又还要风流几分。

孙天乐手里端着个大烟锅,按在嘴里,猛吃了一口,把烟咽进肚子里,憋了一会儿,才让浓得仿佛糨糊似的烟雾,从他的鼻孔里慢慢地滋出来……他接着说了,说出的话也像滋出鼻孔的浓烟一般,把人能呛一个跟斗。

孙天乐说:"都是福烧的,不知道自己姓啥叫啥了!"

孙天乐这是说他胞弟孙天欢吗?我必须承认,他的话像刀子一样,直戳戳就是对着孙天欢的。孙天欢也听得懂,他不想听他胞兄孙天乐的指教,拧回头去竟然撂下我,自己个儿走了。

我是也想走开的,就冲孙天欢喊了一嗓子。

我喊了:"你不是拉我要喝几杯吗?"

我没有喊得来孙天欢,而且我也知道他就是那么一个人,热情来了水阻土挡都阻挡不住;热情泄了,飞机大炮都烧不起。我没办法,被他拉到他家门前来了,站在了他家门前的苦楝树下,连他家的门都没进,他就走了。我因此想了,他与他哥孙天乐之间处得不和谐,有矛盾,而且还不小,连见面都不乐意。

这叫我太奇怪了。

然而让我奇怪的还有,视土地为生命的孙天乐,把他的全部情怀全都抛洒给了凤栖镇西街村的土地,因此他还做了几年凤栖镇西街村的生产队长,直到土地分包到户。他把身上的一切杂事都推了个干干净净,把自己像庄稼一样,种在了土地里,地里种下的是小麦,他就是一棵小麦;地里种下的是玉米,他就是一棵玉米……人不哄地,地不哄人,他这么给村里人说,并且坚信,勤劳可以致富。然而,就是这样一个对土地极端热爱,也坚信土能生金的庄稼把式,说话把他那个自视为有文化而轻视土地、轻视劳动的胞弟刺走后,他把他的手伸到我的眼前让我看了。

孙天乐说:"你看我的手,还像手吗?"

我被他这一问,问得眼前直冒火花,心虚心慌得几乎都要站不稳了。

戳在我眼前的那双手,干燥粗粝,像是苦楝树上脱落的一块树皮,胡乱地接在了他的手腕上,变形得十分厉害,骨节大得出奇,厚厚的茧子就如焊在手上的一颗颗青铜钉帽……我悄悄地把我的手藏到了裤兜里。

这是孙天乐的手呢。他问我了,说:"这是为什么?"

我想回答他,却无法措辞出一句话来。

孙天乐也不等我措辞,他说:"都是勤劳的结果!"

我不能自禁地哦了一声,虚弱得仿佛突染大病。

孙天乐把他的手抽了回去,继续着他想说的话。他说:"我算是明白过来了,世上人都说勤劳致富,但你睁眼去看,勤劳的人多了去了。我不勤劳吗?还有凤栖镇西街村如我一样的人,谁不勤劳呢?再是出门打工的人,像鸟儿一样站在脚手架上,恨不能剁了自己的手,剁了自己的脚,都砌在城市里的楼房上,把楼房越砌越高,越砌越漂亮,他们也该是勤劳的人,可我们和他们谁又致富了呢?我们在土地上像牛一样勤劳,我们没能致富;他们进城打工,他们也没能致富。"

回乡插队在凤栖镇西街村的时候,我所见到的孙天乐,是个沉默寡言的人,他就只知道干活,麦收了种秋,秋收了种麦,拉牛犁地,赶马拉车。

孙天乐有他做不完的农活,让我感觉他这个人,把嘴里的话都咽进了肚子,消化后,再经过吸收,以一种神异的方式,传递到他的手上,让他的双手来代替他的嘴巴说话了。我忘记不了,回乡插队在凤栖镇西街村最初的日子,我分不清小麦和韭菜……我就这么懵里懵懂地下地劳动了。其时正值春季,凤栖镇西街村的男女老少,干的都是春锄的活,每人一把小锄头,扛到大田里来,一字儿排开,把麦行里的杂草锄掉,好使麦苗儿在春风的吹拂下,起身摇旗,不受干扰地奉献一季丰收。这个活儿不重,但熬人,且有一定的技术性。我混杂在大部队里,刚好与孙天乐比肩,但见他手里的锄头,在泛得虚泡泡的土壤里,仿佛银光闪亮的鱼儿,睁着圆鼓鼓的眼睛,瞄着杂草,又稳又准,一棵一棵,干净利落地就消灭掉了。而我却不能,锄头在我手里,就如一只认生的小鸡,在麦行里乱啄,啄准了草灭草,啄偏了草伤麦,特别是一些与麦苗儿混生着的杂草,我干脆一点办法都没有。听任杂草与麦苗儿共生共存,争夺水分和营养……孙天乐看见我的作为,他没说我做得不对,只是不断地回过头去,帮我几手。我看得出来,他帮我的每一手,都是对我锄草动作的一次示范,譬如他把腰下得很深,弯下去的脑袋几乎贴上了麦苗儿;再譬如杂草麦苗儿混交而生,他就不用锄头,而是伸出手来,拽着杂草拔下来……接受贫下中农再教育,是我们插队时首要任务,我跟着孙天乐,在他手把手的影响下,很快就能春锄了。

不善言语的孙天乐,时隔多年,居然这么能说。

孙天乐不是"人老话多"那样的多话,造物弄人,他经过长年累月的劳动,有所思有所想,累积在胸,不吐不畅,才突然倾泻而出的。

果然是,他在一阵翻江倒海的倾泻后,迅速沉默下来,不再多言多语,垂头丧气地摸出他的旱烟袋,在烟袋里使劲地挖着,很瓷实地装了一锅烟,咬在嘴上吃了起来……孙天乐吃得一嘴比一嘴紧,从他的鼻腔和嘴巴里喷吐而出的烟雾,像是烧着了一截湿树桩散发的,浓浓地缠绕着他,让我一时看不清他的真面目。

我俩相对而立,透过他烟雾蒸腾的身影,我看得见他的家,以及与他相邻的胞弟孙天欢的家。如果没有相邻,就没有太多比较,相邻在一起,便大不一样,让人看得惊心动魄,甚至想要发出一声慨叹:唉!

孙天乐的家还是我在凤栖镇西街村回乡插队时的老格局,黄土墙、黄土房,日深年久,比之以前,似乎又颓废了许多……凤栖镇西街村不独孙天乐的家保留着原来的样子,许许多多的家庭都保留着原来的样子,唯一不同的是孙天欢,他家原来的黄土墙推倒不见了,代之而起的是一座两层的楼房,以及红砖到顶的围墙,这在一片黄土墙、黄土房的凤栖镇西街村,便有一种鹤立鸡群般的特殊感。

吃着旱烟的孙天乐,吃得太猛了,有一口呛着了他,使他不能自禁地大咳起来,咔咔咔咔、咔咔咔咔……把他咳得鼻涕流出来了,眼泪也流出来了。我真担心,弯腰弓背的孙天乐,会被这一口烟呛得背过气去。我抬手去拍他的背,还没有拍上就被挡了回来,而他也在一阵阵夺命的大咳中,慢慢地回过神来。回过神的他,又一次大出我的意料,他向我又问出了一句话。

孙天乐说:"你还记得孙天欢说过的那句话吗?"

我不知孙天乐所指胞弟孙天欢说的哪句话,就没有接话,只是用狐疑的眼神望着他。

孙天乐看懂了我的眼神,他说:"烦死了乡村!"

孙天乐说:"烦死了土地!"

六

振聋发聩……

惊心动魄……

在孙天乐一阵大咳后,向我说出"烦死了乡村!烦死了土地"的两句话后,我的脑海里喷薄而出的就都是一些难以理解而又不能不理解、难以承受又不能不承受的词。像他那么热爱乡村,视乡村为生命,像他那么热爱土地,视土地为生命的庄稼汉子,几十年后,说出他胞弟孙天欢曾经说过的话,肯定是有他的原因的。

这个原因不用孙天乐说,我仅凭眼睛看,也看得出个差不多。生产队散伙的时候,他是生产队长,当着全村人的家,怎么分地?怎么分队里的产业?他都有说一不二的权力。老辈子人说了,养肥牛不如种近地,这样的经验之谈,他岂能不知?所以分地时,他给自己分了挨村子最近的一块地,而且又还做了手脚,给自己分了一头肥壮的牛。农家生活中的两样优势,他凭借手中的权力,不费吹灰之力,就都占着了。而他的胞弟孙天欢,一样都没占着。但这又有什么呢?孙天乐热爱乡村,热爱土地,胞弟孙天欢一样都不爱。胞弟就把他分到手的土地,还有牲口农具,很慷慨地全都送给了兄长孙天乐,自己光着身子,先去了扶风县城,租了一个门面房,大张旗鼓,正儿八经地做起人民公社时偷偷摸摸进行的农特产贸易。孙天欢轻车熟路,他上陕北贩运大红枣儿下汉中,在汉中卖掉大红枣儿后,就又贩运落花生、黄花菜,一路往陕北上……不能说孙天欢的土特产贸易做得多么风生水起,但也的确顺风顺水,积攒下了他生意场上的第一桶金,这便大方豪气地把他扶风县租来的门面房退掉,又去了人口市场更大的陈仓城,租房继续做他的农特产贸易。

孙天欢是大大有钱了!

孙天欢有钱怎么了?作为兄长的孙天乐依然不怎么尿他,以为那不是什么正经营生。庄稼人唯有种好庄稼,才是自己的本分。孙天欢有了地不种,全都给了他,他有一种瞌睡遇着了枕头般的惬意,汗珠子掉在地上摔八瓣,辛辛苦苦地做着,夏一季、秋一季的,有了吃不完、用不完的粮食,麦子装在席仓里,一圈一圈重叠着装;玉米挂在院子里,像是黄金砌的墙,一道又一道重叠着排……钱算什么?仓里有粮,心里不慌!

孙天乐是大大地有粮了。

但粮食太不争气,堆在家里要出虫,拉出去卖吧,又卖不上钱,算一算,有时候连本钱都不够,就又拉回来,囤积在家里。

老婆万秀娥真是好,太好了,说是他的一条胳膊一条腿,都要委屈了她呢。她很看重他,一切一切,就如一个性别不同的孙天乐一样,他扛着锄头下地,老婆万秀娥扛着锄头跟他下地,他牵牛扶犁下地,老婆也牵牛扶犁下地……女人家家的,地里的活儿,她像个男人一样,样样做得来,做得好,而忙了地里活,回到家里来,孙天乐乏累了,可以横躺在炕上睡觉,老婆万秀娥是不能的,她要下厨房做口热的,填一家人的肚子。像胞弟孙天欢一样,他也有儿有女,这是神仙一般的生活哩。儿女们长着,见风高一头,长大了的儿女,把心都用了学校,用在了读书上,这和孙天乐的理念不大一样。他教训儿和女:"念什么书?啊,认得钱票上的数字就够了,别像你们二爸,书是没少念,到头来怎么样?四肢不勤,五谷不分,多好的地分给他,他懒得种,撂下不管,自己跑到陈仓城里去,倒买倒卖,我看他能折腾出个啥眉眼来。"

儿女小的时候,都听孙天乐的。大了以后,对他的话有了分辨,就不听了。情急的时候,还要挺起腰板,和他对着干了。

特别在母亲万秀娥死的问题上,一儿一女,和孙天乐彻底闹翻了脸。

这是一个意外,一个谁都没法预想的意外。万秀娥跟着孙天乐,在他们的责任田里,给生长得葳葳蕤蕤的玉米追肥。孙天乐扛着锄头,在前头给每一棵玉米刨一个坑,万秀娥挽着尿素袋子跟在后边,给每一个坑里丢上一撮尿素,顺着往前走,脚下一拨拉,再把丢了尿素的小土坑填平……老夫老妻的,每年都要把这个普通不过的农活重复一遍,一年一年,一遍一遍,重复得多了,自然十分默契,一前一后,各干各的,谁都落不下谁,逮着空儿,夫妻俩还要说说家里的事。

这太自然不过了,孙天乐和万秀娥才不会操心别人家的事。

这一次,他们说的就还是自己的一对儿女。

话是万秀娥说起来的。她说:"你弟天欢,把他们的儿女接进陈仓城里去了。"

万秀娥说:"接进陈仓城上中学去了。"

这件事孙天乐也是知道的,他不置可否地嗯了一声。

万秀娥说:"你嗯啥哩嗯?"

万秀娥说:"你知道吗?陈仓城中学的教育质量可不是咱凤栖镇中学能比的。"

孙天乐听得明白,但他仍然不置可否地嗯了一声,算是对万秀娥的回答。在平时,万秀娥可能也就于此住了嘴,不会再说下去。但这件事不同,是关乎儿女前途的事,她就有些不依不饶,因此,还要再说下去。

万秀娥说:"我想了,咱们的儿女不比谁少啥,咱上不了陈仓城里的中学?"

万秀娥说:"县城的中学总能上吧。上了县城中学,才可能再进一步,考大学到大城市里去的。"

他们的一对儿女这天休假,为了减轻父母的劳作,也跟到地里来,学着父母的样子,给齐腰深的玉米追肥。父母的对话,他们是听得到的,而且,母亲万秀娥说的话可也都是他们撺掇着来说的。他们希望母亲万秀娥给父亲孙天乐说了后,父亲会答应他们的愿望。然而让他们失望的是,母亲一遍一遍地说,换来父亲的回答,都是那声没有明确态度的"嗯"。

啥是"嗯"呢?

儿女们听不明白,万秀娥也没听明白,她就话跟话地又要追问了,说:"我说的话,你听见了还是没听见?"

孙天乐把刨着土壤的锄头停了下来,回身望着万秀娥,说:"我说的话,你听不明白?"

万秀娥看着孙天乐的气势,她一时有些发怔。

孙天乐就往明白里说了:"镇里中学能念了念,不能念了就回来。我的地里还正是缺少人手呢!"

万秀娥早已受到儿女的蛊惑,她不能同意孙天乐的意见,就大着胆子驳斥他,说:"你就知道地!一辈子熬在土地里,你说,土地给你啥了?"

孙天乐干脆地说:"土地给我粮食了。"

万秀娥说:"打下粮食有啥用?"

孙天乐说:"养人呀。"

万秀娥还说:"除了养人还能做啥?"

孙天乐说:"你这婆娘怎么了?"

万秀娥说:"我这婆娘没怎么,我知道打下粮食为了养人,但我看你,是要打下粮食来埋,来埋……"

孙天乐没让万秀娥把后半截话说出来,他没好气地补上来,对着总是听他话的婆娘一顿大吼。

孙天乐吼着说:"是来埋人吗?"

孙天乐吼着说:"拿粮食埋人了!"

孙天乐的这句话吼得可是不好,几乎是一语成谶?全家人在玉米地追了一天的肥,晚上回到家里来,喝罢晚汤,就都上炕睡了去……长年累月地与土地打交道,除了劳苦还是劳苦,是没有一点便宜可占的,一家倒头在炕上,很快就都睡实了过去。然后是老鼠们,赶在这个时候出来了,不是一只两只,是一群一伙,把一家人此起彼伏的鼾声当成了他们行动的号角,前赴后继,向家里囤积的粮食,发出一波又一波的冲击……当然,老鼠们这么祸害粮食,也不是一天两天的工夫,狗日的老鼠,像和这个勤劳的家庭竞赛一样,也是常年地做着它们的功夫。白天,和自己的男人言语不和,万秀娥吃了一肚子气,她睡了一觉,醒过来,就怎么都睡不着,而糟害粮食的老鼠,在寂静的夜里,声音又是那么刺耳,万秀娥便披衣起来,转到存放粮食的厦子间去了。她心想,一家人挖刨回来的粮食,可不是由着老鼠糟害的。

不幸在这一刻发生了。

万秀娥不知道,装过尿素和复合肥的蛇皮袋子,腾空后又都装上了粮食,一袋一袋,顺墙摞起来,摞得有一人半高,勤劳的老鼠们趁夜把垛底的粮食袋子,有一半掏空了。万秀娥扑着去打老鼠,她老鼠没打着,却一头撞倒了粮食垛子,塌下来,把她压在了下面。直到天明,孙天乐找她找不着,喊她喊不应,家里家外地找,最后找到存放粮食的披厦房,发现了压在小麦袋子下的万秀娥,把她掏挖出来,她已早没了气息。

孙天乐也罢,万秀娥也罢,夫妻俩可能想过多种上天的方法,但绝没有想到,万秀娥会被家里囤积的粮食压死!

埋葬万秀娥,孙天乐几乎耗尽了他积攒下来的粮食。

这是不好商量的,万秀娥是一个多么好的女人啊!跟了他孙天乐,好吃的没吃多少,好穿的没穿多少,跟上他就只在土里刨了!多么好的婆娘呀,打着灯笼找不到的呢!孙天乐知道他在她生前,是欠下她了。她人死了,不在了,他要给补上来。孙天乐算计着,置一副好点儿的棺板是必需的,还要设宴宴请亲朋和乡邻,他就把粮食往出出了。也是粮食放得久,有许多都成了空壳,这让热爱土地、热爱粮食的孙天乐太不能承受了。他安葬罢万秀娥,自己也大病了一场,在自家炕上睡了好多天,怀里抱着万秀娥的柏木牌位,醒着的时候,一把鼻涕一把泪,睡着的时候,依然抽泣哽咽……孙天乐悔得肠子都青了,想他的嘴咋么那么臭,千不该万不该,不该说出那样一句话。

粮食……埋人!

后悔着的孙天乐,在他精神好一点的时候,会喊来失去了娘的一对儿女,但他发现,儿女与他是那么隔生,兄妹俩不想面对他,即便是被他喊叫到身边了,也是拧着个身子,别着个脸,不看他,不和他说话。

儿女俩是恨上他了!

孙天乐虽然愚,但也不傻,儿女对他的态度,他敏感到将是他今后不好解开的疙瘩。这一切也都因为他给儿女的娘说的那句话。

粮食……埋人!

儿女的娘被家里积攒下来的粮食埋掉了,儿女们不恨他,还能恨谁呢?病快快地躺在炕上的孙天乐,有生以来最长久地离开土地,他和儿女没法交流,就在心里想他的土地,想他种在地里的庄稼,想得心慌心急,就问他的儿女,庄稼地里的草荒了吧?你们该去锄草的。庄稼地里旱了吧?你们该去灌水的……病着的孙天乐,念念不忘他心爱的土地,念念不忘他种在地里的庄稼,可是他的儿女和他想的不一样,他越是那么热切地惦念他的土地和地里的庄稼,他的儿女似乎就更隔生他,直到他养得从炕上爬出来,自己能荷锄扛锨,下到地里锄草浇地,至亲至爱的儿女才和他恢复了那么一点点温存,知道帮他在地里锄一会儿草,浇一会儿水,回到家里来,给他热饭热菜地端上来。

孙天乐悲凉的心,因此有了些微的温暖。孙天乐悲苦的心,也因此感到了些微的甜蜜。

然而,好景不长,到孙天乐的精神恢复得比较好的时候,他的一对儿女给他留下一张纸条,双双离开了他,离开了凤栖镇西街村,出门打工去了。

儿女留给孙天乐的纸条上写着这么几句冷冰冰的话：

"土能生金。你就在土里刨金子吧！

"不要找我们，我们都大了，我们会照顾自己的。但我们有一个心愿，愿望四时八节的日子，你到我们母亲的坟上多烧一些纸。"

儿女把在纸上最后一句话画上了着重号："纸钱我们会寄回来的。"

七

房是招牌地是累，攒下银钱催命的鬼……现在的孙天乐真是太能说了，他给我滔滔不绝地说着，说得嘴角起了一坨白沫。

孙天乐正说着，就还从衣兜里摸出一把钱来在他手上捋着，说都是儿女寄回来的。他说自己算是明白过来了，过去那么看重土地，看重粮食，可他把自己过成了啥？啥啥都不是，心疼他的老婆给粮食埋了，还惹得儿嫌女不爱。现在，他不种地了，不打粮食了，他又缺了啥呢？啥啥都不缺了，他一个人过着，想吃好的了，想喝好的了，他骑上电驴子，往凤栖镇上去，看着哪家馆子好，就进哪家馆子吃，就进哪家馆子喝。

孙天乐的这一改变，让我一时很不适应，我看着他，有点没头没脑地问了他一句："离开了土地，你真的啥啥都不缺了？"

孙天乐没有想到，我会问他这么一句话，他不说话了，有点发呆发愣地望着我，而我跟着前头的话，又说了一句没头没脑的话。

我说："现在的你，话可真是多呀！"

我说的这些话，使孙天乐有那么点儿不好意思起来。但他没有停止捋他手里那沓人民币的动作。我知道，他之前捋那一沓人民币，多少有点自嘲的意味，现在还捋那沓人民币，干脆就只是一种掩饰了。果然，他又捋了几下儿女寄给他的人民币，顺手往衣兜里一塞，说他这就到街市上去呀！还说儿女们说得好，圈下大院干什么？盖下大房干什么？种下大田干什么？都不如一个吃，都不如一个喝，我可是不能再亏我的嘴了。

孙天乐说了这些话后,猫着腰进了他家大院,推出一辆半新的电动自行车,在门外拧着电动开关,骗腿骑上去,滴滴叫两声,就从我的面前开过去了。

胞兄胞弟一对子,不约而同,把我当成了一个收集废话的垃圾桶,一个才去,一个又赶过来接着又要给我倾诉了。

孙天欢趁着他哥去街市上的机会,不失时机地站在了我的跟前,又一次和我搭上了话。

孙天欢说:"我哥给你说啥了?"

我知道他们兄弟的矛盾,就模棱两可地应着孙天欢,说:"你哥他能说啥?"

孙天欢的左手攥着些我无法认出的小豆,那些豆儿圆圆的,裹着一层脆黄的外壳,孙天欢的右手指头,在左手心里摸着,摸到了一个,就很熟练地搓去豆儿的脆皮,轻轻地一抛,不偏不倚,刚巧叼在他的舌尖上,却不立即嚼碎,用舌头吸进嘴里,有滋有味地吮上一阵儿,这才重新送到牙尖上,小心地嚼着,嚼碎了,咽进喉咙里去……我那么回答他,他是不着气的,就那么很有耐心地吃着我叫不上名字的小豆儿。他一连吃了六颗,吃着张嘴让我看。

我看着,他就劝我说:"你也吃几颗。"

究竟是些什么豆儿呢?我迟疑着没吃孙天欢让的豆儿。

孙天欢就说了:"不是啥宝贝东西,但特别有用。"

我好奇,随口问他:"啥用?"

孙天欢说:"男人呀!"

我听明白了,说:"男人是有区分的,对你可能有用,对我就不需要了。"

我拒绝着孙天欢,却也知道苦楝树的籽实还有壮阳的功能。

在乡村,总有一些偏单验方让人匪夷所思。记得我在凤栖镇西街村插队的时候,孙天欢有了大儿子孙飞龙,也不知什么原因,落草在他家的炕头上,两只脚像是两根细小的红萝卜,血赤赤的,干脆就没有那一层皮。这让孙天欢和乌采芹好不着慌,抱到医院里看医生,医生开了药,有外贴的,也有内服的,可就是一点作用都没有。不仅没作用,而且还有进一步恶化的趋向,脱皮的两只脚向腿上蔓延着,没有出月子,半截腿的皮也脱没了!夫妻俩愁眉不展,在心里想,这个落草在自家炕头上的大儿子,不知能不能成个人。还好,就在夫妻俩心事重重,不知如何是好的时候,孙天欢的胞兄孙天乐打听来一个偏方,说给孙天欢让他给娃试一试。孙天乐的话说得极委婉,但孙天欢听得明白,他胞兄的意思,就是"死马当作活马医"了,医治了好救一条命,医治不好,也就没了遗憾。孙天欢反感胞兄说话的那层意思,但也无可奈何地按照胞兄打听来的偏方给儿子治疗了。这个偏方太古怪了,既不需要花钱,也不需要求人。就是动动手,从村口的池塘里捞一桶塘泥回来,拌上两碗荞麦面,在锅里熬上两个时辰,刮出来,盛在一个瓦盆里,把儿子没生皮的腿脚浸在温暾暾的泥水里,早晚各浸一个时辰,七日再看效果……没想到,就是这个偏方,还没到七日头上,儿子没皮的腿脚就生出一层毛茸茸的嫩皮来。

民间流传的偏单验方,有时真是没道理地管用。

孙天欢太相信那些偏单验方了。他在嘴里嚼着经他特殊炮制过的苦楝树籽实,嚼得一嘴的白沫,丝丝绺绺的,有一些还从嘴里溢出来,散发着一种说不清道不明的味道。

孙天欢再一次地给我推荐,说:"现在的我,可是离不开这物料了呢。"

我冲他笑笑,有种不置可否的意思。但我知道,我从心里是认可了他的实践。他呀,毕竟一把的年纪,过去不怎么热爱土地,远离了土地,在陈仓城做他的生意,做得倒也可以。因为颜秋红接班了她娘先生姐,在他的鼓动下,回凤栖镇西街村了,他也就撂下陈仓城里的生意,跑回凤栖镇西街村来了。

孙天欢回来就回来吧,还把他胞兄孙天乐撂荒了的土地全都揽到他的手里,由他来耕种了。这是不是他壮阳的一个理由呢?再者还有一个理由,孙天欢离不开女人,年轻时如此,有了一把年纪后,不仅没减,似乎还有增长的趋势,而他的女人乌采芹,年轻时不能满足他的需要,现在就更成了问题。

幸好有一个梁秋燕,就是和孙天欢在公社宣传队闹出绯闻的那个小旦,结过婚。也不知是不是与孙天欢的旧情难了,过活了没有多少日子,从孙天欢在陈仓城立起自己的农特产贸易公司的牌子起,梁秋燕就离了婚,跑到陈仓城里来,在孙天欢的公司跟随着孙天欢干了。

在孙天欢的农特产贸易公司里,梁秋燕是孙天欢最为得力、最为忠实的一位员工。

梁秋燕的那一份得力,那一份忠实,不仅表现在生意场上,而且还表现在炕头上。

孙天欢和梁秋燕的事儿,对于逐渐长大的儿子孙飞龙和女儿孙飞雁,还是要遮一遮、躲一躲的,但对于乌采芹,就完全放了开来,没有一点顾忌……乌采芹对此也不觉得碍眼,因为她知道,她管是管不住的,倒不如不管。嘴上不管,心里的别扭还是有的。有一次,乌采芹挨不过儿子孙飞龙和女儿孙飞雁的怨愤,找了个机会劝说孙天欢。

那个机会真是不错,孙天欢五十大寿,乌采芹在陈仓城的家里弄了一桌好菜,又打开一瓶好酒,和儿子孙飞龙、女儿孙飞雁,围着孙天欢,欢欢喜喜地吃了一顿饭,而且又喝了不少酒,孙天欢横在床上午休,睡了一个长觉起来,儿女不在身边,乌采芹就劝孙天欢了。

乌采芹说:"他爸,我说你两句你甭燥火。"

乌采芹说:"你说梁秋燕除了比我小那么几岁,别的比我又能好到哪里去?"

孙天欢没有燥火,他说:"不是年龄的差距,是她会叫。"

孙天欢说:"你说你,咋就不会叫呢?"

这次劝说孙天欢,乌采芹是做了些准备的。她听孙天欢说出这个理由后,顺手把桌子上的收录机按键摁了下去,那个黑色日本进口的收录机里,刺啦了几声后,就发出乌采芹练习了许多时候,录在磁带里的叫床声……显然是,孙天欢被录音机里的叫床声叫愣了,有点不相信自己的耳朵,愣愣地听着,他在心里想,与乌采芹过活了半辈子,两人一起还生养了一儿一女,到现在,他觉得自己都不认识乌采芹了。

乌采芹看着愣在炕头上的孙天欢,她有点儿得意,说:"他爸,怎么样呢?"

乌采芹说:"以后呀,就让收录机替我给你叫了!"

孙天欢没有应声,他从炕上爬起来,默默地穿上鞋袜,默默地走出房门,走到了大街上,两耳嗡嗡的,似还有乌采芹辛苦练习出来的叫床声,锥子一样扎着他的心。

从此,孙天欢没再回乌采芹的房子里去,他的身体需要女人了,就到梁秋燕的身上去过一把瘾,然后就安安心心地做他的生意。

孙天欢回到凤栖镇西街村来,没别的商量,梁秋燕跟着他的屁股也来了。

梁秋燕也是一块地哩,孙天欢白天要照顾庄稼地,晚上要照顾梁秋燕这块地,这可不就是他要壮阳的又一个理由了吗?

烦死了,乡村。

烦死了,土地。

不过呢,这些或许算是些理由呢。但绝不是根本的理由,烦死了乡村、烦死了土地的孙天欢,回村来承揽土地,认真地侍弄庄稼,应该是有他一个别的理由哩。

八

女人的声音,穿破孙天欢砖砌的新院墙,直往我的耳朵里钻。

女人是吆喝狗儿的吧。她说:"花花,你不要欺负小小。"

小小是什么呢？是只猫儿吧。女人批评过了花花，马上就又安慰起猫儿小小了，她说："小小过来，咱不怕花花，它是闲得来，来逗你玩儿的。"

女人是梁秋燕了，我们在公社时期的宣传队里待过，我像熟悉孙天乐一样，也熟悉梁秋燕和她的声音。隔着一堵砖墙，我虽然看不见梁秋燕，但我猜得到，她把猫儿小小抱在怀里了。她的这个举动，惹得狗儿花花忌妒了，这就使得花花更不听话，也更捣蛋了。

花花焦躁地吠叫起来："汪汪，汪汪，汪汪……"

梁秋燕不想花花太焦躁，她便也急切地呼唤着花花："花花，花花，花花……"

我把一种自己也说不清的目光，投射在了孙天欢的脸上。我把他看得脸红了一下，随即又恢复了正常，他给我解释着，说："花花是条狗，小小是只猫。"

我先知先觉地点了头。

我知道孙天欢想给我解释他和梁秋燕的事情，他没有措辞好要说的话，就给我拿狗儿花花和猫儿小小说事了。孙天欢显然知道，他这种搪塞似的解释糊弄不了我，就也变得干脆起来。

孙天欢抬手搓了一下他的脸，给我说了："走，咱到家里坐坐，喝两盅怎么样？"

我有点不置可否，孙天欢就站在苦楝树下，往嘴里塞两颗苦楝树的籽儿，冲着院子里耍猫逗狗的梁秋燕喊着。

孙天欢豪声大气地喊："秋燕，把你的猫狗先撂一边去，你不知道谁来了？"

梁秋燕在院子里应着："我的眼睛透不过墙。"

孙天欢便说："是项治邦哩，项治邦，我们可是有日子没见了，你弄几个菜，好给我们下酒。"

随着孙天欢的话音，我即听到梁秋燕惊喜的回应："是吗？是项治邦吗?"

梁秋燕嘴头上惊喜地说着我,人也从砌了瓷的大门里,风一样刮了出来。她也真是,左搂右抱的,一边是猫儿小小,一边是狗儿花花。不过呢,这两只小东西,生得真是可爱,都是出身高贵的玩物,在城市里,或许不难见到,在凤栖镇西街村这样的僻壤中,肯定是凤毛麟角了。猫儿小小一身雪白,狗儿花花是雪白一身。看得出来,两只宠物临来乡下前,是进了美容院的,所以呢,它俩雪白的毛发,都被精心地修剪过了,而且又还恰到好处地染了彩儿,红一处,绿一处,粉粉嫩嫩,让人看了,总是一个赏心悦目。

面对了我,梁秋燕把她的手一松,猫儿小小先跌到地上,狗儿花花跟着跌到地上。两个小东西正在梁秋燕的怀抱里被宠着,突然失怀跌落在地上,就都有点儿不理解,绕在梁秋燕的脚下,又撕她的裤角,又扯她的鞋……如此撒娇,如果不是我在,梁秋燕肯定又会把它俩抱起来,拥在怀里,温暖和安慰它俩了。因为我的存在,猫儿小小和狗儿花花就只有失望地不断地撒娇,这便惹得梁秋燕不耐烦,左脚一抬,踢翻了猫儿小小,右脚一抬,踢翻了狗儿花花,同时呢,把她的双手十分干脆地一拍,热情地招呼我了。

梁秋燕说:"果然是项治邦呢!"

梁秋燕说:"我和孙天欢可是没少念叨你,知道你是发达了,回城上了大学,毕业当了记者。"

梁秋燕还说:"记者是啥?我知道,无冕之王哩。"

梁秋燕说得兴起,接着她的话继续往下说了:"无冕之王多好啊!谁都要求的呢,平头百姓要求,穿鞋戴帽的官人也要求……现在不兴参拜、参见啥的,要不,我见咱项治邦一回,还不得把自己洗干净了,穿上体面的衣服参拜、参见的呀。"

显然,孙天欢欣赏梁秋燕的口才,但也嫌她的话多了,就在一边挡了梁秋燕的话,说:"项治邦知道你的话多。"

梁秋燕不乐意她的话被孙天欢打断,抢着又说:"我话多吗?"

梁秋燕说:"项治邦你说,说句公道话,咱们从公社宣传队分手,到现在多少年了？二十年？三十年？"

梁秋燕说:"哎哟,这日子过得那个快,都不是马来追了,而是火箭撵的呢！"

我赞同梁秋燕的意见,说:"可不是吗？就说我,都没几年干头了。"

我说:"很快都要退休了呢。"

依然是梁秋燕,她呼应着我说:"退休了好啊！退休了就回凤栖镇西街村来。不瞒你说,我算把城乡差别看清楚了,城里人以为自己体面,但他们吃的啥,喝的啥,都是添了这加了那的毒品,便是不用花钱的空气,吸进嘴里来,又吐出嘴里去,也是很不干净的！我就问过咱天欢,让他说,一天到晚,他的嘴里都是啥气味。开始,他龇着嘴还说不清,我就说了,一股油气味儿,柴油、汽油、地沟油,我这一说,你猜他怎么着？连吐了两口唾沫,这就拖着我,回到咱凤栖镇西街村来了。"

梁秋燕是个内心不装事的人,她把啥话都要说出来才开心。

梁秋燕因此接着她的话继续说了。她说孙天欢的眼儿亮,看啥事都看得透。颜秋红成了先生姐,他背后捣鼓,把颜秋红捣鼓回凤栖镇西街村来了。怎么样呢？你项治邦大记者哩,看见了吧,真是不错呀！孙天欢要滑头,他不带你去他镇子上租房子开的店里去,把你往家里拉。你要知道哩,咱凤栖镇镇上,原来的凤栖旅馆、凤栖饭店、凤栖供销社,如今都被盘在他的名下了。他在凤栖镇住有住的,吃有吃的,用有用的,他是把凤栖镇的家全当了呢。

梁秋燕所说的孙天欢,回到凤栖镇来的情景,我是听说了点儿的,但没她说得详细。经她这么一说,我回头看着孙天欢,真的刮目相看了。

孙天欢前面想要挡住梁秋燕少说话的,他没挡得住,也就放开让她说了。

在梁秋燕大说着他的时候,他无话可说,就把绕在梁秋燕脚边的猫儿小小、狗儿花花拾起来,自己先进了他砌了瓷砖的大门,见此情景,梁秋燕扯了一下我的袖口,跟着孙天欢,也进了砌瓷的大门。

往大门里走着,梁秋燕的嘴巴仍然没有停,她还是说个不停。

梁秋燕说:"你不知道我现在的嘴里有多么干净吗?"

梁秋燕说:"住在咱凤栖镇西街村,你过一夜试试,像我一样,嘴里的柴油气味、汽油气味,还有地沟油气味,就都会吐纳没了。"

我在心里佩服着这个人民公社时期的宣传队员,到如今,不仅大胆追求着她的爱,而且又敏锐地体会并观察着城乡之间的差别。她见到我跟我说的每一句话,对我这个自诩见多识广的记者而言,都是新鲜了,也是极有见地的。

梁秋燕像是要加深我对她的这一种认识,陪着我走进砌瓷的大门,毫不吝啬她的话语,继续地跟我说着。

梁秋燕说:"回到凤栖镇西街村,春天泛滥着春花的气味,夏天泛滥着夏阳的气味,秋天泛滥着秋实的气味,冬天泛滥着冬雪的气味……"

梁秋燕说:"我是再也不离开凤栖镇西街村了。"

这绝对可以说是孙天欢、梁秋燕返回凤栖镇西街村的理由呢。

原来那么热望城市的孙天欢和梁秋燕,有机会进了城,进城后又还做得风生水起的他们,真的就如梁秋燕说的这样,不堪城市的污染而回凤栖镇西街村来,享受春花、夏阳、秋实和冬雪的气味吗?我在心里不再怀疑了,因为进到院子来,梁秋燕撂下了我,钻进厨房里操作了起来,铲子碰着了锅沿,勺子撞着了碗沿……叮叮当当的,孙天欢则在院子里,自觉地支起一张饭桌,摆上吃碟酒盅和筷子,也钻进厨房,一会儿端一碟炒鸡蛋,一会儿又端出一碟煮花生,还有家常豆腐、菠菜板粉等在凤栖镇西街村过年时家家户户用来待客的几样菜蔬,一圈儿一圈儿的,把当院里的饭桌摆得满满当当。

还别说,凤栖镇西街村里的这些家常菜是馋人的,我是被吸引住了,眼睛是贪婪的,齿舌也是贪婪的……我闻得到满饭桌的农家菜,没有一样是污染了的,而且没有人为地添加这添加那,便是最为常用的味精、鸡精什么提味的东西,也都没往我眼前的农家菜里加。

梁秋燕解着她腰上的花围裙,解开来举到她的额头上抹了一把,坐在了饭桌前,拿起了筷子,招呼着我来夹菜了。我是要佩服梁秋燕了,我原来佩服乌采芹能干,而梁秋燕比她似乎更能干。她招呼我们时,发现每人的面前都放着酒盅而没有斟上酒,她就说起孙天欢了,咋没把酒拿来?孙天欢知错地抬起屁股,去了一边的平房里,拿了一瓶老西凤出来,拧着盖子要给我们倒酒时,梁秋燕就又说孙天欢了。梁秋燕说人家项治邦欠喝西凤酒吗?大记者哩,茅台、五粮液,啥名贵酒没喝过?喝你的老西凤?去,把咱自己酿的麸子酒拿来,我相信,项治邦是会馋咱麸子酒的呢。

什么麸子酒?

我咂摸着梁秋燕说的麸子酒,不知道是一种什么味儿,却见梁秋燕把我们面前的小酒盅都撤了去,换上了一个又一个小黑瓷碗……而就在梁秋燕刚把小黑瓷碗换上桌时,孙天欢也把他们自酿的麸子酒,整坛子地抱了来,掀开盖子,往我们面前的黑瓷碗里倒了。

好酒!好酒……我不能自禁地赞叹起来。

在孙天欢打开酒坛盖子的一刹那,我的鼻腔就很敏感地捕捉到了麸子酒的香气,那是别的酒所不具备的香气呢,茅台不具备,五粮液不具备,老西凤也不具备,真真正正,彻头彻尾,就只是麸子酒的气味了,又香又甜,还没入我的口,我都有些要醉的感觉哩!

比拳头大,比脑袋小的黑瓷碗里,满满的都是带着汤汁又还混合着大麦仁的麸子酒了。孙天欢、梁秋燕敬着我,我们端起黑瓷碗,咣地撞一下,仰脖子便灌进喉咙里。

"咣""咣""咣",我都忘了我们撞了几次黑瓷碗,到我从一场大醉中醒来,听梁秋燕说,我在她的家里已经香香甜甜地沉睡了一个晚上。

九

昏睡中,我又听到了女人吆喝小小和花花的声音。

小小,小小……

花花,花花……

虽然我的眼睛没有睁开,还在酒醉后的睡眠中,但蒙眬听到的女人吆喝猫儿小小和狗儿花花的声音,可不是先前梁秋燕的了,而是另外一个女人的。

这个女人是谁呢?

会是孙天欢的原配婆娘乌采芹吗?

我蒙眬中的猜测,很快获得了证实,因为吆喝小小和花花而把我从宿醉中呼唤醒来的,果然是乌采芹。

不由自主地,我的头大起来了。

我后悔在孙天欢家里的一场大喝,更后悔酒后在他家里沉睡了一夜,天明醒来,遇到这样的事情。孙天欢的原配夫人乌采芹,高喉咙大嗓子地回来了。

这是乌采芹的家,她该回来的,什么时候回来,什么时候不回来,全都取决于她的心愿,但问题是,在她回家之前,陪着孙天欢的人不是她,而是梁秋燕。

两个女人,一个男人,在一个家里会发生什么事呢?

我迅速大起来的头,一时还表现得有点儿肿痛。我不想立即就起床,赖在被窝里,我想象着这个农家的小院里会突然地爆发一场战斗,自然了,是梁秋燕和乌采芹两个女人间的战斗呢!一个为了捍卫自己的婚姻,一个为了未来的幸福,她们互不相让,你抓我的脸皮,我扯你的头发。交关处,可能还要动起家伙来哩,锄头锨呀,甚至菜刀、镰刀什么的,我不敢往下想,想着我的眼前就已血淋淋一片了。

打斗前的梁秋燕和乌采芹,是先要破口大骂的,这是一个必然。我在凤栖镇西街村插队落户的时候,见识过村里妇女站在街上的对骂,那是怎么高明的编剧、怎么高明的导演,绞尽脑汁都编导不出的场面呢!其言语上的凝练精彩,其动作的夸张别样,不是事中人,而是旁观者,听着看着,可能会要鼓起掌大声喝彩了呢!

蹦一下,跳一下,头发乱了,衣扣开了,手指一会儿戳天,一会儿杵地……×娘叫老子地吼骂,鼻涕眼泪横飞地吼骂,想到哪儿骂哪儿,想到谁骂谁,骂着呢,把对方的祖坟也剜了出来,拽出已经化成灰烬的老祖宗,也要羞辱着叫骂了。

种种难堪的情景,像演电视连续剧一般,在我的脑屏里上演着,可是院子里十分平静,并没有发生梁秋燕和乌采芹之间的夺夫大战。但我还是不敢从被窝里爬起来,我怕我从沉醉中醒来,面对他们,恰巧成了他们发动战斗的导火索。

哦!此时此刻的被窝,成了我躲避战争的掩体。

我老实地钻在被窝里,细心地聆听着院子里的动静。好像是,梁秋燕此时并不在家,只有亲热地招呼着小小和花花的乌采芹,以及闷头不语的孙天欢……好一个沉得住气的男人啊,他让人费解,赶在这个时候,还把他的胡琴从墙上摘下来,坐在院子的石凳上,很有韵致地扯了起来。

我听得出来,孙天欢拉扯的是秦腔《三回头》中的一段唱,如果唱出来的话,该是这样几句词儿:

> 奴的夫哭得泪沾襟。
> 我夫妻多年有情分。
> 今日里缘尽情不尽,
> 好夫妻无奈要离分。

孙天欢的胡琴拉得好,虽然他给我说现在不怎么拉了,可是一旦拉起来,还是很好听的。好像是,他今天可能有点儿触景生情,让人听来,拉扯得就更好了,呜呜咽咽的,似有人在哭……果然,乌采芹把爱着的小小和花花赶到了一边,扯着泪声给拉胡琴的孙天欢说话了。

乌采芹说:"娃他爹,我不怪你。"

乌采芹说了这头一句话后,没等孙天欢给她回话,就又接着说了。她说:"真的,我不怪你。你大概知道,咱的儿子孙飞龙、女儿孙飞雁恨着你哩,背着你给我说,他们不会答应你离了我。他们说了,你一个当爹的不要脸,他们也就不会给你脸了。他们说的,都是啥话嘛!啊,都是啥话嘛!我把咱的儿女都劝住了。我今日个回来,就是给你话哩。"

孙天欢没有搭腔,他依然在胡琴上拉扯着秦腔《三回头》。

乌采芹又还是一贯的语调,不急不躁、不紧不慢地说:"人家秋燕容易吗?你自己捂住心口想一想,攀扯上个你,她得到了什么?"

乌采芹说:"难道说……只是陪着你睡觉,给你×死没活地叫吗?"

很有耐心的孙天欢听乌采芹这么一说,拉着的胡琴弦索乱了一下。

乌采芹接着说:"我陪你睡觉,我叫不好,我不能再白担这个名分,就让会叫的梁秋燕给你叫去。"

乌采芹说:"让人家有名有分地给你叫,叫得你受活。"

孙天欢拉扯的胡琴又恢复了正常的曲调,而我也把脑袋从被窝里伸出来,仔细地聆听他们夫妇在院子里的对话,却一点都没解除我的紧张情绪,我不能相信,天下有这么慷慨的女人,会自觉让出自己的位置,给另一个女人。

孙天欢大概也在怀疑乌采芹吧,因此他不说话,只是耐心地、持续不断地拉扯他手里的胡琴。

乌采芹还有话说:"你是担心咱们儿子、女儿吗?"

乌采芹说:"你听我说,这你一点都不用担心,我回来给你说话前,和飞龙、飞雁都说了。我说,我不能让你爸留下遗憾,人一辈子,有几天好活呢?"

乌采芹说:"到头来,疙疙瘩瘩、缠缠蔓蔓地死,多亏呀!"

孙天欢的胡琴弦索赶在这个时候,嘣的一声断了。

随之而来的,我还听到孙天欢的一声叹:"唉!"

我把胳膊从被窝里伸出来,舒舒服服地伸展了一下……这是我紧绷的心放松下来的一个动作哩。我不怀疑乌采芹了,她给孙天欢说的,都是她反复思虑过的真心话呢。

穿起上衣,再系上裤子,我三下两下把自己穿戴起来,从我睡着的房门里走出来。我看见,勤劳的乌采芹还是那么勤劳,她坐在一个小木椅上,面前是一个大水盆,水盆是一堆脏衣,看得出来,脏衣服有孙天欢的,还有梁秋燕的,乌采芹往那些衣服上打着洗衣粉,边和孙天欢说话,边认真地捶打着……孙天欢坐着的是把大木椅,虽然胡琴的弦索断了,可他还一手张弓一手扶着胡琴的杆柄,做着拉扯的模样,完全一副怅然若失的神态。

我不能否认,孙天欢和乌采芹面临的局面,有那么一点僵。

我说话了:"采芹嫂子,你看你,一回来就搞上卫生了。"

两手都是洗衣泡沫的乌采芹,闻声回过头来,看着我,一脸的微笑。她哎呀、哎呀了两声,带着责备的口气,支使着孙天欢,又让他端来一把大木椅,招呼我坐了。

乌采芹说:"愣啥呢愣,快去搬把椅子叫大记者坐。"

正是这个小插曲,把犯怔的孙天欢解救了出来。他把断了弦索的胡琴提着,进了身后的二层楼房里,放下胡琴,端了一把大木椅……在这个空儿里,乌采芹擦干她的手,把浸泡着脏衣服的大水盆端到一边,这就给我张罗洗漱和早饭了。

我听从着乌采芹的安排,在洗漱时,拿眼这里瞅一瞅,那里看一看,我在寻找梁秋燕,但我没有找到,心里就嘀咕起来,不知她在如此关键的时候躲到哪里去了。

也不闻风箱响,也不见炊烟起,进出着炊房的乌采芹,往支在院子里的桌子上,就端来了凉拌胡萝卜丝、盐煮花生米、醋泡大蒜头等几样小菜,同时还又端来花卷、包子和小米熬的稀饭,赶我把脸洗净把手擦干,一双竹筷子就已递到了我手上。乌采芹的这一番张罗,真真正正的,才像是这个家里的主妇呢。

我在心里佩服着乌采芹,就一口花卷、一口包子、一口小菜地吃起来了,不瞒大家说,这种纯粹的农家饭吃起来真是不错,花卷包子就饱含着麦子原有的香味,凉拌胡萝卜丝、盐煮花生米、醋泡大蒜头又都带着彻头彻尾的乡土味道,我吃得过瘾,便嘴里嚼着花卷、包子和小菜,还要大赞特赞了。

我说:"地道,太地道了。这样的味道在城里就甭想享受。"

接我话的是乌采芹,她说:"城里有城里的好哩!"

乌采芹说:"我呀,现在还就喜欢城市里的生活。"

乌采芹这么一说,我把吞咽花卷、包子和小菜的速度降了下来,抬眼去看乌采芹了。

她说得不错,她大概是非常适应城市生活了。她的穿着虽然与她与生俱来的气质还不那么协调,但都是非常城市化的,一件鸡心领的藕色羊绒衫,配一件黑色的长裙子,使她的手和脸显出一种病态般的白,尤其是她的脖子上挂了一串珍珠项链,颗粒之大,让人都要咋舌了,而且呢,从她的身上,还一波一波地散发出香水的味儿来,直往人的鼻腔里钻……这个倒让我想起梁秋燕来,她比乌采芹小了些岁数,可她依然朴实,仿佛就没跟孙天欢在城市里待过,喜欢的还是素面朝天,还是碎花的中式衣裳,便是床上的用品,铺的床单是手织的格子土布,盖的被子也是手缝大花土布的面子。

这可太有意思了。人在时间和环境中的变化,竟是如此不同。我想了,这该是乌采芹坚持守在城里,而梁秋燕伴随着孙天欢回到凤栖镇西街村的一个主要原因吧。

我不能白吃乌采芹的这一顿早餐,在我放下筷子抹嘴的时候,我给她说起颜秋红的事儿来。

我是这么起头说来的:"你是习惯了城市里的生活。颜秋红习惯吗?"

我说:"颜秋红好像不咋习惯。她不习惯她回来了。"

我说:"你去看她了吗?她现在可神咧!"

乌采芹不反对我说颜秋红,她说她和颜秋红在陈仓城就经常见。颜秋红神不神她不管,回来了,肯定是要抽时间去看呢。乌采芹不想因为我的话把她要与孙天欢说的话题引开来,这么给我说了两句,就又说到她说的话上去了。

乌采芹说:"刚才我给娃他爸说的话,你都听到了吧?"

我没有否认,我拿眼去看和我对坐在桌子对面的孙天欢。

乌采芹说:"你是大记者,我娃他爸没少在我跟前念叨你,说你是他朋友,他做什么事你都能理解他,你今天就给我俩做个见证,快刀斩乱麻,把我俩的事情了了,也把我娃他爸和梁秋燕的事情了了。"

乌采芹说:"我的儿子,我的女儿,都出息了,先读陈仓城里的中学,现在都考进陈仓城里的大学了。"

乌采芹说:"我要感谢孙天欢哩!"

乌采芹说着,扯去桌子上的碗碗碟碟,还拿抹布把桌面子擦抹干净,从她带回来的一个很是时尚的坤包里取出一页打印纸来,上面赫然打印着她和孙天欢协议离婚的字样,轻轻地搁在桌子上,自己先在上面签上自己的名字,又把笔塞给孙天欢,让他也来签字。

十

"匪夷所思",我对乌采芹、梁秋燕和孙天欢之间发生的事情,只能用这个词来表达了。

闪电似的,乌采芹逼迫着孙天欢和她离了婚,接下来又闪电般地由乌采芹牵头,给梁秋燕和孙天欢结了婚。我像个皮影和木偶一样,搅和在这一连串的闪电行动里,被乌采芹指使着,不能脱身,就那么不尴不尬、无可奈何地运转着……我直觉心里空,不知我做的是个什么事。

乌采芹说了:"人啊,活着可真是不容易,我不能让他俩一辈子怨我恨我吧?"

乌采芹说的他俩,自然是指孙天欢和梁秋燕。她这样给我说的时候,还加了一句:"当然,我也不能给自己留下遗憾。"

乌采芹这么跟我说,让我太意外了。我在心里喟叹,她是活明白了,活出境界来了。

孙天欢和梁秋燕的婚礼就在这样的氛围里,紧张有序地进行着。镇子上有名的凤栖饭店,现在是孙天欢的产业了,一句话过去,那里的大厨带了一帮徒弟,就到家里来杀猪宰羊,准备着宴席。张罗着这一切,乌采芹竟还指派我给孙天欢和梁秋燕筹划一个别出心裁的婚礼,此外还指派他大哥孙天乐招呼厨子。他大哥孙天乐也许一肚子的意见,但他还是听话地缠绕在大厨的身边,仿佛大厨的一个老徒弟,大厨要什么,他就很凑手地给大厨送上什么……大厨喝茶凶,他就弄来一个铝壶,架在三块砖头上,给大厨熬了喝,经他熬的茶,又黑又酽,像是中药的汤汁……大厨还好抽烟,香烟什么的不对他的胃口,他就弄来又黑又粗的雪茄,烧着送到了大厨的嘴边,一声一声地劝:"吃上,喝上。"

把大厨服侍得舒舒服服的孙天乐,在我看来,他自己却很不舒服,仿佛他的心坎上正堵着一块什么,让他十分难受。

逮着机会,我问孙天乐了。

我说:"他大哥啊,你自家兄弟办喜事,你好像不高兴?"

孙天乐当时手里端着他熬煮出来的一黑碗酽茶,听我这么问他,瞪着眼睛看我,说:"我不高兴了吗?"

我说:"你听听,你说话的口气像装了枪药似的。"

孙天乐就把他熬给大厨喝的酽茶,仰脖子自己喝了。因为茶汁太烫,把他喝得直拧脖子,终于拧摸得顺溜了,这才说了心里话。

孙天乐说:"人啊真是呢!有人干蘸盐没有吃没有喝的。"

孙天乐说:"有人呢,却吃着碗里又看着锅里。"

孙天乐说到最后,还摇着头,重重地叹了一声。

我听得懂孙天乐话里的话,他是说他死了老婆光棍过,而他的弟弟有一个自己的老婆,在自己老婆的张罗下,又给自己再娶一个老婆,他是不平衡呢。

我取笑孙天乐了,说:"你别不平衡,咱趁给你弟热闹的气氛,给你也办一个呀!"

孙天乐却很不屑地说:"我才不把石头往山里背呢!如今这社会,只要自己的口袋实,哪儿没有女人呀?"

我对孙天乐的话是吃惊了。但我没有多少时间和他乱磨牙,我还有我的差事要做哩。我很快拿出一个婚礼方案,我的方案结合了凤栖镇西街村一带的传统,还结合了如今流行的现代元素,办起来肯定是热闹的,也肯定是庄重的。我让孙天欢确定,他看了后,没有赞成,也没有反对,只说让我和梁秋燕商量去。

这是梁秋燕自己的大喜日子呀,她却像没事人一样,几天时间,都身在那片很有规模的温室大棚里。这个温室大棚是她跟孙天欢回到凤栖镇西街村来,把他大哥的承包地,还有几家相邻人家的承包地,归拢到一块儿,搭建起来的。这两天,梁秋燕就只身钻在温室大棚里,侍弄着大棚里的黄瓜、芹菜、西红柿……要吃饭了,也是喊人送到大棚里来,和雇用的几个人,在大棚边泥手泥脚地吃喝了。

我去蔬菜大棚里找梁秋燕,和她商量她和孙天欢的结婚方式。

孙天欢和我见面时间的这句话,在我的身边又一次响了起来。同时,还有孙天乐撂荒了他爱到骨子里的土地,盯空儿骑上电动自行车往镇街里蹿的身影,也在我的眼前浮现了出来……过去的日子,孙天乐啥时候舍得下土地呀!分分秒秒,他差不多把自己都快当作一棵庄稼种植在土地里。

孙天乐和我见面,竟也说:"我是懒得侍候土地了。"

头顶上嘎嘎飞过的,是几只斑鸠……我就这么心事重重地走到了水晶宫一般透亮的蔬菜大棚前,我粗粗地数过去,一排、两排,有十三四排……而这不禁又让我要感叹了,感叹人的变化,真是捉摸不定呢。原来那么不待见土地的孙天欢,到头来,却转头回来,一门心思扎进土地里,要和土地共荣辱了。他自己回来也就回来了,还连带上一个梁秋燕也把自己扎进土地里了。

梁秋燕发现了我,她从蔬菜大棚里迎了出来。

如果不是她出来,我还真不知道在连成排的蔬菜大棚里,怎么找见她。我见到了她,没有绕弯子,直截了当地给她说:"祝贺你哩!"

梁秋燕的脸上泛着微笑,她说:"有啥祝贺的呀?"

我说:"你还装上了……婚礼嘛,你和孙天欢的婚礼怎么弄?"

梁秋燕依然一脸的微笑,说:"这把年纪了,还办什么婚礼?而且……"

我没让梁秋燕往下说,我是怕她说出别的什么话茬来,就截了她的话头,替她来说:"早都钻进一个被窝里了!"

梁秋燕没有为我的话上脸,她说:"既如此,你说,还要那个形式做啥?"

梁秋燕说的是个理儿呢。我没有与她争辩,而她却又说上了。

梁秋燕说:"我和天欢回凤栖镇西街村来,不为别的,就为能种几年地,咱农民出身,可不敢把种地的手都生了呢!"

我想了,梁秋燕说的也许是真心话哩。而这些话,她陪我吃饭时给我就说过了。她说的是孙飞龙和孙飞雁,金童玉女似的一对儿,刚到陈仓城里的日子,无端地遭了一场大罪,差点要了两个宝贝的小命。

暑假的日子,杏子红了,桃子熟了,瓜果梨枣的,正是上市的时候。他们都在陈仓城里,乌采芹高兴了买杏子,梁秋燕高兴了买桃子,孙飞龙、孙飞雁的胃口不错,李子吃了吃桃子,西瓜吃了吃甜瓜,直把两人给吃得一日傍晚蔫溜溜地坐在沙发上翻白眼,孙天欢失了慌,左胳膊弯夹着儿子,右胳膊弯夹着女儿,一路长跑,跑到附近医院看医生,化验了粪便,医生说了一个结果,这个结果把孙天欢当下吓得腿一软,扑通坐在了地上……得到消息的乌采芹和梁秋燕,也赶到了医院,隔了老远,即被医生嘴里吐出的结果吓瘫在了医院里。

农药中毒!

天爷爷呀!这是哪儿来的农药呢?不消多想,就想到那些新鲜的杏子和桃子,还有瓜果……他们从家里找了来,紧急化验残留在杏子、桃子上的农药,成人吃了一时半会儿没有大碍,细皮嫩肉的娃娃吃了,还真是受不了。

梁秋燕从这件事里猛醒过来,当时就起了回老家的心。

梁秋燕多次与孙天欢打商量,说:"咱回乡下去呀。"

梁秋燕和孙天欢这么商量着一直没有结果,直到她自己决定下来要回凤栖镇西街村的那个晚上,他俩睡前,梁秋燕把自己洗净了,也要孙天欢站在淋浴下,洗净了他,让他钻进被窝里,爬在她的身上,要他操弄她。孙天欢倒也听话,被梁秋燕鼓动着,像是和她结着多大的仇一样,疯狂地操弄着……孙天欢×死没活地操弄梁秋燕,是要她喊叫的。

可是,这一夜,这一次,梁秋燕没有喊叫,任凭孙天欢咬牙切齿地操弄,任凭孙天欢恨声大气地操弄,梁秋燕都没有喊叫。

这是奇怪的,太奇怪了,梁秋燕闭着嘴不喊叫,孙天欢便不受活,他鼓励着她,要梁秋燕喊出来,但梁秋燕终究没喊叫出来,并且在他操弄到高潮上时,开口说了那样一句话。

孙天欢被那句话刺激着,从高潮处猛地退出来,不解地问了一声:"你说什么?回乡下去?"

梁秋燕很坚决地说:"我是说,明天就回去!"

孙天欢从梁秋燕的身上颓然地滚落到一边。因为用力太过,孙天欢的光身子上满是黄豆大的汗珠子,梁秋燕伸手摸着了,就心疼地用她柔软的手,给孙天欢轻轻地擦着。

孙天欢闷声地又问了一遍:"你说明天就回?"

梁秋燕轻声软语地说:"我说了,明天就回。"

鼓动颜秋红回到家乡接班她娘的先生姐,起初也是梁秋燕的主意。

孙天欢照办了,而且觉得也是个办法。但真的要离开陈仓城回到凤栖镇西街村里去了,孙天欢就还有些不忍。然而他是拗不过梁秋燕的,所以就也答应了她。

孙天欢说:"回就回吧。"

孙天欢说:"我跟你一起回。"

机缘巧合,还是因祸得福,我不好评论,但因此让苦恋了多半辈子的梁秋燕和孙天欢能够大大方方地过活在一起,还是十分可喜的。

面对着梁秋燕,我把我设计的结婚仪式,向她核桃枣儿地都倒了出来,并且说:"是孙天欢让来问你的,他要你拿主意。"

梁秋燕从蔬菜大棚里出来时,手里拿着一束彩色的短绳子,我猜可能是为了黄瓜、西红柿上架用的。她在听我说婚礼方案时,两手绞扯着那束彩色短绳,这让我感动,时光仿佛倒退了几十年,梁秋燕又变得像大姑娘似的,是憨拙的,是娇羞的。

我把我的设计说得尽量仔细,说完了,只听梁秋燕说:"这事最好让采芹大姐来拿主意。"

十一

淘气:骂一声蠢材莫嘴硬,
　　　你为何干下这事情?
　　　只图你一时的高兴,
　　　全然不怕坏门风。
翠莲:他自己进来把门压,
　　　强箍住叫人要救他。
　　　女孩儿良心放不下,
　　　当了个救命的活菩萨。
淘气:没老婆的人儿太多,

　　　　看你可能救得几个?
翠莲:哥哥莫要再胡说,
　　　　妹妹原来不轻薄。
淘气:你不轻薄你正经,
　　　　那人焉能到柜中?
翠莲:那人纵然到柜中,
　　　　我总没有苟且行。
淘气:你和那人恁密切,
　　　　还能说你没苟且?
翠莲:人若枉来嚼舌根,
　　　　头上降祸有王爷。

孙天欢和梁秋燕的婚礼就这样开场了。

正如梁秋燕在蔬菜大棚那儿给我说的,我请示了乌采芹后,由她拿的主意。乌采芹的主意是,喜事儿呢,就让大家都乐一乐。

吃吃喝喝是个乐,唱戏娱乐也是个乐哩。梁秋燕是个会唱戏的,孙天欢也会唱,而且拉得一手胡琴,那就让结婚的主角唱戏来乐一乐了。主意既出,就有凤栖镇西街村来帮忙的人,在孙天欢院门前的苦楝树下搭起了一个小台子,赶在天黑的时候,都抹着油汪汪的嘴,端着小板凳,坐在苦楝树下,等待梁秋燕和孙天欢给大家唱戏了。

一轮又大又圆的月亮,是夜挂在晴朗朗没有一丝云彩的天空,照得凤栖镇西街村如白天一般亮,何况又扯了电线,在苦楝树的树杈上吊着,把个敲敲打打的小戏台照得雪亮雪亮……作为今晚婚礼的设计者,还作为孙天欢和梁秋燕当年在公社宣传队的队友,我自然不能袖手旁观。此外,还有凤栖镇西街村里几位有着器乐特长的乡党,也都发挥各自的特长,敲锣打鼓吹笛扯弦,把个别具一格的婚礼场面折腾得很是热闹……主角孙天欢和梁秋燕登场了。

他俩一上场,就在锣鼓家什的引导下,演唱了一出幽默的秦腔折子戏《柜中缘》。应该说,他们的老底子都还在,演唱起来声情并茂,一开口就赢得了一阵热烈的掌声,这是秦腔演唱者都希望的碰头彩哩。掌声即起,足以证明他们的演唱不错,很好地满足了观众的心愿。在掌声里,孙天欢和梁秋燕演唱得就更加来劲了。

许翠莲来好羞惭,
悔不该门外做针线。
那相公进门人若见,
难免过后说闲言。
又说长来又说短,
谁能与我辩屈怨?

这是剧中人许翠莲的一段唱哩,此时被梁秋燕演绎得惟妙惟肖,旁边扮演局中人的孙天欢,接了梁秋燕的唱腔,在一边道起了白:

我看你一哭一笑的,装得多么正经。
少来这一套,我心里亮得明镜似的。

台下的乡党观看到这里,不知是被戏里的情节,还是孙天欢和梁秋燕的现实生活所启发,都不约而同地笑了起来。

我在台子上,看得见人群里的乌采芹,也看得见人群里的孙天乐。我看见人群里的乌采芹,大家乐着,她也跟着乐,但她乐呵着的脸上却挂着两疙瘩清泪……孙天欢的大哥孙天乐也是,干脆蹲在人群较远的地方,眼睛盯着戏台上演唱的孙天欢和梁秋燕,嘴里却不停地吃着老旱烟,压实装在烟锅里的老旱烟他吃不了几口,就都成灰了,然后,他就抢起烟锅来,向脚下的硬地上磕烟灰,他使得劲很大,仿佛他磕的硬地就是某一个人的肉体,他把烟锅头磕在上面,就是要让那具肉体体会到疼痛,体会到伤害。

演唱着的孙天欢和梁秋燕,不知看见戏台下的乌采芹和孙天乐了没有?总之,他俩很努力地演唱着已经安排好的秦腔戏。

突然地,我想起我们都在人民公社的文艺宣传队里时,孙天欢和梁秋燕就在他家门前的苦楝树下演唱过,那时的他俩,是多么年轻啊!呼呼啦啦的,现在都一把年纪了。

吧嗒……吧嗒……总有成熟在树梢上的苦楝果子,坠到地上来,我看见了,有那么白生生的两颗,一颗坠下来砸了孙天欢的头……一颗坠下来砸了梁秋燕的头……砸了头的他俩,是没有感觉呢,还是硬忍着?总之,他俩的演唱一点都没有受到影响,是为新郎的孙天欢,穿一身黑色裤褂;是为新娘的梁秋燕,则穿着一身的红色裤褂,两个人没有别的化装,就是这么自然的,以唱秦腔戏的方式,完成着他俩的婚礼。

是的呢,再热闹的社火,耍上三天就都凉了,何况是一场婚礼的小演唱?用了不到一个小时,就全散场了。

散场后的乌采芹,屁股一拧,就回了她已经非常习惯的陈仓城。儿子孙飞龙有电话打给她,女儿孙飞雁也有电话打给她,陈仓城是她的家。

我也当即离开了凤栖镇西街村。

在我离开凤栖镇西街村的时候,去找与我同来的郎抱玉,还有冯举旗。我没有找见他俩,但我听说,他俩是一块儿去陈仓城里的。

我高兴他俩的这一行动,不过我却还想着那位恋着冯举旗的任出息……哎,我除了叹息,就还只有叹息。我能怎么办呢?作为一名报社的记者,我不能那么儿女情长。这很好,许多我不能操心,也操心不了事情,就也入不了我的耳朵。但是有关孙天欢和梁秋燕的消息,总是不间断地传到我的耳朵里。起初的消息是,孙天欢和梁秋燕入夜就喊叫,先还只是梁秋燕在喊叫,后来又加进了孙天欢,两人在凤栖镇西街村的夜晚,那么×死没活地喊叫,让村里人真是太伤脑筋了。后来,突发了一件事情,孙天欢的大哥孙天乐到镇街上睡相好,竟把自己睡死了。

骑着电动自行车总往镇街上跑的孙天乐,正是他这凄惨的一死,让凤栖镇西街村人才猛然大悟,原来他是去约会哩!

　　孙天欢比任何年份,都要认真地捡拾和炮制他吃不厌的苦楝果仁。可是不知为什么,任凭他怎么吃,到他胞哥孙天乐死后,这个对他非常有特效的物儿,却一下子没了效果。

　　梁秋燕入夜后不再喊叫了。传来的消息说了,凤栖镇西街村的夜晚安静了,特别特别地安静呢。

在家一起读（后记）

很流行的一些文字，还有一些书，拿回家了，可是不敢一家人一起读。

我就听人说，不是一次听，而是听得多了。我听人说，一家人他或她，买了某某人的某某作品，可是不敢拿回家来呢！便是悄悄地拿回了家，也要丈夫躲着妻子，妻子躲着丈夫，偷偷地读了。夫妻间倒还罢了，因为他们都是成人了，即使露了馅，脸红一红，脖子缩一缩，过去就过去了。但他们都是十分提防自己的父母和孩子的，要尽可能地躲着父母亲，躲着孩子的。用他们的话说，被人发现了，特别是自己的至亲家人看见了，可是不得了，轻则怀疑他或她心理有问题，长此下去，疑神疑鬼，那就严重了，很有可能导致家庭破裂呢！

这样的事情，在我的身边就有发生。

当时我在西安的一家媒体做领导，就遭遇到了一对恩爱夫妻反目事件。两人都是大学里的高才生，报考我们媒体，双双以高分考进来，工作上能力突出，收入自在前茅。一起工作了三年，有一日，双双拿着请柬，到我办公室邀我为他俩证婚。还别说，我证婚了的小夫妻，很快就生育出娃娃。我很骄傲我的作用，小夫妻结婚，我麻利地送上红包，到小夫妻生育出娃娃时，我还要麻利地送上红包。

谁能送出这么绝妙的红包呀？我高兴，我乐意。

我在西安媒体当头儿当了些年份，送出去了多少红包，是不好算了呢。只要我送了的人和家庭，都幸福美满，那我该是多么开心啊！偏偏就是这一对儿，是很被我看好的呢，却出了问题，即他们之间的阅读问题。两人背着相亲相爱的人，偷偷地在看那样一些书。他俩偷看着，你发现了他，他发现了你。发现了后，都脸红了，脖子缩了，没有说啥过分的话，也没有过分的动作。但有了一种情结,是实实在在地种下来了,有一日,两人不吵不闹地走进了民政机关,办了他俩的离婚手续。

我知道了这件事后,还想和事佬儿似的说和他俩,结果被他俩笑笑地拒绝了。

这类害人的书呀! 不知害了多少好人、好夫妻、好家庭。对此我是无可奈何的,能像悍妇一样站在大街上骂人吗? 那我就太迁就那类书了,不啻为那样的书张目。我能做的是把自己的认识说出来,给人提醒。那样的书,是不是如同有毒的雾霾? 雾霾天气就很害人了,全世界的国家都认识到了这一问题的严重性,早先签了个"东京协议",此后又还签了个"巴黎协定",约束着每个国家造成雾霾的源头。不知别的国家执行得如何。我们国家就很负责任地在做了。我能说的,就是借用雾霾的危害比照一些图书的危害,的确是值得健康的社会、健康的人注意的呢!

回家一起读。这是我想要的结果哩。

我给自己确定的目标就是这样,希望从我的笔尖上流出来的墨水,就该是有良知良心的墨水,就该是有人性人伦的墨水。希望我的文字让花钱买了的人,能够坦坦荡荡地拿回家,不藏不掩,不躲不闪,一家人坐在一起读,当然读出了心得,还可以一起讨论,咋说都好,哪怕吐槽,这也是我所主张的。

长篇小说《初婚》,改编成了电视剧,2018 年 6 月在央视八套首播以来,至今已有央视四个频道连续播出了近二十遍。从反馈回来的讯息看,都是一家人守在电视机前一起看的。通过电视剧又影响到图书的阅读,出版了《初婚》的出版社推出了三种版本,销售量最好的一版,已经加印了三次。听出版社的朋友说,他们调查下来,也是一家你读了他读,大家轮换着一起来读。

我开心这样的结果,因此又还结缘了安徽文艺出版社,2019 年出版了我的长篇小说《新娘》,从各方面反馈来的讯息看,似也有不错的收效。《新娘》最初是个中篇小说,最后能出版成长篇小说,因此有了那个美好的结果。

  我还想拿起这个绝妙的方法,来做《姐妹》这部长篇小说了。我期望我的《姐妹》,不仅温柔善良,还温暖可爱。这是我步入文学天地的初衷,更是我坚持不变的方向。我喜欢温馨的质地,更喜欢温润的收效,《姐妹》不会例外,自然还是这样的一部作品。

  温柔的,温暖的,温馨的,温润的,是人之所求,亦是文学之所求。

2022 年 3 月 16 日　西安曲江